I0572627

PLANETA CHINO

(LA EXTINCIÓN DE TODAS LAS FORMAS DE VIDA)

HOMO LUDENS
C.I.R. CANTOR

SESTAO MAYO 2.016
BILBAO

CANTO DE DOS 37 AÑOS

E: mail: fernandoganesa@gmail.com
Cualquier persona puede comunicarse directamente con el autor.

Depósito de la propiedad intelectual
NÚMERO DE ASIENTO REGISTRAL MURCIA: ® PI-9642

Queda prohibida la reproducción total o parcial de este libro por cualquier medio electrónico o mecánico, sin autorización por escrito del autor.

Depósito Legal Número: MU: 887-2018   ISBN 13: 978-84-89022-55-3-13 12/07/2018 14:25:26

Homo Ludens c.i.r. Cantor. Seudónimo del autor (desde 1.975) significa: *Homo Ludens* = El hombre que juega *C.I.R.* = Claure Iriarte Roy y *Cantor* = "Ya que no pude hacer música y cantar, escribo y canto a la vida con letras". En la década de los años 70, edité mis primeros 3 libros con este seudónimo. Cuando pongo "canto de los 57 años" me refiero a la edad en la que escribo este libro. El Planeta Chino nace en Sestao en una semana, luego entre España y Portugal durante más de dos años lo fui corrigiendo. Lo terminé en Murcia el 21 de agosto 2.018 / 20:03 **Libro presentado en exclusiva al Concurso Amazon 2.018**

ÍNDICE

TERCERA PARTE

PRIMERA PARTE

LAS PRIMERAS GUERRAS

Hubo un tiempo en que todos los continentes estaban rebosantes de bosques milenarios, las playas continentales estaban llenas de frutas flores aves e infinidad de seres humanos realmente felices. Existía una ética universal a nivel mundial entre todos los pueblos, ya que existían principios de respeto mutuo fuertemente enraizados en el corazón de los seres humanos. Sus culturas originales eran libres y soberanas, tenían derecho a estar en sus propios hábitats naturales. Es cierto que hace más de 6.000 años atrás ya no quedaban los inmensos árboles que llegaban a medir varios kilómetros de altura, los cuales son típicos de las eras de Satya Yuga[1] pero ese recuerdo, aún

---

[1] La era de oro, la primera era que tiene cada ciclo, es la era de la veracidad y las

era transmitido de generación en generación en la era anterior, y de hecho, estaba en las leyendas de todos los continentes.

Los **Pueblos Originales** cantaban a **la madre tierra**, al agua pura, al radiante sol que era parte del perfume planetario. La gente se vestía con diferentes trajes culturales, todos compartían de una u otra manera la cosmología védica. En esos años aún no existían los estados-jaulas, y por ello disfrutaban de sus pequeñas o grandes civilizaciones con las 5 garantías *que posee todo ser civilizado*[2]. Las civilizaciones compartían el espacio de forma sana y armoniosa ~~con todas las formas de vida, respetando~~ buenas cualidades.

[2] El alimento, la educación, el conocimiento, la vivienda y el trabajo (El servicio a la sociedad en la que viven).

las reglas de las naturalezas que hay dentro de cada una de ellas.

Algunas de esas **Culturas Originales** eran muy avanzadas tecnológicamente, y por ello tenían diferentes tipos de naves aéreas para volar por el cielo sin contaminar el medio ambiente, prácticamente todas esas tecnologías eran de naturaleza divina, es decir sanas correctas y equilibradas.

Las naves más famosas que viajaban por todo el universo, eran conocidas como Vímanas, y estás dejaron muchísimas pruebas de su fantástica realidad a lo largo y ancho de este mundo. Pero los hombres de Kaly Yuga, al sentirse propietarios en la soledad de esta era, se han dedicado no solo a destruir todos esos recuerdos, sino a esconderlo, a cambio de esa gran pérdida, ellos presentan como los portadores de la ciencia, la civilización y el progreso de todos los tiempos.

Al que era rey de este mundo se lo conocía como **emperador**, el rey de todos los reyes, y estos reyes solían rendirse al emperador más por amor a esa realeza que por la fuerza de sus armas.

Entre los pueblos solían intercambiar sus productos de modo que no había intermediarios, cada uno era dueño del valor de sus propios productos. Todos estaban sometidos a las leyes de la naturaleza, pero también, estaban sometidos a las leyes de los conceptos védicos que circulaban en sus cosmologías, educación arte y religión, y cuyas enseñanzas originales vienen del mismo señor Sri Krishna. En la era anterior, Dvapara Yuga[3], aún no existía la enfermedad por robar continentes y destruir poblaciones, simplemente porque no existía ese tipo mentalidad.

La gente en general de la era anterior, no se sentía propietaria de nada, y si alguien tenía que sentir algún tipo de propiedad, era por deber a su propia sociedad. Los que administraban las tierras y protegían los pueblos, era gente magnánima, pero a la vez sacrificada. La gente en general en esas eras se dedica más a disfrutar de la vida que a tener algún cargo de responsabilidad social, porque el mundo era un vergel y las ideas de austeridad y autorrealización, dicho popularmente: lo dejan para la próxima vida. Ese es el problema típico de las entidades vivientes cuando encuentran en ambientes celestiales, ya que olvidan con mayor

3

        La era de cobre, la tercera era de cada ciclo de tiempo, que controla el universo.

facilidad que ellos al igual que todos, están sometidos al karma[4] y al samsara[5].

El ambiente de lo civilizado, lo veraz y lo correcto en general, se respiraba por todas partes. La gente solía usar solo las cosas que necesitaba, y la naturaleza era opulenta.

Los seres humanos de este mundo en las eras anteriores, solían bailar y cantar, tanto dentro de sus familias como en sus sociedades, era una práctica de todos los días de sus vidas, y esa es la primera característica de una sociedad. Hace ya más de 6.000 años atrás, existieron

---

[4]

Reacciones de los actos, sean estos buenos o malos: Se cosecha lo que se siembra.

[5]

Ciclo de nacimientos y muertes repetidas.

infinidad de sociedades civilizadas en toda esta Tierra Plana.

En la era anterior había un gran sentimiento de protección y compasión de unos hacia otros, y es gracias a ello que los pueblos estaban hermanados por el respeto mutuo y la sincera colaboración en diferentes proyectos y trabajos.

En esta era los pensamientos infernales encontraron cobijo en las mentes descontroladas típicas de esta era. La angustia ilimitada junto con la ignorancia llevó a la población a una gran degradación moral y espiritual. Los seres humanos mentalmente se transforman en seres demoniacos, y con ello se dedicaron a destruir a los Pueblos Originales hasta erradicarlos de todos los continentes. Es así como se destruyó el paraíso en este mundo.

A los sobrevivientes de los Pueblos Originales, los enjaularon bajo las administraciones de las tierras robadas. Dentro de cada una de ellas les enseñaron a amar sus fronteras artificiales caprichosas y prefabricas con símbolos y banderas. Esas jaulas mentales serían sus patrias. En ese proceso se empezó a sentir la crudeza de la era de kaly Yuga[6], y eso que eran tan solo el principio de la era de hierro falsedad e hipocresía.

En la era anterior: Dvapara Yuga[7], aún llegaban a este mundo los seres

6

     Kaly Yuga, es la cuarta era que tiene cada ciclo de tiempo, y esta dura 432.000 años. Una cuarta parte de la primera era.

7

     Esta es la tercera era del ciclo de tiempo, es la edad de cobre, y dura 864.000 años.

humanos desde el otro lado del universo. Eran los huéspedes más apreciados y los más esperados en esta Tierra Plana por parte de los emperadores y los Rishis[8], por todo lo que traían y significaban. Ellos, tenían cuerpos celestiales o cuerpos de semidioses, y solían caminar entre los hombres comunes de este mundo.

En esta *terrible era* nos aislamos de la realidad del universo, ignoramos sus *variadas formas de vida inteligente*[9] que habitan en los *3 tipos de sistemas planetarios*[10]. Nos alejamos de sus

---

8

Personas santas.

9

Según el conocimiento védico, existen 400.000 formas de vida inteligente, "y no todas civilizadas".

10

Según el conocimiento védico, hay tres

dinastías[11], de su geografía real, y hasta del verdadero calendario[12].

Tres milenios atrás, la gente empezó a quejarse de la llegada de *los hombres de*

---

tipos de sistemas planetarios, superiores intermedios o inferiores. (Semidioses humanos y demoníacos) 4 son de los semidioses, de los humanos hay 3 tipos, de los cuales 2 son celestiales y el único no-celestial es en el nivel en el que estamos, los demoníacos son 7, y de estos el cuarto, es el más avanzado en tecnología y riqueza material.

11

Hay tres dinastías familiares que gobiernan todo el universo, y se encuentran prácticamente en los tres mundos.(se llama así a los tres tipos de sistemas planetarios que hay en este universo)

12

En la cultura védica, el calendario del tiempo no se basa en las cuestiones políticas-religiosas que se inventa un pueblo como les de la gana, se basa en el calendario real en el cual se encuentra el universo, el Manvantara actual, el ciclo correspondiente, la era correspondiente, y el año correspondientes dentro de dicha era.

Kaly Yuga[13], ya que estos empezaron a quemar los bosques, destruir los paraísos continentales, asaltar a los Pueblos Originales, contaminar el agua, el aire y la sagrada tierra. Quemaron bibliotecas y civilizaciones, impusieron prejuicios miedos tabúes ignorancia y todo tipo de falsedades. En las eras de Kaly Yuga este Tierra Plana está en manos de seres infernales.

Pero levantemos el vuelo rumbo a Āryāvarta[14], es hermoso todo lo que vemos de *la era anterior*[15], antes de la

---

[13]

Kaly Yuga, es la edad de hierro en la que nos encontramos, es la más pequeña de las 4 eras que forman el ciclo (medida del tiempo que controla el universo).

[14]

Nombre con el cual se conocía el continente de India en la era anterior, hace más de 5.000 años atrás.

[15]

La era de Dvapara Yuga: Es la era de

llegada de kaly Yuga. Hay alegría veracidad limpieza opulencia sabiduría justicia libertad y ecuanimidad por todas partes, tanto en sus reyes como en sus pueblos.

- ¿Que dicen de nosotros que estamos 50 siglos por delante?

- Que somos extraños, lo que ven en nosotros desde la era anterior, como existencias humanas, ni siquiera se les pasa por la cabeza.

Y resbalando desde esos lejanos tiempos hasta el presente, vemos que todas esas hermosas culturas y nobles mentalidades ya han sido derribadas en diferentes épocas de esta era, estos *diminutos seres*[16] han sido el origen de la gran tragedia.

———————————————

cobre, que dura 864.000 años.

Desde el continente de los Pulinda[17], se organizó *la gran invasión planetaria*, y después de 5 siglos de constantes saqueos y genocidios del quinto milenio de la era de Kaly, se inventaron *esos reinos* basados en *administrar tierras robadas*, a eso se llamó: la edad moderna, hasta que *llego el momento de la gran tragedia, un* 12 de *octubre* del año 2.056

EL DÍA DEL GOLPE MAESTRO

16

Referente a las variadas razas de seres humanos que nacen específicamente en las eras de kaly yuga.

17

Antiguo nombre que se le daba a una provincia de Āryāvarta, la cual hoy es conocida como "Europa".

A partir del 11 de septiembre del año 2.001 los gobernantes chinos empezaron a construir 90 colosales cavernas bajo su territorio. Estaban vitrificadas por dentro a causa de las explosiones que fundían las rocas. Las *ciudades de los clones* las construyeron en 60 de esas inmensas cavernas ubicadas a 6 kilómetros de profundidad. *Las fábricas bélicas* eran 19, y estaban ubicadas a 13 kilómetros de profundidad, y finalmente las *cavernas de los alimentos* eran las más hermosas, ya que dentro tenían bosques de frutas en diferentes plataformas, habían jardines y tanques de agua, hermosos ríos a colores, y pequeños lagos de agua dulce con campos de cultivos en diferentes niveles. *Estas cavernas eran 11, ubicadas a 16 kilómetros de profundidad, cada una de estas últimas cavernas era el doble de tamaño que las dos anteriores.*

Las cavernas estaban iluminadas con poderosos cristales, por eso dentro de ellas no existían la noche. Era una tecnología que el encargado de todos estos proyectos aprendió de los aghartitas, unos poderosos seres que vivían dentro de la tierra, a ciento ocho kilómetros de profundidad, y a cuyos reinos estaban prohibidos entrar, sin embargo en esa ocasión, los aghartitas invitaron telepáticamente al encargado de todas esas obras, a que bajara a visitarlos por un camino secreto, y fue en esa oportunidad en la que le enseñaron toda esa ciencia de como iluminar las profundidades con el arte de los cristales.

Las aguas que llegaban a todas esas cavernas venían directamente desde la Antártida por medio de una increíble ingeniería subterránea de grueso calibre que pasaba por debajo de los océanos y los continentes. Para crear ese fantástico mundo subterráneo trabajaron millones de chinos, quienes nunca más pudieron regresar a la superficie.

Las 90 cavernas estaban conectadas entre sí por medio de túneles al vacío de 2 metros de diámetro, por ellas se deslizaban trenes electro-magnéticos en forma de cápsulas a velocidad Mach 1[18].

Ningún gobierno de la edad moderna llego a sospechar que algo tan maravilloso, cargado de una sorprendente tecnología en todas sus infraestructuras se estuviera construyendo en completo silencio bajo el amplio territorio chino. En la construcción de estas 90 cavernas subterráneas pasaron 22 años a ritmo de frenesí. Nadie de la superficie supo nada sobre su existencia, pero, de vez en cuando

18

había ejecuciones sumarias en la superficie terrestre por diferentes lugares de China por parte del gobierno de Pekín. La prensa internacional no sabía exactamente la razón del porque eran ejecutados, pero los *analistas internacionales* especulaban de que todo eso debía de ser por algo realmente descomunal que los gobernantes chinos estaban manteniendo en secreto, ya que las causas de esas condenas a muerte no se ajustaban a la realidad de los individuos ejecutados. Es así como todas esas 90 cavernas con diferentes estructuras se construyeron en completo secreto.

***

La tecnología genética con la que se creó a los clones fue trabajo exclusivo de los cybergrises desde el primer momento en que se inauguraron las ciudades subterráneas. Ellos eran los encargados de llenar todas esas ciudades con la flamante *población clonada*. Había 6 Cybergrises por cada ciudad subterránea, y todos estaban bajo un único mando, *el señor Krill*.

El señor Krill pese a tener varios milenios de edad, era *un gris*[19] muy entusiasta y con una excelente memoria. Era el último sobreviviente de su antiguo planeta, al cual solía recordar observando la estrella polar que se proyectaba en forma de holograma desde el chip de su metacarpo. A la derecha de la estrella polar se mostraba 3 planetas, y al tercero de estas le colocaba el nombre de: "Vidyadhara"[20], allí nació 4.000 años

---

19

Una forma de vida muy inteligente de pequeña estatura y gran masa encefálica.

atrás. Este astro es un *planeta celestial movible*, que viaja por debajo de *los 9 planetas del destino*[21], y gira sobre una inmensa órbita designada en la zona de Antarikṣa[22], pero dentro ella en estos momentos ya no queda vida inteligente.

Es una raza de seres inteligentes pertenecientes a la categoría de los *seres humanos celestiales*.

[21]

El que enseña desde el principio de los tiempos la cultura védica referente al sol la luna y los 7 planetas que le acompañan. Y según el momento en que se encuentre posicionados en su amplio viaje, todas las formas de vida inteligente que nacen en el universo, tienen influencias favorables o desfavorables en el momento del parto, que le marcan en algún aspecto a esas vidas que tendrán esas almas, dentro de esos cuerpos.

[22]

Según la información del Srimad Bhagavatam - la historia de nuestro universo - esta zona, vista desde nuestro planeta, quiere decir "el espacio exterior", porque en cuanto logramos atravesar nuestra atmósfera, entramos dentro de las aguas sutiles que cubren nuestro mundo, Y en cuanto atravesamos esas aguas, por encima de

El gris llevaba 4 pequeños y finos piercings de oro en fila vertical por debajo de la nuca. Andaba vestido solo con un pantalón, el cual era muy especial. La parte superior de su cuerpo siempre estaba desnudo y en este se podía observar diferentes tatuajes. El más grande de sus tatuajes ocupaba la mitad de su espalda derecha, y en ella estaba grabado el plano de Sisumara[23], las estrellas que hay al otro lado del Brahmananda[24]. En esa zona hay varias *islas*[25] al cual sus *antepasados no*

ellas hay un gran espacio exterior donde hay fuertes corrientes de aire, hechos con oxigeno, y cubren toda la parte central del universo, dentro de ella, en su centro se encuentra la estrella polar, la cual es conocida en la cultura védica como "El planeta de Druva Maharajá".

[23]

La forma de delfín que tiene el otro lado del universo, y que se lo puede observar directamente.

[24]

el universo

transformados solían ir a visitar en sus espectaculares naves espaciales. Son los planetas conocidos como Svar Lokha. Por encima de ellos ya se encuentran los encargados del buen funcionamiento de este universo: Los semidioses. Todos ellos suelen realizar grandes *festivales universales en todos los tiempos*. A lado izquierdo de su cuello tenía tatuado un pequeño Nāga[26] y en la palma de su mano derecha estaba el gran Âditya[27] que

---

25

Según la información védica, los "planetas" como nosotros conocemos, esferas de tierra, no existen en el universo, sino mas bien que todos los planetas son en forma de islas, con tres tipos diferentes de atmósferas. Una externa, una en forma de acuarios y otras dentro de las mismas tierras (bila-svarga = cielos artificiales subterráneos)

26

Una serpiente celestial.

27

El sol central que viaja por esa gran órbita

viaja con *tres tipos de velocidades*[28] dentro de Antarikṣa[29], este alumbra tanto su antiguo planeta como a los planetas celestiales y la de los semidioses.

Los cybergrises estaban conectados a un programa de *individualidad artificial*, y eso era lo que controlaba perfectamente el señor Krill con su prodigiosa cabeza. Eran sofisticadas computadoras repletas

---

central que cubre las 12 zonas de este universo

28

En la historia de este universo (El Srimad Bhagavatam) se explica que el sol central, viaja en 3 tipos de velocidad: moderada, lenta y rápida, sin embargo da 5 nombres diferentes de esas velocidades en sánscrito: samvatsara, parivatsara, idāvatsara, anuvatsara y vatsara

29

Es la zona exterior del universo, en relación a nuestro planeta, en relación al universo es la zona central del universo, en el cual hay corrientes de aire, y por el cual se mueven los 9 planetas del destino de este universo.

de inteligencia artificial con un acabado sorprendente, pues se trataba de excelentes robots cubiertos con la carne gris de los últimos individuos transformados de la especie del señor Krill, esa es la razón por la cual al señor Krill los chinos le llamaban simplemente "El Biológico", para diferenciarlo de todas esas súper computadoras que realmente parecían estar vivas.

Las ciudades de los clones estaban divididas en 6 niveles de profundidad. El primer nivel estaba destinada a la clonación, el segundo a las instrucciones mentales y los restantes a gimnasios academias comedores y dormitorios.

Desde sus ciudades se comunican con todas las cavernas de trabajo, estos se trasladan de pié por todas las profundidades en cápsulas transparentes electro magnéticas, en una amplía red subterránea repleta de luz y velocidad.

Los cybergrises descansan *un día cada seis días de trabajo*. Los chinos llegados de la superficie, *cada 12 horas de trabajo, descansan otras doce*, en las que dormían y realizaban sus actividades diarias necesarias correspondientes a sus formas de vida. Todos vivían dentro de las mismas ciudades. Los chinos clonados, trabajaban 18 horas seguidas y descansaban 6, de los cuales 4 eran para dormir. Los clones no tenían residencia fija como lo tenían los chinos de la superficie dentro de las 60 ciudades. Los chinos de la superficie que vivían en este mundo subterráneo, no se reproducían, porque además en esa zona no había mujeres chinas, y como tenían un tiempo de vida determinado, finalmente todos fueron desapareciendo a su debido tiempo a pesar de su inmensa cantidad.

Pasado los años después de su inauguración, en esas ciudades solo quedaron los clones.

Una de las características de los Cybergrises es que descansaban en cualquiera de las ciudades que les tocara descansar y todos hacían exactamente lo mismo, dirigir a los chinos de la superficie y a los robots que nunca dejaban de trabajar. Moviéndose todos por diferentes cavernas, cubrían diferentes actividades en diferentes horarios. Todos las actividades de los Cybergrises estaba relacionado con la construcción.

Los Cybergrises carecían de residencia, cuando les tocaba descansar, allí mismo se quedaban quietos, esperando a ponerse en marcha nuevamente, mientras se cargaban sus pilas para varios días. Sus mecanismos nunca fallaban, tenían un programa de autorecuperación inmediata que les protegía de todo tipo de fallos físicos y de la programación de inteligencia artificial.

Los clonados crearon la tecnología del Planeta Chino bajo la dirección del señor Krill, y entre ellas la cosa más sorprendente que realizarían fue la construcción de las *Naves Nodrizas* para que los militares chinos alcanzaran nada menos que Antarikṣa. Había también un programa de una segunda construcción de este tipo de naves para la sociedad civil, para un siglo más tarde. También construirían las primeras *ciudades aéreas y submarinas, así como las ciudades mecanizadas de la superficie, ya que los hombres dejarían de vivir en ciudades hechas de hierro y cemento sujetos al suelo de la tierra. Llego el tiempo de desprenderse de la superficie. Las carreteras dentro y fuera de las ciudades quedaron completamente inutilizadas.*

También crearon sofisticados bosques mecanizados para producir oxígeno dentro de las ciudades y las casas mecanizadas.

***

"El biológico", como llamaban los chinos al señor Krill, vivía en un cuartel militar sobre la superficie, él era el único controlador de todos los proyectos chinos desde la superficie. Desde su ventana miraba al pasado como al futuro, así pasaron 22 años mientras se construía toda esa monumental infraestructura. Esa fue la época cuando los cybergrises no paraban de volar por todas partes dentro de la tierra, con todos los mapas electrónicos, los proyectos por secciones, los trabajos del día y las órdenes del señor Krill. Y los pequeños robots que dirigían, fueron los únicos mecanismos que nunca descansaron hasta la llegada

del *Golpe Maestro*. En parte, el señor Krill, solía estar semanas enteras sin poder dormir debido a su gran actividad cerebral, pero siempre, de vez en cuando, necesitaba descansar por lo menos un par de horas, momentos en las que en vez de soñar solía entrar en trance, recordando a sus seres queridos, a los que nunca pudo olvidar.

Centenas de miles de ingenieros chinos estaban bajo la dirección de esas portentosas máquinas, los cybergrises, quienes los dirigían organizadamente a todas horas y en todas partes. También controlaban el buen funcionamiento de otras máquinas autónomas de mayor categoría por su precisión que solían estar en trabajos donde los chinos físicamente no estaban capacitados para entrar.

Todas las ciudades subterráneas se inauguraron el mismo día con sus respectivos metros[30] de alta velocidad. A partir de ese momento, la misión del biológico, era la de reproducir en cada ciudad subterránea una media de 314 clones por día durante 29 años seguidos. Todo eso era parte del *plan maestro*, algo realmente descomunal que duro medio siglo de trabajo.

***

El biológico miro satisfecho los tanques de reproducción de clones que estaban acoplados unos encima de otros, formando muros que parecían panales de gigantescas abejas. Cada tanque hexagonal estaba hecho con cristales amarillentos. Los recipientes eran

[30] Sistema de trenes de alta velocidad que se comunican entre todas las cavernas subterráneas en el territorio chino de la "edad moderna".

abastecidos desde dentro con agua vitaminada. La abertura de estos romboides se encontraba en la parte frontal superior, y a estas llegaban *los científicos chinos* en sus pequeños escritorios anti-gravitatorios, para depositar en ellos a sus respectivos *embriones numerados*.

Esas aguas vitaminadas eran iluminadas con una suave luz de color violeta. Los embriones flotaban por la mitad de los estanques, una suave luz violeta los alumbraba desde dentro. Allí estaban hasta llegar a crecer el metro 66 centímetros. Los clonados eran como los chinos de la superficie, pero con el cráneo encefálico un 6 % más voluminoso.

Los embriones dentro de los tanques de agua vitaminada recibían una gran variedad de *electricidades alimenticias,* una ciencia extraña y dolorosa, pero a raíz de ello los clones salían robustos y fibrosos, donde todos llegaban a pesar 66 kilos con 6 gramos, ese sería el peso exacto que mantendrían toda la vida, ni un gramo menos, ni uno por demás.

Cuando los clones estaban desarrollados, los científicos chinos los sacaban con las *succionadoras* desde sus escritorios anti gravitatorios para depositarlos en las literas del suelo. Allí despertaban. El simple hecho de abrir los ojos sobre las frías planchas del acero inoxidable significaba el fin de la oscuridad. El fin de todos esos tormentos en el cual estuvieron sometidos durante 6 días de intenso crecimiento. Los clones se bajaban de sus literas sin saludar a nadie, seguían el *camino programado en sus cerebros*. Mentalmente tenían el instinto de haber gateado antes y por eso lo hacían con paso firme. Se dirigían a su primera ducha. Luego iban al vestuario a tomar *la ropa que nunca cambiarían*, esos trajes mantenían el cuerpo entero limpio por dentro y por fuera, aunque eran un modelo diferente al del señor Krill, tenían las mismas funciones.

Cuando el biológico vio a su primer clon andar perfectamente sintió que era un día maravilloso, ya que entendió que todos los clones se desarrollarían correctamente dentro de los tanques hexagonales a lo largo de todos esos años.

Luego de tomar *su primer alimento vegano* recibían sus primeras instrucciones sobre quién es el amo y cuál es el deber. Así de económica era *la humanidad clonada* para el gobierno chino, no había matronas biberones pañales ni parvularios. Nacían para ir directo al trabajo sin salario alguno. No tenían ni madre ni padre, pero a pesar de todo eso, los clonados eran individuos con inteligencia controlada, y por ello muy limitada con respecto a las preguntas que se hacían ellos mismos respectos a sus propias existencias, a pesar de esto, ellos entendían que los *chinos de la superficie* que compartían sus ciudades y demás actividades se complicaban la vida teniendo estaturas pelos rasgos y rostros diferentes ¿Para qué? Los clonados tenían todo exactamente igual, así todo era más simple, lo único que tenían irrepetible era el número que llevaban marcado en el pecho con símbolos QR[31], además, los chinos clonados tampoco tendrían durante sus vidas canas ni arrugas como *los chinos de la superficie.*

Los clonados eran inteligentes y entendían las cosas en silencio, pero

Un código QR (del inglés Quick Response code) significa "código de respuesta rápida"

estaban programados para no compartir nada de lo que pensaban, debían de reprimir al máximo las cualidades *que llevan como almas eternas*, lo cual era una pena, porque realmente tenían muchas capacidades para desarrollarse esplendorosamente como personas, pero no podían hacerlo, ya que estaba completamente prohibidos de opinar nada que sea ajeno al deber asignado. En esa vida solo debían "obedecer" y nunca razonar respecto al bien o al mal, pero como finalmente son personas, unos más que otros razonaban a escondidas, aunque esos hechos internos nunca lo revelaban a nadie.

De entre los que si se tomaban el arte de pensar seriamente en sus adentros, sacaban sus propias conclusiones sobre *los chinos de la superficie*, y todos coincidían en lo mismo: no entendían porque *los chinos de la superficie* para venir a este mundo tenían que hacerlo a través de dos cuerpos con géneros diferentes ¿Dónde se ha visto eso en el mundo de los clones? Con lo fácil que es nacer de un par de tubos de ensayo ¿Porque complicarse la vida? Pero sea lo que sea, *los chinos de la superficie* representan a una realidad completamente antinatural para el mundo de los clonados.

Sin embargo para *los chinos de la superficie* los clonados no eran propiamente humanos al ser todos exactamente iguales, tampoco eran proyectos, ya que eran una realidad antinatural completamente consumada en el mundo de los tubos de ensayo, porque eso de tener cuerpos únicos con números diferentes ¿Dónde está la gracia? Los clonados no se reproducen, y de sus bocas ni siquiera sale diálogo alguno en tiempos de paz, porque esta gente no tiene nada de que charlar, están prohibidos de pensar con libertad, y menos de expresarlo. Los clonados eran lo más parecido a los cybergrises que solo hacían caso a la onda de radio interna que tenían implantada en el cerebro.

Sin embargo en tiempos de guerra los clonados y los no clonados tenían varias cosas en común: armas, muerte y gargantas, porque los clonados a la hora de la guerra soltaban terroríficos gritos que ningún chino era capaz de imitar, además eran guerreros muy sofisticados ya que eran capaces de matar en todas las direcciones al mismo tiempo.

Cuando todos los clonados salieron de sus ciudades subterráneas el día del Golpe Maestro en diferentes ejércitos secretos, tenían entre 4 y 33 años de edad, pero todos parecían haber nacido en el mismo día y a la misma hora. De entrada todos los clonados parecían muy chinos empezando por los ojos, tenían el mismo *corte de pelo que nunca crece*, la misma ropa al estilo de Mao Zedong, ropa elegante que constantemente se esta limpiando, pero cuando estaban en grupos, parecían seres llegados de otro mundo.

El detalle más sorprendente sobre la creación de estos clones es que todos vivirían exactamente 300 años a partir del día del *Golpe Maestro,* si es que no morirían antes en alguna de las muchas guerras que les esperaba. Esta sorprendente noticia llego a toda la población china a través de los informes autorizados que se les facilitaban a las 6 televisiones planetarias que poseían los chips del metacarpo. El creador de esas 6 únicas cámaras aéreas autónomas también era el señor Krill, y estas tenían la extraña patente marcada en sus chasis que decía: *casi indestructibles.*

Durante sus vidas no mermaría en ellos la fuerza de sus sentidos hasta el mismo día de sus programadas muertes que sería un 12 de octubre del año 2.356, ese día, teóricamente, harían una gran fila enumerada para arrojarse de cabeza a las incineradoras de los mataderos. Aunque había también la remota posibilidad de que esa cola nunca llegarían a realizar por la ausencia de todos ellos. De todas maneras sería una bonita despedida *al estilo clon*, sin lágrimas ni ceremonias por parte de nadie de este mundo. Además nadie les dará las gracias por todo lo que han hecho durante esos tres siglos de vida, y por supuesto nadie los extrañara. Los chinos de la superficie por lo contrario tenían la muerte marcada por *sus propios destinos*[32] y no por un programa genético computarizado, ellos si tendrían problemas sentimentales, posiblemente alguien los recordaría, alguien les lloraría, alguien los extrañaría, y además alguien les agradecería por todo lo que hayan hecho por este mundo durante sus vidas, para entonces ya escondidas a los ojos de sus familiares.

Los últimos 4 años después de ese duro medio siglo de trabajo fue para el gobierno chino una lucha de inteligencia para poner a punto *su asalto al mundo.* El día en que salieron los clones por todos los cielos del planeta asustaron a todas las poblaciones con sus terroríficas naves, mientras descendían con sofisticados y variados armamentos en sus manos, y sus rugientes gritos se escuchaban por todas partes, y a pesar de ser 300 millones todos los clones, se sentían como si fuesen un solo bicho con múltiples cuerpos, esa era la gran diferencia que tenían con los cybergrises, quienes *solo eran parte de un programa con una cubierta de alta gama biológica.*

Los chinos clonados eran una versión que nunca debió de existir porque carecían de esa libertad que se necesita para poder discernir el bien del mal, y por ello, posiblemente las leyes del karma no podían tocarlos. Obviamente que todo eso cambiaría en cuanto decidieran hacer suyos todos sus actos, pero los clonados nacieron solo para ser *números vivos,* y aunque eran almas individuales estaban todos conectados a un solo pensamiento, a una sola voluntad y a un solo mando, finalmente eran almas atrapadas, es decir: almas teledirigidas a través de sus propios genes manipulados.

El día del Golpe Maestro salieron a conquistar el mundo con *la misma mirada matemática*, ya que cada uno de ellos sabía sobre cuantos metros cuadrados iban a dar sus primeros saltos, calculando cuantos seres humanos *no chinos* de la superficie iban a matar según la zona en que les tocara actuar.

***

Cuando China conquisto el mundo los líderes del partido comunista desaparecieron como por arte de magia, al parecer ya no eran necesarios, nadie supo más de ellos, nadie los reclamo, era como si nunca hubiesen existido, y en lugar de ellos aparecieron *los doce apóstoles chinos* vestidos con túnicas blancas, con *el ojo que todo lo ve de ojos rasgados* y color dorado bordado en alto relieve en el pecho. Llevaban en sus manos derechas una *vara de mando* que les entrego personalmente el señor Krill en nombre del amo de todos los chinos llamado Rava Yavasura[33], y les enseño personalmente el uso de esas varas de mando, los cuales tenían 6 tipos de poderes místicos, para su defensa personal.

Cuando la vara la tiraban al suelo con la punta de frente esta se convertía en una espantosa culebra venenosa conocida como la Naga Sataka, este poseía un solo colmillo con un poderoso veneno. El segundo poder místico salía cuando se la tiraba de la misma manera pero de forma inversa, entonces la vara se convertía en una espantosa nube de moscas carnívoras conocidas como Sona-ti-siricas. Esas moscas devoraban los cuerpos humanos en pocos minutos,

---

33 Un Raksasa reptiliano (Un poderoso ser demoníaco de carne y hueso)

huesos incluidos. El tercer poder místico salía cuando se tiraba la vara al cielo girando sobre sí misma, entonces se convertía en la terrible Anantis-honasi-tav, el cual era un centollo gigante que llevaba una gruesa cadena de hierro en el hecho. Ese monstruo que flotaba era capaz de comerse 6 chinos no clonados de un solo bocado. Realmente era feroz cuando abría su inmensa boca y posiblemente los apóstoles lo usarían en caso de extrema necesidad. El cuarto poder místico salía cuando se tiraba la vara en forma de lanza hacía el cielo y esta se convertía en millones de piojos blancos llamados Piordep, estos al caer se encendían como una sola bola de fuego reduciendo a cenizas cualquier nave de combate, pero si esta misma se le lanzaba sobre una gran más a de personas, entonces salía el quinto poder místico donde la vara se desmenuzaba en millones de piojos rojos llamados

Piolbap que al morder las carnes humanas estas se fundían enteras como la cera, ese poder mágico realmente era horroroso. El sexto poder era tan terrible como las anteriores, si el apóstol usaba la vara como una linterna sobre los ojos de sus adversarios inmediatamente estos se encendían como antorchas, dejándolos ciegos para siempre ya que los glóbulos oculares se convertían en carbón, y caían al suelo como dos negras bolas dejando atrás el humo saliente de las cavidades orbiculares. Esta terrible linterna se llamaba Satsil Heghanav.

Al día de la conquista del mundo *los doce flamantes apóstoles chinos* explicaron a la población mundial que ese era el día d*el Golpe Maestro*, que los clones solo atacarían a los militares que no se rindieran al poder chino, también ordenaron por todos los medios de comunicación, de que la gente se quedara encerrada en sus respectivas casas, ya que estas no serían atacadas, lo cual en algunas ciudades condenadas era una trampa mortal. El mundo entero fue tomado por sorpresa por parte de un país que para entonces era el principal estandarte de la democracia moderna, y a cuyo último presidente ese mismo año, las fuerzas fácticas que controlan la civilización moderna, le habían otorgado el premio nobel de la paz.

Fueron los chinos clonados los elegidos para enfrentarse a los ejércitos más poderosos de la superficie, y coordinaron esas actividades bélicas con millones de chinos de la superficie. Los clonados eran guerreros consumados y por eso derrotaron en cuestión de 18 horas a los ejércitos de élite de Rusia, Estados Unidos, Europa, África, países asiáticos y todo sud América. Los chinos conquistaron el mundo de una forma maravillosa y sorpresiva, gracias a una gran cantidad de maquinas bélicas extremadamente sofisticadas, donde chinos, humanoides chinescos y una amplia red de máquinas bélicas perfectamente sincronizadas por tierra mar y cielo derrotaron a todos los ejércitos de la edad moderna. Fue el resultado de un esfuerzo bélico de 55 años de trabajo en las cuales participaron miles de empresas militares, cientos de miles de científicos, decenas de millones de trabajadores chinos, y por supuesto la exclusividad total de todos los miembros del partido comunista chino.

***

Mientras China se armaba en silencio, en la superficie de la *Tierra Plana* en esos años también hubo conflictos bélicos de todo tipo. Los supuestos amos de *las grandes jaulas*[34], inventaron guerras injustificadas para eliminar sociedades orientales más avanzadas que las sociedades occidentales. De esa manera destruyeron las últimas realidades celestiales que aún existían en África, América y Asía, pese a que 5 siglos atrás todas ellas ya fueron parcialmente destruidas. Indudablemente la negra historia volvía a repetirse.

El día del *Golpe Maestro* las tropas militares chinas tenían un infinito número de soldados en tierra mar y cielo, era como si diferentes océanos repletos de chinos armados se ubicaran en todos los horizontes porque no tenían vehículos mecanizados terrestres ni tropas terrestres. Todos los militares chinos poseían trajes anti-gravedad y sus armas

---

[34]

Países.

brillaban lustrosas en el cielo. Todo el espacio planetario fue cubierto con sus presencias y sus municiones. Ráfagas y bombardeos aéreos caían como violentas tempestades barriendo todos los horizontes y los ejércitos del planeta no tenían donde esconderse. Los misiles electromagnéticos que salían de las pequeñas armas de los clones eran indetectables espantosas e ilimitadas. Sus *silbidos* jamás habían sido escuchados antes por nadie, y por ello todos los ejércitos que se enfrentaban estaban siendo reventados y reducidos a cenizas, aunque se metieran diez kilómetros bajo tierra. Fue el día más horrible de la historia humana, cuando el mundo entero fue incendiado y todos los militares de élite de la edad moderna fueron completamente despedazados.

Era indudable la apabullante superioridad de los chinos que se posesionaron en todas partes y atacaron al mismo tiempo con la mortal sorpresa que se trago todos los ejércitos de la edad moderna. Una excelente obra bélica que solo duro 24 horas, si hubiera habido 7 Tierras Planas más junto a la nuestra, ellos hubieran sido capaces también de conquistarlas en 7 días, así de terrible y eficaz era el poderoso ejército chino que se llamaba a sí mismo: Aliados[35] del bien. Fue ese bestial asalto lo que cambio la realidad mundial de un día para otro. A partir de entonces solo se podía hablar en chino mandarín, el que no lo hablara era ejecutado, por ello millones de personas siguieron perdiendo la vida durante la primera semana después de la caída del planeta. A la segunda semana el 66 por ciento de la población mundial ya hablaba chino mandarín, pero a la tercera semana

[35]

Referente a la alianza entre chinos clonados y chinos naturales.

todos los sobrevivientes hablaban todas las palabras necesarias como para no ser ejecutados.

En el día del Golpe Maestro se hizo *la primera fundación del Planeta Chino*, pero con esta no empezaría a rodar *el calendario del nuevo año cero requerido*, esta solo empezaría a rodar a partir de la cuarta fundación. La mala historia de los calendarios inventados por capricho volvía una vez más a repetirse en este mundo.

Al día siguiente del Golpe maestro dieron el primer decreto, tan extraño como ellos mismos, y este decía:

- Todos los cadáveres humanos que aparezcan a partir de este día, sea por muerte natural, ejecución, accidente o enfermedad, entraran directamente a ser parte del menú de los militares de la superficie.

La población civil quedo conmocionada, no entendían exactamente a que se referían, pero además dentro de ese decreto, había una larga lista de prohibiciones, donde se dictaminaba que a partir de entonces, para la población civil estaba prohibido imprimir filmar o grabar. Las bibliotecas fueron quemadas, eliminaron la prensa la literatura y el canto. Las imprentas, los estadios de futbol y los cines como también los teatros fueron completamente demolidos. Incluso cambiaron el nombre de la ciudad de Pekín, a esta se la llamo desde entonces *Pekín Rururava*, en honor al propietario de todos los chinos, pero esta no se refería a la gran ciudad construida sobre la superficie terrestre, sino a una gran ciudad espacial. Este sería el palacio de Gobierno de los 12 doce apóstoles chinos, así que Pekín Rururava, trataba de una esplendorosa nave que podía moverse libremente por todo el planeta, pero su lugar fijo siempre sería sobre la ciudad de Pekín, ciudad que ya estaba empezando a ser demolida meticulosamente.

LA NUEVA GEOGRAFÍA

Los nombres de los continentes fueron cambiados en honor a *los 7 generales* que conquistaron la Tierra Plana: Huang, Seng, Lee, Zhao, Chen, Zhang y Liu.

A Norte América le llamaron desde entonces la provincia de Norhuang porque fue el general Huang, conocido como "el estratega" que estando al mando de 50 millones de clonados y 30 millones de militares chinos conquistaron los Estados Unidos en menos de 24 horas, incluida sus 1.300 bases militares fuera del territorio americano. Recordando que en esos días había una guerra civil de varios años en todos los estados del pueblo americano en contra de su propio gobierno, así que hubo muchísimas bajas en el bando de los civiles, así como la de todos sus militares que fueron ferozmente aniquilados. El enfrentamiento del pueblo americano contra la invasión china fue valiente en todos y cada uno de sus pueblos y ciudades, ninguno se rindió, todas fueron doblegadas por la fuerza.

A Sudamérica se la llamo la provincia de Sudseng ya que fue el general Seng el que al mando de 50 millones de clonados y 40 millones de chinos conquistaron este continente. Este era el general más cruel porque él fue el que puso a funcionar las *máquinas aéreas demoledoras de ciudades* construidas también por los clonados. En 9 horas, bajo sus órdenes, borraron del mapa las ciudades de Sao Paulo, Buenos Aires Lima y Bogotá, junto con todos los habitantes que no lograron salir de ellas. Los edificios las casas los puentes las carreteras fueron pulverizadas a gran velocidad, hasta convertirse todas esas grandes urbes en infinitos restos de oscuras paredes quemadas enterradas en cenizas. Horas más tarde, esas 6 veloces máquinas que trabajaban juntas pulverizaron las ciudades de México DC, Nueva York, Bombay, Hong Kong y Manila. Ese día también cayeron 4 bosques continentales: la Taiga rusa, las Amazonas, la selva del Congo y la selva Valdiviana, estos fueron reducidos a cenizas por diferentes cuadrillas de bombarderos Tupochin 56. El resto de los bosques los dejaron de pie para que los seres vivos puedan aún seguir respirando. Mientras otro tipo de naves anfibias de gran velocidad, controlado por los clonados, iban triturando los submarinos atómicos que ese día se encontraban activos en diferentes profundidades de los océanos.

Europa fue llamada como la provincia de Eulee, porque el general Lee la conquisto con 50 millones de clonados altamente especializados en la guerra urbana, y 30 millones de soldados de la superficie. El único ejército que se enfrento a los chinos en el viejo continente fue Inglaterra, pero toda la armada real inglesa fue reducida a cenizas en tierra mar y cielo en menos de tres horas por el estratega consumado general Lee, y fue un milagro que ese día no hundiera la isla de Inglaterra con su ilimitado poder, ya que eran chinos, pero respecto a su forma de luchar, en su organización militar, ellos imitaron a la Wehrmacht[36].

---

[36]

La Wehrmacht era el nombre de las fuerzas

Sobre los rusos cayeron 50 millones de clonados y 60 de la superficie, bajo el mando del general Zhao, el único chino que tenía *la cabeza de un robot*, ya que su cabeza biológica fue destruida en un accidente laboral, y a pesar de ese trasplante tan sorprendente, este personaje seguía siendo exactamente la misma persona en todos los aspectos de su vida militar. Rusia también sería en esta nueva realidad, la provincia más grande del Planeta Chino, y a esta desde entonces se la conocería como la provincia de Ruszhao.

Australia se llamaba ahora la provincia de Auschen porque fue el general Chen quien la conquisto sin pegar un solo tiro junto a Nueva Zelanda y todas las islas de esa zona, ya que todas ellas un día antes del Golpe Maestro se rindieron en

armadas unificadas de Alemania desde 1.935 a 1.945

secreto ante los chinos. Cuando estos bajaban del cielo, los 10 millones de clonados junto con los 10 millones de no clonados no encontraron resistencia alguna. Ese día en ambas islas no existían militares de ninguna clase, las instalaciones militares fueron abandonadas, todos los militares se mezclaron con el pueblo para recibir a sus nuevos héroes, a raíz de este comportamiento tan extraño, es que los chinos no destruyeron nada de Australia Nueva Zelanda y alrededores, fue el único lugar donde el día del Golpe Maestro no hubo un solo fallecido.

África se llamaba ahora la provincia de Afzhang, porque fue el muy prolífico general Zhang el que la conquisto con 40 millones de clonados y 30 millones de chinos de la superficie. Ahora los amos del continente africano ya no eran ni blancos ni negros, sino todos amarillos con el apellido Zhang, ya que los hijos del general Zhang eran miles, y sus esposas cientos.

Asía fue conquistada por el tenebroso general Liu el cual tenía un aspecto siempre fúnebre, era el más alto y el más delgado de todos los generales, y desde entonces ese continente conocido como la provincia de Asliu, en la cual, todas las generaciones chinas nacidas en ella, por decreto ley, tendrían la misma estatura del general Liu, es decir 2.13 metros de estatura. Los chinos que no alcanzarían esta estatura en Asliu antes de los 21 años serían ejecutados. Afortunadamente todos llegaban a esa altura gracias a las hormonas de crecimiento que exclusivamente el gobierno planetario distribuía en ese continente. El general Liu fue el único militar que estuvo a cargo nada menos que de 50 millones de clonados y 300 millones de soldados chinos muy bien entrenados. Fue el asalto continental más grande, más complicado y el último en rendirse en ese terrible día, ya que fue el único continente en la que todos los militares de todos esos países murieron ferozmente enfrentándose a la invasión china y sus engendros. Al parecer alguien de los servicios secretos les había alertado sobre la invasión planetaria una semana antes, y esa fue la razón por la que en silencio todas las fuerzas militares de Asia estaban preparados para emboscarles por todo el continente. En esta operación de defensa participaron todos los gobiernos del continente asiático, pero de nada sirvió esa unión anticipada, aunque allí murió el 66 por ciento de los soldados chinos invasores, ya que fueron derrotados en ese mismo día. Allí murieron 864 millones de personas en menos de 24 horas. La derrota de Asia fue la más espantosa por su inmensa cantidad de muertos en ambos bandos.

TODOS LOS HUMANOS SON CHIPEADOS

A partir del segundo día del Golpe Maestro toda la humanidad empezó a ser chipiada tal como ya lo eran todos los chinos y sus clones. El chip los colocaban en los metacarpos de la mano derecha desde bebes recién nacidos hasta ancianos a punto de morir. Todo *ser humano se convirtió oficialmente en un número virtual* sin nombres ni apellidos a partir de ese día, y al igual que los clonados todos llevaran su respectivo número irrepetible en forma de código[37]

Un código QR (del inglés Quick Response code, "código de respuesta rápida")

QR[37] *dentro del chip, cada ser humano tenía su irrepetible número como carnet de identidad.* No existían dos números iguales en el Planeta Chino.

En los chips entraban todos los datos de su ADN, nacionalidad, currículum, historia clínica y les indicaban cual iba a ser su correspondiente *salario de moderno esclavo que tendrían dentro* del Planeta Chino. Todos estaban obligados a trabajar o estudiar. También estaba incluido el número máximo de latidos otorgados a su corazón a partir del día del Golpe Maestro, y este era suficientemente largo, 3.500 millones de latidos, los que nacerían bajo este régimen posiblemente pudieran alcanzarlo, pero oficialmente nadie podría superarlos.

El chip del metacarpo proyectaba luces tridimensionales en el aire formando un holograma virtual repleto de hermosos iconos. Al tocarlos con los dedos en el aire, estos emitían suaves tonos musicales. En esta pantalla virtual estaban las 13 funciones[38] esenciales para poder sobrevivir en el Planeta Chino. *El chip de los metacarpos* suplanto al dinero y a las tarjetas de crédito, con el chip se compraba y se vendía, se recibía el sueldo, los créditos del único Banco Chino, los permisos para moverse de casa al trabajo y viceversa, las citaciones de sus respectivas autoridades, las leyes, las noticias oficiales, la información de su trabajo y el lugar de su correspondiente supermercado virtual. Con el escaneo del chip se tomaba la primera mamadera, se iba al colegio, se recibían *los títulos de*

38 Currículum del número (datos personales, estudio, trabajo salario y medico), comprar, vender, órdenes, banco y leyes.

capacidades y los vehículos anti-gravitatorios que debía de pagar para ir al trabajo.

El sistema capitalista de la edad moderna significaba *esclavos desechables y en esta ocasión todos* lo seguían siendo. Con un clic se dirigían sus vidas y con otro se los podía hacer desaparecer. Gracias al chip del metacarpo las autoridades chinas decidían quien estaba vivo y quien no, fue en esos momentos cuando los 12 apóstoles decretaron que:

- *Recordar a los que han sido declarados fantasmas (muertos o desaparecidos) a partir de ese momento era un atentado contra las autoridades establecidas.*

Así que fue desde entonces que estaba completamente prohibido recordar a nadie que haya muerto, solo se valoraba a las personas que estaban vivas, y entre ellos los líderes supremos eran los más importantes, así como también cualquier ídolo que se inventara para el Planeta Chino.

A partir de entonces la vida humana fue totalmente controlada. No había radio televisión ni prensa libre, tampoco había tabletas móviles ni ordenadores. El chip del metacarpo en parte los incluía a todos, y lo más novedoso del chip era que tenía un programa que detectaba cuando la persona iba a morir de forma natural, lo anunciaba con 6 horas de anticipación, dándoles tiempo a despedirse de sus parientes y amigos.

Empezaron a salir los primero vehículos aéreos y anfibios a la vez, para civiles y militares en tiempos de paz, eran de modelo único, y si fallaran en su mecanismo lo pasaban por debajo de los *arcos rectificadores*, donde todo vehículo o artefacto de trabajo o de familia quedaba automáticamente arreglado. Para entonces la idea de fabricar basura bonita con obsolescencias programadas dentro de las empresas era completamente prohibida. En el Planeta Chino solo las comidas estaban en el plano de las modas del día y de las temporadas, comer era el único lujo, lo único que podía variar a cada instante, lo único que les daba sensación de libertad, lamentablemente el simple hecho de comer llegaría a ser dentro del Planeta Chino algo realmente tenebroso.

EL ESTADO DE SITIO PLANETARIO

La noche del Golpe Maestro[39] toda la humanidad lloró amargamente porque ~~desapareció Internet para~~ siempre, era lo

39

El día en que china se apodera del planeta.

más cruel, lo más oscuro, todo quedo en silencio para la mente, nadie daba noticias falsas o verdaderas, nadie tenía amigos virtuales, nadie podía difundir *chorradas virales*, ya no había más libertad para comunicarse ni siquiera con los enemigos que para entonces uno los podía tener en cualquier lugar del mundo, ya sean en personajes reales o ficticios, buenos malos o neutrales, todos desaparecieron al mismo tiempo y para siempre. Los jóvenes lloraron, pero también lloraron los adultos y los ancianos de todos los géneros razas y condiciones. Lloraron cientos de millones de chinos de la población civil que se esforzaron durante las últimas décadas en ser más occidentales que los propios occidentales. Todos lloraron por su pérdida de libertad física y virtual. En el Planeta Chino se acabaron todos los circos públicos y privados, los cines, los grupos musicales, las bodas, el futbol, los bautizos, los festivales, las ceremonias civiles, los carnavales, los campeonatos deportivos, los paseos, las vacaciones y las horas de descanso en el trabajo. Además, a partir del Golpe Maestro todos los días eran solo lunes[40].

Como la primera fundación del Planeta Chino fue el mismo día del Golpe Maestro, los flamantes líderes informaron una vez más de que iban a haber 2 *inauguraciones más* antes de llegar a la definitiva. Pero una vez más nadie logro entender de qué trataba "La definitiva".

Al principio se instauro *el estado de sitio planetario* y todo era restrictivo, estaba prohibido salir fuera de casa excepto para ~~el trabajo o la escue~~la, prohibido

[40] Algo natural que los chinos venia practicándolo durante siglos.

comunicarse con nadie fuera de los jefes del trabajo y la familia, prohibido salirse de la *ruta diaria, donde cada paso estaba marcado por el chip*, prohibido reunirse con nadie que se encuentre por la calle, prohibido charlar dentro del hogar más de 6 minutos por día. No cumplir cualquiera de estas leyes significaba la pena de muerte en el mismo lugar de los hechos delictivos. Los oídos del gobierno estaban en todas partes, y la vista en por lo menos la mitad de todas las cosas. Cuanto añoraban los no - chinos en ser telépatas como para saltarse olímpicamente todas estas malditas leyes.

Lo único que hacía la población civil ahora, era seguir el camino que el chip marcaba contando los pasos entre el hogar y el trabajo, por ello el chip estaba corrigiéndolos constantemente, y cuando estos se equivocaban de pisada recibían una pequeña descarga eléctrica en la mano derecha. Tanto a la ida como a la vuelta, es decir que ya nadie perdía el tiempo alegremente, por ello todos odiaban al maldito chip del metacarpo, y a pesar de ello muchos chinos estaban orgullosos de su régimen, estos eran los que hacían sus rutas perfectamente y con ello enseñaban con el ejemplo a todos los no – chinos, diciéndoles que debían de acostumbrarse rápidamente al último modelo de lo que es *un moderno civilizado*. Con el tiempo las descargas eléctricas los fueron inutilizando con diferentes programas. Ya que aún había tecnología al alcance de la mano, y los hackers informáticos aún tenían las mentes frescas.

A medida de que pasaba el tiempo, los hábitos de caminar por el suelo, todos los seres humanos lo fueron dejando, pues poco a poco toda la población adquiría un tipo de maquinaria para trasladarse por el aire, de esa manera, incluso, estaban más controlados.

Desde el primer día de la fundación del Planeta Chino, todas las personas tuvieron que acostumbrarse a recibir sus comidas por medio de una mensajería de sofisticados drones a nivel planetario. Estos drones tenían todos los chips del metacarpo perfectamente ubicados en su memoria interna. Pronto *los nuevos hombres civilizados* ganarían su primer sueldo virtual, mientras tanto el gobierno les dio su primer préstamo planetario en forma de comida, con eso, de entrada, todo el mundo vivía de prestado, y hasta que llegara el primer salario, recién empezarán a pagar su primera deuda de esclavitud, aunque al menos, a la hora de poder comprar en sus respectivos supermercados virtuales, podrían hacerlo con completa libertad.

En el Planeta Chino todos estaban obligados a trabajar 16 horas por día, y los estudiantes a estudiar 14, hasta que les llegara la hora de trabajar y ganar su respectivo salario de *moderno esclavo*. Todos trabajarían durante toda la vida y se jubilarían solo 6 días antes de dirigirse a los *refrigeradores militares*. Cuando las personas ya no podían trabajar por vejez accidente grave o incurable enfermedad, entonces eran sacrificados, en el Planeta Chino no se aceptaban personas enfermas, inútiles, vagabundas o dementes, esa es la razón por la que dejaron de existir para siempre las clínicas y los hospitales, a cambio solo existían talleres de recambio de órganos humanos.

***

A partir de enero del año 2.057 el único alivio que tuvo la masa social fue el gran desarrollo industrial de variadas fuentes de energía libre, como la solar, la del viento, la del oleaje, la magnética y la del hidrógeno. 6 meses después del *Golpe Maestro* toda la maquinaria contaminante illuminati que esclavizo al mundo con los derivados del petróleo por más de 200 años fue completamente demolido. Aquello que parecía imposible en *el mundo moderno* fue una realidad aplastante en los primeros meses del Planeta Chino. Todo el cielo de la Tierra Plana fue cubierto por un aire puro sin contaminantes de ningún tipo. Las nubes estaban hermosas sin chemtrails que las atormentasen*, y lo mismo pasaba con los ríos, lagos mares y océanos.*

Aunque las autoridades no habían ordenado, la gente de todos los continentes en sus horas de descanso empezaron a limpiar el planeta, hasta dejarlo completamente limpio. La gente había decidido hacer eso siguiendo el mismo espíritu de trabajo que tenían los japoneses, cuando se entregaron en alma y cuerpo hacer de este mundo un paraíso. En esos meses los japoneses estaban siendo completamente promovidos por el régimen de Pekín, y ellos no defraudaron a nadie. Se propusieron un mundo equilibrado con la naturaleza y lo consiguieron, la humanidad entera le apoyo. Las grandes ciudades demolidas que fueron arrasadas, tales como Nueva York, Sao Paulo, etc. Fueron todas convertidas en hermosos jardines con paradisíacos lagos artificiales repletos de una gran variedad de pequeños bosques. Al verlos, nadie creería que en esa zona, 6 meses atrás, en ella existían auténticas selvas de cemento hierro pavimento y cristal, donde vivían millones de personas completamente abandonadas al smog[41].

El Planeta Chino impulso las energías libres pero por increíble que parezca esa gran revolución planetaria a mediados del siglo 21 no se hizo por una razón humanitaria, sino simplemente por una razón práctica, ya que al principio Pekín Rururava estaba completamente desbordada con tantos problemas que se le acumularon al administrar los cinco continentes y todas las islas.

LA INVASIÓN A BHUR LOKHA

41

Nube baja formada de dióxido de carbono, hollines, humos y polvo en suspensión que se forma sobre las grandes ciudades o núcleos industriales

En los planes del Golpe Maestro no solo estaba conquistar la Tierra Plana sino también invadir los famosos planetas celestiales que hay después de pasar la estrella polar, empezando con Usana[42] y Budhah[43] para terminar en Sanajscarah[44] y Brihaspati[45], conocidos todos ellos como parte de *los Planetas del destino* y seguidamente dar el salto al sistema planetario de Bhuvar Lokha[46], el cual

[42] Venus.

[43] Mercurio.

[44] Saturno.

[45] Júpiter.

[46] Sistema planetario de seres humanos celestiales que hay al otro lado de Antariksa

pertenece a la raza de los *seres humanos celestiales*, y de los cuales se habla en todas las civilizaciones avanzadas de nuestra tierra en el pasado, como el cielo prometido.

El día del Golpe Maestro, mientras la tierra capitulaba al poder chino en medio de las explosiones bélicas de un festival planetario de sangre fuego y muerte, desde diferentes lugares de toda China empezaron a ascender a lo más alto de sus cielos diferentes tipos de naves bélicas que nadie jamás las había visto. Emergían constantemente de las compuertas de las ciudades subterráneas todo un maremágnum de pequeñas e infinitas sorpresas bélicas, pero las más importantes fueron las 6 naves nodrizas, que eran auténticos monstruos mecánicos con feroces diseños, poseían una tecnología maravillosa, algo que los clones habían logrado alcanzar en tan solo medio siglo de trabajo.

Las naves nodrizas se agruparon sobre la isla de Hainán formando un circulo sobre ella, fue allí donde estas máquinas auto-reproductivas empezaron a desarrollarse por todos sus costados, alimentados por hileras de naves suministradoras de diferentes materiales ampliaron su tamaño enormemente. A esa mecánica impresionante nadie podía definirla, pues lo que estaban viendo en los cielos, no sabía si eran máquinas, monstruos o alguna fantasía que iba aumentando de tamaño en su cerebro.

Finalmente las bocas de abastecimiento se sellaron y sus puertas principales se inauguraron, entonces por ellas ingresaron millones de soldados chinos con sus pequeñas y variadas naves, junto con diferentes cargamentos. Las naves nodrizas parecían panales flotantes, rodeados de diferentes tipos de *avispas guerreras* entrando en filas. Cuando la primera nave se lleno con todo su equipaje: máquinas y chinos, esta cerro sus impresionantes puertas acorazadas y empezó a elevarse, seguidamente una detrás de otra hizo lo mismo hasta perderse en el cielo. El ascenso de cada una de ellas era algo emocionante, fue en cámara lenta y los chinos disfrutaron al verlos subir en total silencio, era todo un espectáculo, las naves nodrizas estaban repletas de tropas que cantaban su flamante himno:

Tres son las conquistas del Pueblo Chino
la Tierra Plana

Antarikṣa[47]

47

Espacio exterior, que es parte del espacio central dentro del universo. Es la zona de vientos, donde están los planetas del destino, y de variadas formas de vida y la Vía Láctea.

Tres son los conquistadores del Pueblo
Chino
Rava Yavasura, los 12 apóstoles y todos
sus clones
Hoy es el día del Golpe Maestro
Hoy empezamos la *conquista del
universo.*

Las naves nodrizas se dirigieron por el
alto cielo al borde de la Tierra Plana,
hasta que llegaron juntas al sur de
Sudseng, allí se introdujeron en las frías
aguas de la Antártida, y en las
profundidades de estas aguas se
encontraron con el único portón
submarino que hay en esta Tierra Plana,
conocido como *el portón de Sumali*, el
cual abre su paso con 9 inmensas hojas
de acero, cada una de 600 metros de
ancho y por detrás de esta, se ve un
inteligente.

inmenso túnel que atraviesa por debajo de los continentes de hielo los cimientos de la inmensa cúpula planetaria conocida universalmente como *el domo de la isla de Ajanābha - varṣa*[48].

Entonces las 6 naves nodrizas se pusieron en fila, atravesando el inmenso túnel, hasta llegar al otro lado del *acuario planetario*. Por detrás del invisible muro del gran domo, salieron las naves nodrizas ascendiendo por las aguas densas, para inmediatamente sumergirse en las aguas sutiles echas de gases. Son estas aguas las que cubren nuestro mundo, y por lo menos a la mitad del universo manifestado. Por esas sutiles aguas subieron las 6 naves nodrizas, bordeando el domo, hasta llegar a unos

---

48

Antiguo nombre de nuestra Tierra Plana, antes de que se llamaría Bharata Varsa, aunque en esta era de kaly yuga, tan solo la conocemos como Āryāvarta.

160 kilómetros de altura y ubicarse sobre el mismo centro de la Tierra Plana, es decir sobre el mismo norte magnético.

Desde allí los chinos veían al planeta tal como es, un hermoso acuario de oxígeno sumergido en las aguas de **Garbhodakasai Viṣṇu**[49]. La forma física del planeta era como la de un pilar cortado. Su superficie estaba rodeada por un muro de hielo que sujeta fuertemente todos los océanos de agua salada, dentro estaban todos los continentes y todas las islas, y un inmenso domo de oxigeno de unos 40.000 kilómetros de diámetro en su base lo cubre todo hasta sus bordes. Dentro de ellas las dos luminarias principales, el sol eléctrico, la placa de la luna translúcida, los discos invisibles que

---

49

Aguas sutiles hechas de gases que cubren nuestra tierra plana, y que estas son aguas universales, porque ocupan una gran parte de su espacio físico.

son los que crean los eclipses y las placas de cielo, que a veces tapan al sol eléctrico, sin que la luz del día desaparezca, ya que la luz, es parte del reflejo que da el propio domo.

De esto trata los mundos de este universo, de diferentes tipos de islas, a excepción de los planetas del destino, todo los planetas, desde los seres humanos hasta los semidioses, son islas, y los planetas inferiores son simplemente como piedras aéreas.

Dentro del domo de oxígeno, se ven *los dos peces de la vida, que* se mueven sin obstáculo alguno sobre una ruta marcada en la atmósfera en forma de ocho, viajan paralelos, están formando con su movimiento infinito los días las noches, y las 6 estaciones, y a la vez están alimentando a todas las formas de vida con sus portentosas energías, tales maravillosos peces son el sol y de la luna, ambas con un diámetro de 62 y 54 kilómetros de diámetro aproximadamente. Este escenario por supuesto que está hecho por alguien que está jugando con nuestros karmas[50], y es increíble que todos dependamos de estos dos maravillosos artefactos artificiales.

Los chinos viendo desde esas alturas el planeta, solo veían manchas continentales, manchas de nubes y manchas oceánicas, la tierra desde esas alturas parecía estar desierta deshabitada y completamente pacifica, sin embargo hace pocos días se acababa de realizar una de las más grandes carnicerías humanas dentro de esta era de Kaly Yuga.

50

Karma: Acción reacción, si se siembra bien se cosecha bien, si se siembra mal, se cosecha mal.

Desde ese mismo norte planetario las naves ascendieron en forma perpendicular por las sutiles aguas de *Garbhodakasai*[51], y estas parecían infinitas. *La fiesta del ascenso* continúo para los chinos que no paraban de cantar su himno. Las naves nodrizas parecían una manada de inmensas ballenas. Los chinos dentro de las naves se quedaron sorprendidos de ver como el Planeta Chino desaparecía de la vista, su tamaño era realmente insignificante. Pronto alcanzaron la superficie de las sutiles aguas, pues atravesaron esas 100 yoyanas[52] de profundidad en menos de una hora, y entraron al *espacio exterior*,

Nombre con el que se conoce a las sutiles aguas que cubre nuestro mundo y que llenan físicamente la mitad de todo el universo físico al que pertenecemos.

52

Unidad de medida antigua, cada yoyana son 12.8 Km.

el cual está hecho de vientos de aire dentro del espacio exterior conocido como Antarikṣa, esta zona cubre la zona central del universo, es la zona movible, y en ella se estacionaron a 60 kilómetros por encima de las sutiles aguas que tranquilas dan la vuelta por el universo. Allí se estacionaron los gloriosos chinos con sus brillantes ciudades bélicas de 24 pisos de altura y 3 km de largo y medio de ancho. Desde ese impresionante lugar se podía observar al hermoso *Sisumara*[53] *que estaba* al otro lado del universo rodeado de estrellas a colores, estaban muy nítidas y sin ese efecto titilante.

Sisumara tenía la forma de un delfín a punto de caer sobre las aguas del

---

[53]

Las estrellas que forman un delfín, que parece sumergirse en las aguas sutiles de **Garbhodakasai Viṣṇu**

Garbhodakasai Viṣṇu, era impresionante la vía láctea. Qué lejos estaba todo. En contraste a todo el espectacular universo, las siluetas negras de las 6 inmensas ciudades bélicas, tenían el aspecto de unas inmensas sombras con un carnaval de luces chinas dentro de sus ventanas.

Lo primero que debían invadir eran los dos primeros *planetas del destino* Usana[54] y Budhah[55]. Lamentablemente los chinos ~~no conocían nada sobre~~ *las Vímanas*[56]

[54]

Venus.

[55]

Mercurio.

[56]

Naves espaciales con las que en las civilizaciones antiguas solían salir por el universo, los había tanto Vímanas bélicas como Vímanas sociales, ya sean de grandes yoguis o de realezas imperiales.

militares que en eras anteriores las grandes civilizaciones avanzadas disfrutaron de todas ellas ampliamente. Estas son las únicas naves capaces de alcanzar *los planetas del destino* con total seguridad. Pero para los doce apóstoles ese detalle no existía, solo creían en *la tecnología de los clones* y sus valientes chinos armados hasta los dientes. Ellos reducirían a todas esas civilizaciones a celestiales escombros, cuando esa primera parte se haya cumplido, entonces vendría la segunda parte, que es cuando enviarían a millones de mujeres chinas en naves similares cien años más tarde, para repoblar todos esos planetas doblegados, y en todas ellas tendrán la misión de reproducir billones de chinitos sin control alguno, de tal manera que puedan fundar las primeras *civilizaciones de los primeros chinos celestiales. Era el mismo plan que realizaron sobre Antilia, pero esta vez lo harían en parte del universo.*

Para que los chinos llegaran a *los planetas que marcan el destino de todas las formas de vida inteligente,* debían necesariamente que esquivar a los rivales de Rava Yavasura, y este no les informo nada al respecto, fue un grave error, porque a pesar de toda esa tecnología con la que subieron con todas esas hermosas promesas que les hicieron, no les informaron nada sobre los antiguos enemigos de Rava Yavasura que residen justo en esta zona. Tampoco los chinos detectaron presencia alguna con sus radares en ese paisaje infinito. No esperaban ver reptilianos porque no sabían nada sobre sus existencias invisibles. Sin embargo los enemigos de Rava Yavasura sabían todo respecto a los ejércitos que entraron en su zona sin permiso alguno, y por ello, en cuanto surgieron de las sutiles aguas los reptilianos con sus naves invisibles se posicionaron sobre cada una de las 6 *naves nodrizas.* Lo único que consiguieron los chinos al entrar en Antarikṣa fue abrir el estómago de los reptilianos, quienes veían en las naves nodrizas unos corrales repletos de carne humana.

Un grave error por parte de los 12 apóstoles colocar tantos chinos en Antarikṣa. Pero esta historia del fracaso espacial en el Planeta Chino era algo que oficialmente nunca había existido, a pesar de que fue una campaña militar de gran envergadura, donde participaron 100 millones de militares chinos, de los cuales no quedo ni uno solo con vida. Las 6 naves nodrizas fueron electrónicamente inutilizadas por los reptilianos, e inmediatamente convertidas en congeladores. Nadie se entero de su propia muerte, ya que la bajada de temperatura fue en milésimas de segundo. Así que todos los chinos quedaron congelados como carne fresca, fue un gran regalo para los pocos reptilianos que estaban siempre de guardia sobre *Ajanābha - varṣa*[57], ya que tuvieron desde entonces carne gratis durante nada menos que 100 años terrestres. Solo cuando se acabara toda esa carne, esas ciudades bélicas serían pulverizadas.

Ambas invasiones, la de la Tierra Plana y la de Antarikṣa indudablemente fueron grandes estrategias militares, sin embargo solo la ejecutada en la tierra por

---

57

Antiguo nombre con el que se conocía nuestra tierra en diferentes sistemas planetarios del universo.

los chinos y los clones tuvieron un éxito contundente. Al fracasar el *asalto al universo* los doce apóstoles decidieron que la población humana debía de seguir la misma línea evolutiva con la que la empezaron en la edad media, es decir que lo dejaron en su mejor representación, la edad moderna, pero mejorada, ya que esta culminó en la fundación del Planeta Chino. Y según esa nueva manera de pensar impuesta, todo eso no era más que la prolongación natural de la evolución del chino. Sin embargo los que no eran chinos no alcanzaban a ese nivel, y para ayudarles a que siempre trabajen de buena manera para los chinos, había una vez más que entrar en su parte sentimental, así que tuvieron la necesidad de inventar nuevos santos, ya que ese tipo de creencias impuestas ayudaba a que la población no china en esta nueva realidad, sirva con más entusiasmo al pueblo chino.

LOS 2 SANTOS

Como todo el planeta acato sistemáticamente la ley marcial en los primeros 6 meses, las autoridades chinas decidieron levantar el estado de sitio planetario, y además reciclar las religiones Kaliyugueras[58] para levantar el ánimo de todos los hombres condicionados a la edad media. Para entonces el pueblo chino era completamente ateo, y no creía en Dios, pero si tenía fe ciega en todo sus gobernantes. Esta fue la razón por la que el gobierno chino creó un *monasterio reptiliano* en la que sus escribanos construyeran el nuevo libro sagrado para

____

58

Que aparecieron en esta era de Kaly Yuga.

los no chinos, llamado: "Rava Yavasura, el dios de los chinos". De esa manera los no chinos aspiraran en esta vida a ser chinos, al menos religiosamente, y llegarían a la perfección sirviendo en cuerpo y alma a los chinos, el pueblo elegido.

En el nuevo libro Rava Yavasura afirmaba que él creó este planeta hace 3.000 años, cuando el universo no existía, ya que todo eso vino después, con la explosión de su segunda cola, y lo hizo solo para adornar el cielo:

- Este es el pacto eterno con mi pueblo chino, - decía Rava Yavasura en el nuevo libro – garras y ceremonias con las perfectas almas de ojos los rasgados que viven dentro del Planeta Chino.

- Los chinos por la misericordia de Rava Yavasura han sido salvados de la salvaje

"edad moderna", y por ello tienen 2 santos: San Mao y San Tesla, ambos de raza china.

El *monasterio reptiliano* una vez cumplida su misión fue completamente demolido junto con todos sus escribanos. Pronto la biografía de ambos *santos chinos* se estudiaba en todas las escuelas. Desde entonces la foto más popular del Planeta Chino era donde ambos personajes estaban abrazados en la antigua plaza de Tiananmén, o rezando de rodillas ante los pies ganchudos de Rava Yavasura. La verdad es que todo eso en la edad moderna nunca había existido, pero ese pequeño detalle importaba un bledo en el Planeta Chino, siendo que ellos eran los nuevos conquistadores de todo el planeta podían escribir lo que les diese la gana, y este método no lo inventaron los chinos, ellos simplemente continuaron la tradición de la edad media y de la edad moderna, donde falsificar la historia es lo más común entre los "conquistadores", eso significa que poco importa la realidad o las tradiciones de los pueblos conquistados.

En el sagrado libro recién inventado, se veía a Mao clavado en la cruz, resucitado de su tumba, vestido como profeta, degollando chinos infieles, o echando truenos langostas y culebras. Se veía a Tesla siendo azotado con 720 látigos de electricidad alternativa en el monte del calvario chino, o dando el sermón en la montaña bajo un milenario olivo, o siendo coronado con espinas hechas de clavos tuercas y tornillos, esta era la corona en versión china, más moderna que las simples viejas y feas y desgastadas espinas negras. Si Jesucristo fue crucificado por los judíos, aquí los nuevos santos también eran electrocutados por los no - chinos, es por ello que estaban condenados. También se cuenta en la nueva historia recién revelada, de que ambos santos milagrosamente se bajaron de la cruz, donde Tesla y Mao se abrazaron para seguidamente sacarse mutuamente los clavos y las coronas y seguidamente desenchufar los contadores del Planeta Chino. El tercer personaje de la nueva historia se llamaba Edison[59], en esta versión, él era el judas que traiciono a toda la humanidad china, y no era chino, porque el que vendió su alma al diablo, y de esa manera que esclavizo a toda la humanidad durante 3.000 años con el famoso *contador eléctrico, tenía que ser un no - chino.*

Con el contador eléctrico el Judas Edison, esclavizo a todas las familias y a todas las empresas del mundo entero durante tres milenios, hasta que llegaron Tesla y Mao, los dos santos chinos y

---

liberaron al pueblo chino de la esclavitud del contador eléctrico y mandaron al Satán Edison al infierno eterno, para que allí sea chamuscado con *seis millones de voltios eternamente*. Los dos santos representaban a todas las salvaciones, a todos los santos, a todas las leyes, a todas las religiones Kaliyugueras, a todos los sacrificios, a todas las verdades y a todas las condenas, y solo el Planeta Chino tenía esta capacidad.

Esta historia para los no - chinos que nacieron dentro del Planeta Chino era la verdad de su propia historia, sin embargo para los no - chinos que llegaron a ella, era la historia más falsa y más absurda que jamás hayan escuchado ¿Cómo podían meter semejante trola nada menos que a todos los pueblos de este mundo? Pero eso mismo se hizo en la edad media 500 años atrás y en la edad moderna, en pleno siglo 19.

LOS RESTAURANTES SACRAMENTALES

"El biológico" que para los doce apóstoles era el señor Krill, al día siguiente del Golpe Maestro estaba haciendo colocar en fila a todos los cybergrises en las incineradoras de Tokio, ya que sus funciones para los que fueron construidos habían sido alcanzadas. En esos momentos recibió el último decreto de Rava Yavasura en su chip personal. Como algo que debía de mantenerse en secreto por algunos meses más. Entonces se sentó mientras los 540 cybergrises ordenados, esperaban en 6 filas para arrojarse de cabeza a las incineradoras. Recién conquistado el planeta ya estaba recibiendo la primera ley antropófaga que él debía de anunciarlo a los 12 apóstoles a su regreso a Asliu. Entonces miro a los cybergrises, eso también era carne mezclada con chatarra inteligente, y la carne gris también podía ser aprovechada por los chinos, pero pasado dos minutos, como no se lo pidieron, apretó el botón de la apertura de las incineradoras que estaban a ras del suelo. Estas abrieron sus tremendas bocas de fuego, en ese momento uno detrás de otro fueron arrojándose de cabeza a las profundas bocas de fuego los insuperables *cybergrises*, siguiendo fielmente *la última orden*. Las incineradoras en forma de pozos estaban instaladas en los flamantes mataderos privados que los chinos mandaron a construir en Tokio en tiempos de la edad moderna, pero estas aún no se inaugurarían oficialmente hasta pasados los primeros 6 meses. Hasta allí fueron trasladadas todas esas sofisticadas máquinas en un veloz zepelín, para cumplir con el oscuro rito del lugar elegido, donde tenían que ser destruidos.

El señor Krill dejo a un lado sus pensamientos de pena, y se sentó de nuevo en su escritorio flotante, para preguntar personalmente al terrible lagarto por medio de su vídeo conferencia. Era el único que en esos tiempos podía ver directamente al amo de este mundo por medio del único whatsapi[60] chino existente, entonces le pregunto el porqué debían de desaparecer los cementerios dentro del plan de las extinciones antropófagas, ya que él debía de saber la respuesta por si alguno de los altos mandos militares se lo

---

60

Versión china del whatsapp pero muchísimo más completo.

preguntara, entonces Rava Yavasura dijo:

- ¡Porque su existencia contradice los principales pilares en los que se está construyendo el Planeta Chino!

Había que hacer lo que mandaba el jefe supremo, no quedaba otra, así que los cementerios tenían que desaparecer según su propia ley, y estos deberían de ser nada menos que devorados. Le toco al "biológico" personalmente comunicar esta orden a los doce apóstoles, y estos encomendaron la misión a los militares *quienes quedaron encantados.* Eso quería decir que al tercer mes de la inauguración del planeta Chino todos los cementerios del Planeta Chino ya no existirían.

Meses antes de la invasión planetaria[61], repartieron los primeros estatutos de una ley antropófaga exclusivamente a los militares chinos, donde se dictaminaba que a partir del golpe Maestro toda carne humana - chinos incluidos - que falleciera dentro del Planeta Chino sería parte del alimento de los militares, cosa que ya lo estaban llevando a la práctica, y esa era la razón por la que los cementerios debían desaparecer. Entonces uno de los apóstoles que recibió la orden, convoco al palacio de gobierno a los mandos militares hablándoles de la siguiente manera:

- Estos cuerpos, los cadáveres de los cementerios, tienen todas las proteínas que necesitan los militares chinos, y no se puede negar el placer de comerlas, ya decretamos que los muertos de este mundo están asignadas a vosotros, por lo tanto las carnes enterradas están incluidas. Pronto habrá

también carne para los civiles chinos, pero estas serán abastecidas desde otras provisiones. Habiendo tanta carne enterrada en el flamante Planeta Chino, esta no puede ser desaprovechada, y mucho menos por nosotros, que si sabemos de economía y nutrición.

Así es como empezaron a crearse los primeros *Restaurantes Sacramentales* sobre los cementerios. Estaban autorizados a funcionar hasta 6 meses, antes de ser todos completamente demolidos, y como con anterioridad se prohibió a los civiles recordar a sus muertos ahora se les prohibía reclamar a sus cuerpos.

El Planeta Chino estaba repleto de cementerios, cada pueblo tenía uno o varios, y ahora estaban destinados a ser devorados. La carne de los cementerios no trata de personas sacrificadas y por ello los mandos militares decían a sus soldados que: *"comerlas es lo más ecológico"*, además este era un acto de sacrificio que debían de hacer los militares en tiempos de paz por el buen funcionamiento del Planeta Chino:

- ¡Los cadáveres tienen excelentes proteínas! - Gritaba uno de los generales chinos ante sus tropas - ¿Porque solo deberían de ser aprovechados por los gusanos? ¿Es que los chinos somos inferiores? ¡Claro que no! ¡Chinos! ¡Llego el momento de comer los cadáveres de todos los cementerios de este mundo! No solo es un privilegio, es un deber de higiene planetaria ¡El Planeta Chino debe de estar limpio de cementerios! Debe de pasar por nuestros estómagos ¡Estamos destinados a devorarlos!

En ese momento los chinos rompieron las filas tiraban sus gorros al cielo, y se ponían a saltar bailar cantar y abrazándose unos a otros. Entonces se abrieron los *Restaurantes Sacramentales con* 3 diferentes lemas:

1 ¡Comer cadáveres es bueno para el cuerpo!
2 Tumbas abiertas... ¡Bueno para el paladar!
3 Todo cadáver debe ser comido... ¿Y si resucita? ... ¡También!

Los medievales comían cosas asquerosas, y en la edad moderna comían cosas vomitivas, pero nunca supieron aprovechar nada de los cementerios, por lo tanto el Planeta Chino que se sentía la madre de todas las civilizaciones modernas, no solo sería la primera en aprovecharlas, sino la primera en erradicarlas para siempre. Pero como estos cadáveres fueron considerados humanos cuando los enterraron, estaban obligados a quitarles ese rango por decreto, y la única manera de hacerlo era a través de los ritos del flamante sagrado libro, en ella se explicaba que simplemente con pasar la foto de la cola de Rava Yavasura en la entrada del cementerio junto con 6 disparos de salva, todos los enterrados en ese cementerio automáticamente se convertían en **jamones pata-negra**, es decir que **ya no eran carne humana**, y eso es lo más civilizado que había en la evolución del **homo sapiens chinesco** antes de devorarlos.

- ¿Que significa carne humana para un chino carnívoro? - Preguntaba un comandante a su tropa
- ¡Nada! - Respondían los soldados
- ¡Carne es carne mis queridos soldados! ¿Incluido los gusanos?
- ¡Sí mi comandante! ¡Son exquisitos!
- ... Y aunque sea de cementerio esta sigue siendo ¡Sabrosa! ¡Nutritiva! ¡Y completamente digestible! ¡Viva Rava Yavasura! Que ahora esos cadáveres han sido transmutados milagrosamente en exquisitos jamones.
- ¡Viva! - Contestaban todos los soldados chinos.

Entonces construyeron los *Restaurantes Sacramentales* al estilo Hutong sobre todos los cementerios del Planeta Chino, los había en todas las escalas, todas con 6 curvaturas principales en sus techos rectangulares, y cabezas reptilianas con lenguas bífidas en sus doce espigas curvas mirando al cielo. La sala de los comedores tenían diferentes niveles y en ellos habían escaparates de cristal, formando pequeños laberintos, allí estaban expuestos a media altura los cadáveres a los cuales llamaban simplemente "jamones". Estos parecían piezas de museo por su brillo, todas giraban lentamente sobre sí mismas, rodeados de ambientes luctuosos, hermosos bonsáis y cementerios en miniatura.

Teniendo un mundo entero al servicio de una sola orden, cualquier cosa se hacía realidad en cuestión de horas. Así que en menos de 64 horas todos los restaurantes sacramentales prefabricados estaban plantados sobre todos los cementerios, y estos empezaron a funcionar a la los 6 días del decreto. Dentro de los comedores había diferentes ambientes con separadores de plástico. Las sillas eran de troncos cortados con incrustaciones de granito que formaban diferentes lápidas grabadas. Todo un mundo de miniatura hecha en horas por una humanidad desesperada. En el centro de los comedores habían espectaculares montañas de metacrilato por las cuales resbalaban cascadas de licores rosados entre figuras fantasmales rocas musgo y pequeños cementerios hechos con láser 3D[62] dentro del metacrilato, y de estos

Gráficos 3D por computadora, objetos tridimensionales realizados por gráficos de ordenador.

salía la música *china* de la edad moderna con sabor a arroz hervido.

A la entrada de los Restaurantes Sacramentales había dos grandes *chinos* de bronce con inmensas panzas que caían plácidamente sobre sus gordas piernas cruzadas. Estos llevaban 2 colmillos de bronce pulido, y de lo profundo de sus gargantas salían culebras mecanizadas que echaban de vez en cuando llamaradas de fuegos verdes y a veces azulados. A lado de estas gordas figuras doradas estaba el cartel del menú que en todos los panteones *tenían el mismo listado*:

1 *Carne con gusanos*
2 *charqui*[63] *soterrado*

3 *cueros con pelos*

"Carne seca" en runasumi (El idioma de los seres humanos).

4 carne fresca
5 sopa huesera
6 maki rolles de órganos crudos.

Los militares los pedían por su número, y los platos tenían frases esmaltadas en chino mandarín que decían:

La vida fúnebre también se come.
Los cadáveres son buenos.
*¡Chino! ¡Eres un **comejamón!***

Las preparaciones contrastaban con el ambiente, no parecían productos sacados de las fosas por lo bien presentados que estaban, tanto en sabores como en colores. Los cocineros chinos eran unos artistas en la culinaria mortuoria y por ello los soldados alucinaban con la creatividad de sus compatriotas cocineros que desarrollaron la misma mentalidad que los gusanos, ya que donde había cadáveres ellos sacaban montañas de **sabrosos platos chinos**.

A pesar de las exquisiteces, los líderes militares estaban nerviosos, pues no querían que los soldados disfrutaran al comerlos sino que simplemente se dedicaran a tragarlos como finos patos, pero el paladar del chino con o sin órdenes seguía siendo un paladar humano, y como no eran gusanos ni reptilianos, tenían que disfrutar del sabor de los muertos *masticándolos crudos fritos hervidos, en lonchas, secos, ahumados, curados, sazonados, fritos, hervidos al vapor, al horno o cocinados en agua*, además que lo estaban pagando, el ejército no se los daba gratis, y por ello tenían derecho a disfrutarlo como conquistadores del mundo que eran, y de la misma manera en que lo estaban haciendo los cocineros al cocinarlos.

Algunas preparaciones eran adornadas con coronas de flores en miniatura, mini crespones y mini sudarios, todos comestibles. Las mesas tenían manteles blancos y en una de sus esquinas estaba xerografiado el chino de los ojos rojos devorando la blanca calavera humana. Este era el símbolo oficial del *fin de los cementerios*, con la referencia de que ellos eran los *enterradores definitivos*, algo que las civilizaciones modernas medievales y anteriores a estas desconocían por completo.

En el centro de cada mesa había un candelabro morado con 6 diminutas velas anaranjadas que se encendían nuevas para cada clientela. Estos pequeños candelabros estaban rodeados por una montaña de palitos desechables de bambú, que era con lo que los clientes comían todo, hasta las sopas, pero todas esas cosas parecían adornar mas a una *fosa común* que a una mesa de sabrosas preparaciones.

En todos los *Restaurantes Sacramentales* habían coros de gorigoris *cantando al buen paladar chino*, también cantaban *aleluyas chinas,* porque estaban por encima de los gusanos, las cucarachas, las ratas y los demás seres humanos que no tenían almas[64]. A ritmo de pequeños golpes de tambor se proclamaban la única raza capaz de sobrevivir dentro de las leyes de los más aptos. Ellos eran el pueblo elegido de Rava Yavasura, y estaban felices. Los soldados saltaban de un lado a otro como si fuesen zigzagueantes culebras puestas de pie. Este era el festival del triunfo, el carnaval de la raza amarilla, la sociedad perfecta.

64

Referente a las humanidades no chinas.

- ¿El arte con muertos? ¡Es comerlos!... Pero también danzar con ellos - Decía uno de los presentadores – mientras danzaba con una calavera.

Los pequeños grupos del teatro marcial hacían equilibrios con alguno que otro cadáver que iba tieso bajo el baldaquín, sujeto sobre las 6 puntas de unas lanzas de dos metros de altura, por debajo, había un pequeño enano chino, eran los últimos "ejemplares" que quedaban para esta escena, y con pasos de plomo cambiando con teatralidad las máscaras de su cara a cada paso. Si no había enanos, los reemplazaban chinos de pequeñas estaturas.

En algunos moños de la cabeza de algunos equilibristas, habían 56 mini velas encendidas en honor al año del Golpe Maestro, al cual los soldados en medio de risas soplaban para apagarlas al primer intento, pero en cuanto eso ocurría, el artista antes de ponerse de píe con un solo chasquido de sus dedos los volvía encender todas. Los soldados asombrados no encontraban explicación alguna, pero lo mismo pasaba con las máscaras de los enanos, que a ratos hacía lo mismo, es decir a la par de los chasquidos cambiaban sus artísticas máscaras.

Rodeando los comedores estaban las banderas negras como centinelas inclinadas junto a los cristales del techo. Todas tenían estampados *al gato Huru de color blanco*, trepando con su silueta que se movía de un lado a otro a raíz del suave viento. La figura estaba escapando de la sombra estampada que había detrás de su cola, esta era la mano gris del cocinero que trataba de cogerlo.

***

No hubo protestas en el Planeta Chino a causa de esa grave profanación, pero ¿Qué se podía hacer contra ese poder que en un solo día derroto a todos los ejércitos del mundo entero?

Sin embargo esos miedos y amenazas no existían en el mundo astral. Los fantasmas eran más valientes, además estos no pueden ser esclavizados ni por armas ni por políticos ni por dinero. Los fantasmas fueron los primeros en reflexionar en voz alta sobre este sacrilegio y por ello convocaron las primeras reuniones sobre los cementerios.

- Estos chinos come cadáveres también están dentro del samsara[65], en cuanto dejen

---

65

El ciclo de nacimientos y muertes repetidas, nacer crecer envejecer y morir, dentro de uno y otro cuerpo, y de forma interminable.

sus cuerpos físicos estarán entre nosotros, si es que no van antes a Naraka[66], como no son yoguis no podrán ir directamente a formas de vida inteligente, obligatoriamente tienen que pasar al plano astral antes de convertirse en gusanos, y para entonces se morirán de hambre.

Estos *pensadores astrales* después de recuperar las facultades del *razonamiento por propia voluntad se llenaban de ira al ver que estaban comiendo sus antiguos trajes - cuerpos, y solo por el hecho de razonar de esa manera* experimentaban un efecto sorprendente sobre sus harapientos trajes - astrales, ya que al mejorar el nivel de sus consciencias mejoraban de forma automática la luz y el brillo de sus cuerpos astrales, eso llamo

---

66

Lugar de la Vía Láctea, donde hay miles de planetas sobre las aguas de Garbhodakasai, y que son lugares de castigo, y cuya palabra significa infierno.

tanto la atención a los demás fantasmas que inmediatamente se apuntaban al uso del mismo instrumento: la del razonamiento.

Estos fueron los primeros en promover sus derechos sobre sus respectivos cementerios. Así que todos los fantasmas de este planeta se apuntaron a los sindicatos de como razonar, compartir argumentos y enfrentarse a estos salvajes que aún estaban metidos en esos cuerpos vivos:

- *¡Atención! ¡Atención! Reunión para los 5 tipos de fantasmas del adharma*[67] - Gritaba alguno de los presidentes en alguno de los sindicatos - *de los que son todos pratibimba*[68]*.*

---

[67]

Aquello que no está de acuerdo con el Dharma

[68]

Mero reflejo (pratibimba) del prototipo

También estamos invitando a los fantasmas del vi-dharma[69], del para-dharma[70], del Upa-dharma[71], del Chala-dharma[72], y del Abhasa-dharma[73]. También invitamos a los fantasmas

---

del mundo material (Bimba)

69

Aquellos que adoptaron las órdenes de falsas religiones que le impiden seguir el sendero correcto de los Vedas.

70

Son aquellos que no están calificados para realizar actividades trascendentales, pero se dedican a imitar a los santos de los Vedas.

71

Son aquellos que se rinden a religiones en las cuales sus dirigentes se inventan tanto los principios como sus dioses.

72

Son aquellos que leen los Vedas y lo interpretan a su manera. Estos son los más grandes sinvergüenzas en el mundo astral y en el mundo físico.

73

Son aquellos que solo pretenden seguir y

que fueron muy envidiosos en la tierra, y que ahora, por ello, tienen cuerpos de fantasmas con cabeza de rinocerontes. También invitamos a los que flotando van por el aire como hoja seca, con la mente completamente identificada con la otra vestimenta sutil del alma. Pero es que estamos aquí por culpa de algún pratibimba mental, y por ello estamos invitando a los Bhutas, Pretas, Pramathas, Guhyakas, Dakinis, Pisacas, Kusmandas, Vetalas, Vinayakas y Brahma-raksasas[74].

Otros líderes fantasmas daban discursos emocionantes:

---

aparentar ser la sombra de algún un sistema religioso real o imaginario.

74

      Son los diez tipos de fantasmas que existen en general, del cual el más poderoso es el Brahma - Raksasa. Todos estos nombres están relacionados con la información que da el conocimiento védico respecto al mundo de los fantasmas.

- Hermanos fantasmas, aquí en el mundo astral no hay diferencias de negros y de blancos, de chinos ni de no - chinos, de musulmanes, cristianos o judíos, de budistas o de sinvergüenzas, todas esas cosas pertenecen solo a las coberturas temporales y a su tiempo, comprobamos que todo eso no sirve para nada, como lo habéis visto, porque todo eso se refiere a los cuerpos materiales, y como ven, ya lo hemos dejado atrás, junto con todos esos conceptos están ahí nuestros ex trajes - cuerpos enterrados, pero el mundo que dejamos fueron todos esos conceptos, y no puede ser que ahora vengan los chinos irrespetuosos y se lo coman todo eso que nos representa en el recuerdo.

- Hermanos fantasmas no sufrimos por tonterías cuando se trata de nuestras vestimentas enterradas, cuando esos ropajes inservibles nos representan ante los descendientes, por eso pedimos ¡Reunión de todas las eternas almas bidimensionales[75]!

Por las cosas importantes que hemos dejado y que los malditos chinos se lo están comiendo. Los cuerpos que dejamos de carne y hueso que dejamos ¡No son jamones! Aún son parte de nuestros recuerdos, nosotros aún no nos hemos ido de este mundo, nosotros aún estamos apegados a esos cuerpos, por eso estamos aquí ¿Cómo puede ser que este mundo siempre este rompiendo las leyes establecidas que hay por todo el universo? ¡Todos nosotros hemos dejado nuestros conceptos de vida enterrados en todos los cementerios de este mundo! Para que nos recuerden los descendientes biológicos, pero los malditos chinos se los están comiendo ¡Los chinos son el terror de los cementerios! ¡Hay que echarlos a patadas!

Los fantasmas escuchaban todo tipo de razonamientos una y otra vez hasta despertarse de su letargo, entonces

---

Que están encarnados solo en el cuerpo mental y en el cuerpo astral.

empezaron a sublevarse con más protestas, los que ya habían incinerados o devorado sus cuerpos, se unían por *solidaridad astral*, ya que en este tipo de luchas debían todos los fantasmas apoyarse tanto en conceptos como en acciones. Un solo fantasma no podía hacer nada, pero si se unían todos había alguna posibilidad de conseguir que respeten los cementerios en el plano físico. Esa es la razón por la que cada vez habían más reuniones sobre todos y cada uno de los cementerios de este mundo, además porque las reuniones en el mundo astral son más fáciles de convocar.

- ¡Fantasmas unidos jamás serán vencidos!
¡Fantasmas unidos jamás serán vencidos!
¡Fantasmas unidos jamás serán vencidos!

Con lemas y razonamientos se levantaban la moral hasta que se pusieron en pie de guerra contra los bandidos de ojos rasgados. Ellos fueron los primeros en sublevarse al gobierno del apostolado chino. Eran valientes, lástima que en esos momentos ya no representaban a sus ex vidas corporales, al ser desencarnados eran completamente ajenos al mundo de los cuerpos vivos, solo se llevaron las impresiones que vivieron cuando estuvieron dentro de esos cuerpos, y de las cuales estaban pagando en esos momentos parte de sus reacciones negativas.

A causa del falso ego, es que los fantasmas no podían soportar que día y noche abiertamente se zamparan a sus ex vestimentas diciendo que todos ellos eran tan solo "Jamones", pero ¿Cuando los jamones han tenido pelos, ojos brazos piernas y cabezas? Los chinos estaban locos, y no había otro remedio más *que espantarlos,* entonces empezó la guerra entre las dos dimensiones, esa guerra no tendría tregua ni cuartel hasta que uno de los dos bandos sea completamente derrotado.

Fantasmas versus chinos.

Chinos versus fantasmas.

Los fantasmas unidos codo con codo empezaron a descender a los cementerios y atacar a los chinos *de forma organizada, quienes* al principio los sintieron no sabían explicarse que es lo que realmente estaba pasando, ya que extrañas sombras se formaban sobre los árboles espontáneamente y al mismo tiempo algo estaba pasando sobre los ataúdes con tenebrosas neblinas, también parecían que algo empezaba a picar por debajo de la piel de los soldados chinos.

Una falsa luminaria danza entre extrañas nubes, como arañas que tejen pegajosas redes atrapaban en el cielo a pequeños chinitos creados por la mente de los fantasmas, los soldados asombrados observaban en ellos sus representaciones en miniatura, al que luego de chuparlos las determinadas arañas astrales, caían secos entre el medio del ripio evaporándose como negras cucarachas que parecían desmenuzarse.

Los lobos cantaban *la traviata con gargantas de gallos,* los búhos vomitaban bocanadas de fuego, la personalidad del frió rodeo los cementerios con audaces *plantas hechas de ramificantes copos,* y de cuyas raíces caían amarillentas bilis sobre la boca abierta de los asombrados soldados chinos. Los militares chinos en vez de asustarse parecían fosforescentes focas con tantos selfies que se hacían con el chip del metacarpo. En vez de salir corriendo de susto o de asco empezaron a divertirse para desgracia de los fantasmas. Los soldados chinos experimentaban una especie de carnaval sobre las tumbas y en medio de los arrebatos de alegría arrancaban sus cruces con un par de patadas. Entonces los fantasmas decidieron echarles asquerosas tempestades de pus y pequeños cráneos partidos llenos de líquidos negros, los cuales caían desde el cielo en cámara lenta, a cambio, los soldados empuñaron sus armas reglamentarias, y como conquistadores del mundo empezaron a pegar tiros a *las tormentas de tantas porquerías*, con la intensión de hacer caer a alguno de esos escandalosos fantasmas. *El primer ataque astral* no sirvió de nada porque era magia barata, a los chinos no les daba asco las bilis, ya que estos se lo comían con gusto, también se comían perros gatos, cucarachas en almíbar, culebras desangradas, cerebros de mono, arañas peludas, gusanos por metros ¿En qué les iba a afectar un poco de pus o cráneos flotando? Mientras no sean clavos, todo entraba bien.

Entonces los fantasmas se dieron cuenta que sus esfuerzos eran débiles ante los bailarines uniformados, estaban obligados a redoblar sus esfuerzos para aterrorizar a estos incrédulos, ellos existían sin cuerpos físicos por lo tanto eran superiores a los que estaban encarnados, al menos esa era la teoría, pero estaban asombrados por el aguante del estómago chino, esos estómagos traspasaban dimensiones. Reunidos nuevamente en sus sindicatos de protesta decidieron cambiar de estrategia, y esta vez decidieron meterse dentro de los Restaurantes Sacramentales, posiblemente allí tengan más oportunidades para hacer estragos, o al menos alguna barbaridad que funcione, con tal de sacarlos.

Los fantasmas empezaron a mover delicadamente mesas platos vasos y enseguida a hacerlos caer al suelo. Otros hacían balancear los cuadros repletos de dráculas. Las luces se encendían y otras se apagaban, del fondo de los platos vacíos salían sonidos guturales, y oscuras uñas independientes rascaban los techos y las columnas, los espejos parecían encogerse cuando dentro de ellas se materializaba algún horripilante rostro.

Hay quien con el dedo gordo de sus *pies astrales* recorría las cortinas sobre sus propios rieles, mostrando sobre las ventanas los primeros espantosos pasos que van caminando sobre el ectoplasma, dejando huellas tanto en los cristales como en las paredes.

Montados en tablas de surf los fantasmas producían olas que surcaban la sala como pinceles mágicos, expandiéndose tanto en el suelo como en el techo, creando con su sutil corriente obras de arte con feroces espectros. Otros acuarelistas astrales ocupaban los ventanales para crear voraces bosques donde se veían arder a los zombis de la tierra de Zan Bibi. Un espeso aire de vudú se formaba bajo las mesas de los comensales, los fantasmas artesanos de alta frecuencia tejían rápidamente muñequitos astrales que representaban fielmente a los que estaban sentados. A estos les clavaban inmensas agujas en el pecho, los muñequitos se retorcían de dolor antes de caer muertos al suelo, eran los mismos que crearon las falsas luminarias, pero a los chinos la verdad es que toda esa brujería barata les daba lo mismo, les causaba solo cosquillas en el talón izquierdo, aumentando la ira de los artistas astrales.

La verdad es que todas esas cosas que se veían, eran auténticas obras de arte efímero, manufacturadas con la mente y el pincel de los frustrados fantasmas que no querían rendirse ante el bando de los chinos inconscientes que no paraban de hacerse selfies[76] con sus maravillosas obras. Los soldados pillaban a los fantasmas entre bocado y bocado, pillaban sus paisajes y sus personajes. En las fotos salían las sonrientes caras de los felices soldados chinos, junto a las patéticas caras de *los fantasmas cabreados*.

76

Auto fotos

Los soldados chinos no eran débiles, no eran drogadictos, si por lo menos bebieran un poco de alcohol había alguna posibilidad de atraparlos, pero es que en el Planeta Chino no quedaba ni una gota de alcohol. Todos eran abstemios ¿Cómo asustarles? No había manera de coger desprevenidas a sus mentes ¡Que desesperación para los fantasmas que siempre vivían de lo que los humanos cometían errores! No puede ser que los militares chinos sean tan perfectos, debía de haber alguna manera de asustarlos de tal manera en que todos salgan corriendo, pero esos hambrientos siempre estaban atentos, además, les encantaba analizar los fenómenos paranormales y para todo eso usaban sus científicos cerebros, quienes siempre estaban apuntando datos matemáticos en sus hologramas, que no es otra cosa que otro otra tipo de fantasmada.

La verdad es que los fantasmas no aterrorizaban ni a *las santas moscas*, sin embargo sabían muy bien que en toda la creación material a cualquier encarnado con sentido común podían hacerlo correr en 2 segundos menos a estos malditos chinos que carecen de sentido común. Entonces los fantasmas dieron un paso estratégico más, decidieron utilizar sicofonías gregorianas en alta resolución. Los fantasmas llevaban miles de años cantando en *las catedrales católicas* ¿Cómo se les habían olvidado este detalle? Crearon coros gregorianos sobre la marcha y mientras iban descendiendo empezaron a componer canciones como estas en latín:

Veni Chinese triclinio
Mind Worm
Non manducare corpus meum
Coffin insurgents
Et exspecto resurrectionem die

Veni Chinese triclinio

Utere ratione,

Et factus est homo [77]

Los coros gregorianos que se formaron en el cielo decidieron entrar a los Restaurantes Sacramentales cantando, llenándose entre ellos con discursos como estos:

- ¡Ho valientes fantasmas! ¡Estamos del lado de la verdad! ¡Hay que renovarse una y otra vez! Así que ahora crearemos liturgias y procesiones de nazarenos ¡Nos armaremos con negros velones! Atravesaremos las cabezas de estos chinos que en el coco solo tienen humo. Nosotros finalmente abandonaremos el mundo astral, y estos miserables entraran a este mundo porque ya

---

77

Ven chino comedor- Mente de gusano- No comas mi cuerpo- Del ataúd de los insurrectos- Que esperan el día de la resurrección- Ven chino comedor- Haz uso de la razón- Conviértete en un ser humano *son fantasmas sin haber salido aún de sus respectivos cuerpos físicos.*

Entonces en el cielo de los cementerios se formaron largas colas de procesiones de fantasmagóricos nazarenos. Cada procesión llevaba el estandarte de su propio cementerio, y estaban dispuestos a ir de peregrinación de cementerio en cementerio. Reclamando el respeto a la existencia de sus ex trajes cuerpos que descansen en paz. Las procesiones caminaban lentamente por detrás de los acólitos ceroferarios[78], de cuyas cabezas salía el *incienso del velatorio*, entraban con paso firme a los Restaurantes Sacramentales a ritmo de dos tiempos, cargando sobre sus lomos a un chino

Persona que lleva el incensario - (también los turiferarios)

79

Chinos sacrílegos - los cuerpos insurrectos - no se comen

crucificado escoltado por botafumeiros a ambos lados, y sobre cuyos pasos cantaban en latín:

> Chinese sacrilegum[79]
> et corpora insurgents
> non comedetis.

Esta vez los fantasmas asustaron a toda la audiencia de los comejamones, ya que todos fueron capaces de visualizar las procesiones que atravesaban mesas pilares y cristaleras, gracias a la alta definición que lograron plasmar en el plano físico los fantasmas, y además estaban rodeados de increíbles movimientos de poltergeist. El problema es que estos chinos nunca fueron católicos, así que pasado el primer susto recuperaron sus facultades psíquicas y con ella el maldito buen humor que los caracterizaba y aprovecharon todo ese ectoplasma para sacarse fotos increíbles donde se veían perfectamente las dos dimensiones juntas y a todo color. El hecho real es que estos chinos nunca vieron esa clase de folklore en sus sociedades, así que estaban convencidos de que semejantes ritos y disfraces solo podían haber existido en el mundo de los fantasmas y de ninguna manera en este mundo.

Habían diferentes tipos de procesiones con diferentes nombres, era tal la multitud de fantasmas, que fácilmente llegaban a ser como diez Sevillas juntas en los cementerios más grandes, por eso crearon millones de procesiones por todo el planeta, con las hermandades más famosas: El chino yacente, el chino del gran poder, el chino calavera, el chino de la buena muerte, el chino cautivo, el chino gitano, el chino de los cocodrilos, el chino de san pito y el chino de san pato.

Estos fantasmas tenían inmensos capirotes en la cabeza, cada procesión los llevaba con diferentes colores lúgubres, y bajo sus barbillas como libélulas habían varios iphone como moscas circunvalando, y en sus pantallas táctiles se veían tenebrosos juegos de la edad moderna. Alrededor de sus capirotes giraban pequeñas nubes nocturnas, acompañadas de relampagueantes truenos en miniatura, pero, las procesiones más espectaculares estaban constituidas por fantasmas que tenían trajes reptilianos que murmuraban blasfemias en las orejas de los chinos, cuando estos contestaban al chip de sus metacarpos.

Entonces los fantasmas más poderosos entraron en acción, eran los *Brahma-raksasas*, estos empezaron a hacer levitar los cuencos de sopa de huesos delante de los asombrados soldados que sentados en las mesas observaban como el cuenco de sopa iba en el aire dando vueltas como una ruleta rusa. Estos no paraban de sacar fotos desde todos los ángulos hasta que finalmente el plato se paraba en el aire, e inmediatamente se estampaba como una al azar formando una escárpela china en una de las 6 asombradas *caras chinas*. Para entonces sacar fotos y filmar con los chips de los metacarpos, era un programa privilegiado solo para los militares chinos. Otros fantasmas hacían levitar los cuadros y a medida que avanzaban en el comedor, iban golpeando las nucas de los soldados despistados. Cada dos pasos caía al suelo alguno de los vasos de porcelana fusilado con ilustraciones de flores e insectos. Cada seis pasos se abrían las ventanas y a los siguientes dos se volvían a cerrar. Todo eso era encantador para los militares ¿En qué universidad habían aprendido a hacer tantas maravillas estos impresionantes fantasmas? Todo esto solo podía ocurrir en el Planeta Chino. Los militares disfrutaban como locos de todas esas ocurrencias, incluso llegaron a mezclar sus risas con la de los fantasmas, imitando sus ruidos sus ecos y sus rabietas. Cuando un fantasma cantaba, a su lado se ponía un par de chinos como coristas, cuando un coro de fantasmas hacía lo mismo, otro chino salía como solista, mientras unos grababan, otros filmaban, otros reían, otros comían y otros se atragantaban con la comida.

Los mandos chinos vieron que todo esto destruía la disciplina militar, ya que los soldados se divertían como si fuesen niños, pero el reglamento del ejército chino era muy severo, así que a partir del sexto día de estas procesiones fantasmales, empezaron las largas deliberaciones entre los altos mandos para poner fin a este desastre organizado por los insignificantes fantasmas.

Los mandos chinos no encontraban una solución práctica ya que todo eso estaba más allá de sus balas, entonces decidieron reunirse con el señor Krill, que sabe más sobre los cuerpos astrales que todos los chinos juntos. Así que después de escuchar todo lo que estaba pasando en los Restaurantes Sacramentales este dio una solución muy simple y muy práctica. El famoso señor Krill[80] mando a crear *equipos de* **espanta fantasmas** para cada Restaurante Sacramental, estos actuarían simplemente como *barrenderos* armados con escobas de paja a medio quemar, y solo con eso, todos los fantasmas serían espantados.

80

Nombre oficial con el que se le conocía al Biológico dentro de los militares.

Estos grupos consistían en chinos vestidos de sumo con las coletas amarradas por la cabeza y solo entrarían a los comedores en cuando entraran las procesiones. Todo lo hacían por partes. Allí donde se proyectaran las horrendas imágenes de los fantasmas se estamparían los escobazos de humeante fuego, y los fantasmas salían volando en cada escobazo, las imágenes y el poltergeist[81] se quebraban en el éter, los fantasmas y sus obras de arte se evaporaban rápidamente como incienso acelerado, y por las órdenes supremas todo cuenco volador era arrebatado por los soldados inmediatamente:

81

  Del alemán poltern, hacer ruido, y Geist, fantasma: es un fenómeno paranormal que engloba cualquier hecho perceptible, de naturaleza violenta e inexplicable inicialmente por la física, producido por una entidad o energía imperceptible.

¡No más platos estampados en las caras!

Los fantasmas eran atacados con las escobas en puertas, en pilares, bajo las mesas, en los techos, en las esquinas, y junto con ellos todas sus creaciones desbaratadas. El hecho real es que al no tener cuerpos nadie podían tocarlos, pero si espantarlos. Era una lucha de mentes de una dimensión a otra, pero ambos bandos eran inmunes, en cuanto actuaban los chinos exorcistas todos los bichos astrales desaparecían, pero en menos de dos horas, todos los fantasmas espantados reaparecían, decididos una vez más a salvar sus queridos cementerios. Ambos bandos eran tozudos y estaban obsesionados cada uno en ganar la guerra. Durante toda la existencia de los *Restaurantes Sacramentales* hubo batallas sin cuartel desde ambas dimensiones entre chinos comidas arte música escobazos y fantasmas, cada bando tenía sus respectivos actos de valentía, y sus momentos de susto, mientras tanto los cadáveres iban desapareciendo.

Las fantasmas están en otra dimensión y los chinos también, para los chinos lo único real es lo que entra en sus estómagos, para los fantasmas lo único real es lo que sale de sus estómagos. Los fantasmas vomitaban ocurrencias astrales y los soldados expresaban deseos de comérselos a la brasa, ellos eran el séptimo plato y no estaban locos. Pero ¿Como atraparlos desollarlos y hacerlos filetes? ¿Cómo cocinarlos, rebosarlos con huevo, hervirlos con arroz o freírlos con tofú? ¿Cómo digerirlos entre espaguetis y evacuarlos? Era emocionante soñar que los fantasmas podían ser comidos, pues los chinos tenían la tradición de comer todo lo que se mueve por este mundo, excepto, precisamente, los fantasmas.

Los *Restaurantes Sacramentales* fueron únicos en la historia, mientras estuvieron abiertos estuvieron llenos de largas colas a todas horas, la mejor publicidad lo hicieron los mismos fantasmas y por ello los militares no solo iban a comer jamones, sino a divertirse abiertamente con las dos dimensiones[82].

Los *Restaurantes Sacramentales* más grandes del planeta duraron 93 días, trabajando día y noche. En el caso de los cementerios más pequeños, tan solo duraba una comida, bajo un simulacro de Restaurante Sacramental. Los clientes militares entraban a cada hora para comer cualquier plato, por entrada era un

[82]

Respecto a la dimensión física y a la dimensión astral.

plato, pero todos querían comer esos *6 infinitos platos de cada día elaboraban.* Solo podían estar 18 minutos, ese era el tiempo máximo que la *comida rápida de cementerio ofrecía a sus clientes.* Todas las mesas eran hexagonales, en todas había 6 sillas, todos los platos valían 6 yuanes y eran servidos en menos de 6 minutos por 6 rápidos camareros. Las ventanas de los *Restaurantes Sacramentales* tenían 6 cristales, y todas las puertas estaban formadas con 6 láminas de maderas de pino barnizado.

Había mucho movimiento a causa de los centenares de camareros para la innumerable clientela que no paraba de entrar por un lado y de salir por otro, mientras los cadáveres iban desapareciendo. A los jefes de estos *Restaurantes Sacramentales* les llamaban *Chef Mortuus Ejecutivos*[83], y en los más grandes cementerios estaban autorizados hasta 6, estos dirigían a decenas de cocineros generales asistidos por centenares de ayudantes. Cada zona de los macro cementerios tenía su propio maestro en el arte de la *Tumba Delicatessen*[84]. Las cocinas fueron construidas por debajo de los comedores. Los pedidos los clientes lo hacían directamente por medio de los chips del metacarpo, ya que todos estaban conectados. Los ascensores de carga de la calle iban directo a las cocinas subterráneas, en ellos trasladaban las cajas de los vegetales que producían los clones, y las cajas de los muertos que sacaban de las tumbas. Los cadáveres expuestos en las vitrinas levantan el

---

[83]

Maestros cocineros mortuorios

[84]

Alimentos delicados de alta gama.

hambre de *los comejamones.* Dentro de las cocinas los cadáveres y los vegetales los transformaban en exquisitos pequeños platos destinados a precipitarse a *la última fosa*[85].

La salida de humo de las cocinas tenía forma de cárcavas, pudrideros, yacijas, cenotafios o cámaras mortuorias. Eran todo lo mismo, pero el comedor del restaurante representaba siempre a *la última tumba.*

En la edad moderna cuando comían la carne animal, a nadie le daba miedo coger esa carne y cortar sus huesos, sin embargo, si era carne humana si les daba miedo, incluso sentían dolor porque se ponían en su lugar, y hasta salían corriendo. Hasta que llego el Planeta

---

85 El estómago chino.

Chino y soluciono todos esos miedos, quitándoles el rango de humanidad, así era más simple, por ello nadie tenía ya miedo de tocar esas carnes ni de cortar esos huesos con apariencia humana, la foto de la cola de Rava Yavasura realmente hacía milagros a la entrada de los cementerios y la mente de los chinos cambiaba. Por alguna extraña razón las conciencias funcionaban de esta manera tan rara en este mundo, pero los fantasmas ya estaban en el otro mundo y a ellos esas chorradas psicológicas no les afectaba, no tenían el coco lleno de humo como lo tenían los chinos, y por ello no podían entender esas formas de concebir, de que en un momento dado, ese cuerpo humano como tal es enterrado y en otro momento, deja de ser humano, más aún cuando estos chinos ilusos lo convierten en jamones, para sus pervertidas gulas e imaginaciones.

A pesar de estos entendimientos los fantasmas sufrían de otras sutiles patologías, por ello eran incapaces de entrar a las cocinas por propia voluntad, no podían soportar como troceaban sus cadáveres entre las ollas, aún sentían que esas carnes muertas eran suyas, y tal vez por estos conceptos de falsas identificaciones es que dejaron de evolucionar y se quedaron atrapados en el mundo astral. Pero no faltaba algún fantasma despistado que mientras iba por dentro de la tierra visitando tumba tras tumba, atravesaba las paredes de alguna de esas cocinas, y de estas salía ululando entre el medio de las risas de los cocineros que lograban escucharlo. Pero no falto fantasmas valientes que se les enfrentaban:

- *¡Cocineros idiotas! A parte de que carecéis de compasión ¿No ven que son cuerpos humanos? ¿Donde vez la pata de cerdo en* *estos cadáveres humanos pedazo de animal?*

Pero tampoco faltaba alguno que otro cocinero que le respondía:

- ¿Es que tu sentías pena cuando llegaba la época de *la matanza* pedazo de fantasma? ¿Es que te importaba el dolor de aquellos cuerpos de perro gato cerdo pollo pez que matabas alegremente durante todos los días de tu miserable vida? Entonces ¿Por qué tienes que sentir dolor de estas carnes que no te pertenecen? ¿Es que no harías exactamente lo que nosotros estamos haciendo ahora? Cocinar carne muerta. Además, esto ya no es carne humana, son solo jamones chaval.

- Pero infeliz ¿No ves que son cuerpos humanos?
- ¿Dónde? ... ¡Yo solo veo jamones!
- ¡Idiota! - Y salía del lugar.

- Oye tu fantasma no te escapes ¡Ven aquí! ¿Crees que los chinos somos tontos? ¿Es que no recuerdas que *entrabas a las carnicerías haciendo fila en la cola esperando a que den los machetazos al cadáver para arrancar el trozo de carne que tú elegías para cocinarlo en tu cocina? ¿Qué crees que hacemos aquí bastardo? ¿Brujería?*

- *Pero idiota ¡¡¡Esos cuerpos que cocinábamos eran de animales!!!! -* Le gritaba el fantasma lleno de ira, parecía estallar en la oreja derecha del cocinero.

- *¿Y qué más da? ¡Es lo mismo! ¡Es carne de diferente modelo que viste la misma alma! -* Gritaba el cocinero chillándole también a su oreja izquierda con más fuerza - *¡Todos son cuerpos de carne y hueso! Y ahora la política no es la misma que de tu tiempo, ahora esto está determinado por la ley como* **carne - no humana**, *así que diles a tus compañeros que dejen de molestar a nuestros clientes. Hoy toda carne que cae en este mundo es aprovechada como jamón, y la que está enterrada ¡También! Solo se trata de* *jamones, pues en el mundo chino nada se entierra, todo se devora, y ustedes que no sabían comer carne de cementerio se han perdido todos estos jamones. Así que no se que*

- *¿Como que es carne no - humana estúpido chino?* - Dijo otro fantasma detrás del techo.

- *Es que estas en otro mundo estúpido fantasma, las leyes en que tu vivías ya no existen ¿Es que tengo que volver a repetirlo? ¿Cuándo dejaste tu cuerpo?*

- *Hace 92 años.*

- *¿Y aún estas aquí? ¿Qué has hecho para que te castiguen tanto? ¿Y porque protestas? ¿Por esos miserables huesos que después de 92 años lo estamos hirviendo para hacer alguna miserable sopa que ni siquiera se encuentra en el menú?*

- *Oye idiota, tú también estarás aquí dentro de poco, y como no sabes razonar serás un*

- Eso no lo sabes, pero hoy en día el que no es chino en este mundo, es prácticamente un animal al servicio del pueblo chino ¿Has entendido o no has entendido esto? Nosotros somos el Pueblo Elegido por Rava Yavasura, así que nosotros ahora tenemos el derecho de comerlos a todos ustedes.

Así que los fantasmas sintiéndose insultados una vez más por los dementes conceptos, salían de la cocina echando un horripilante grito. Entre tanto, las preparaciones de los Chef Mortuus mejoraban de un día a otro en sabor y en presentación. Estaban usando los mismos muertos pero sacándolos diferentes sabores cada día, a cada rincón de la carne restregada, cada hueso órgano cuero o tendones era explotado a su máxima potencia: Orejas, callos, cerebro, manitas, muslo, ojos, genitales, lengua, hecho, espalda, boca, cara, lomo, hígado etc. ¡Todo se aprovecha! De tal manera que en cuanto un militar chino veía una fosa se le hacía agua la boca. Para ellos la carne de cementerio era una variedad más entre las carnes de perro cerdo cordero pollo gusano pavo gato o rata. Con la única diferencia que estos eran jamones enterrados. *Algo maravilloso que el mundo entero dio como regalo al pueblo chino.*

Finalmente todas esas especialidades culinarias aceleraron la desaparición de cementerios tales como el Arlington, el alegre, el paraíso, los caídos, Père Lachaise, Zentralfriedhof, Highgate, Montparnasse, Oaxaca, Portland, Georgia, Nueva Esperanza, Okunoin, Judío de Praga, Catacumbas París, Novodevichy, El valle de la paz, Santiago, y un larguísimo etcétera alrededor de toda la Tierra Plana. Pero en cuanto se desenterraba el último ataúd, y se sacaban los últimos restos para hacer *la última cena*, se cumplía con el propósito para el cual habían sido construidos, entonces tanto restaurantes como cementerios eran completamente demolidos.

Pero antes de salir definitivamente, los soldados hacían *la última comedia* junto con los cocineros, en cuanto llegaban alguna de esas ya aburridas procesiones con sus chinos crucificados, salían todos corriendo para nunca más volver, entonces a esos Restaurantes Sacramentales se metían todos los fantasmas que podían cerrando puertas y ventanas y creyéndose los ganadores montaban sus fiestas, alumbrando su mundo a su manera. Hasta que en poco tiempo llegaban las grandes máquinas demoledoras y hacían caer los edificios de un solo golpe estando todos los fantasmas dentro. Entonces los fantasmas en medio del aire veían lo que realmente estaba pasando.

- *Fantasmas idiotas* - decía uno de los fantasmas - *Es que ya no queda ni un solo cadáver más para la mesa de los chinos ¡Se lo han comido todo! Nos han hecho creer que se rendían porque somos bobos. Ya no hay más cadáveres, por eso lo están demoliendo, ya todas las tumbas están vacías, es por eso que ya no vemos chinos, todos se han esfumado, es mejor que nos vayamos de este mundo.*

SEGUNDA PARTE

LOS PRIMEROS HÉROES DEL PLANETA CHINO

A partir del segundo día del Golpe Maestro, el Gobierno Chino lo primero que hizo fue aprovechar todo el *talento de los japoneses durante medio año.* De esta manera los japoneses se convirtieron en los líderes a nivel mundial de todos los proyectos de las energías alternativas. De hecho los 12 apóstoles, primero exprimieron el intelecto de los japoneses, luego explotarían sus cuerpos. Así que los japoneses participaron con una ingeniería mecánica tan ingeniosa en varios campos, que trajeron al mundo una hermosa realidad como nunca había existido antes en la edad moderna.

Los japoneses con espíritu alemán, montaron parques de energía undimotriz en muchísimas costas del planeta. Dirigían innumerables granjas solares en todos los desiertos de cada continente. Popularizaron el uso del hidrógeno en la calefacción, la cocina y el transporte. Bajo su mando habían miles de ingenieros de todas las ramas, estos eran quienes dirigían a millones de trabajadores capacitados y especializados en estas ramas técnicas, y estos eran de todas las razas y de todos pueblos, quienes estaban decididos en reconstruir este mundo enfermo, en un mundo paradisíaco, la luchar junto a los japoneses toda la humanidad, alcanzaron fácilmente a construir un mundo nuevo, en completa armonía con la naturaleza.

Toda gente capacitada, aportaba libremente sus ideas y conocimientos, de tal manera que trabajando juntos en este proyecto a nivel mundial, no sufrieron el estado de sitio planetario que duro ese primer medio año del Planeta Chino, hasta que lograron definitivamente que el ser humano sea completamente libre del petróleo en todas partes.

El Planeta Chino llego a tener energía ilimitada y gratuita a nivel mundial en tan solo 6 meses, ya que usaron como sistema social organizado en esos primeros meses el Patrón Trabajo, en vez del Patrón oro, que para entonces ya se fue al garete. Cada pueblo pagaba solo la manutención de sus propios mecanismos al gobierno planetario, y todo eso fue gracias a los japoneses, quienes se convirtieron en los primeros héroes del Planeta Chino, además todas las grandes islas de basura existentes en los océanos, y los existentes en todo el planeta fueron completamente eliminados, incluidos los que habían en ríos lagos campos y montañas.

Durante ese medio año los japoneses realizaron encuentros científicos de alto nivel en todos los continentes, todos los días, con infinidad de equipos al mando de muchos colaboradores, cuyas conclusiones inmediatamente eran pasados al mundo entero. Todo esto era una gran fiesta de seres inteligentes con resultados asombrosos, donde todo se construía por su utilidad. Las máquinas funcionaban solo con energías libres y eran la cosa más simple de hacer, *lo que los modernos no pudieron hacer en 2 siglos con su moderna esclavitud,* ellos lo consiguieron en 6 meses muy fácilmente:

¡Energía libre gratuita para todos y para siempre en el Planeta Chino!

En esos primeros 6 meses los seres humanos dentro del Planeta Chino se sintieron una gran familia, eran además un gran desafío a la tecnología de los clones. En esos días la bandera de la humanidad estaba en el cielo, porque se sentían todos unidos como nunca, *de tal manera que creyeron equivocadamente que el día del Golpe Maestro era necesario para que al fin toda la humanidad pudiera vivir de forma civilizada e inteligente.*

Todo lo moderno salvaje y cruel había desaparecido para siempre, el inmenso sueño de un mundo mejor se consiguió en 6 meses, a partir de ese momento este mundo sería como un planeta celestial, de esos que existen al otro lado de Antarikṣa.

Fue justo a los 6 meses, cuando por decreto se puso a toda la humanidad a descansar por un día, es decir que todos debían de encontrarse obligadamente en sus casas, estando atentos a la noticia que pronto iba a salir a través de sus metacarpos, entonces salió la noticia que derrumbo ese hermoso sueño de todos los seres humanos:

LA PRIMERA LEY DE LOS ANTROPÓFAGOS

Se legaliza el consumo de carne humana, en cuanto sea esta declarada no-humana

Artículo 1: Se legaliza el consumo de la carne humana declarada no - humana para los civiles y también de la carne humana que está muerta para los militares no clonados, el cual ya está en funcionamiento.

Artículo 2: A causa del primer artículo se declaran prohibidos la existencia de todos los cementerios en el Planeta Chino. Lo cual ya se ha cumplido con los Restaurantes Sacramentales.

Artículo 3: Todo cadáver humano[86] pasa a ser directamente parte de las provisiones alimenticias de los militares chinos no-clonados, lo cual está vigente desde el segundo día del Golpe Maestro.

Artículo 4: El pueblo civil chino solo puede comer carne humana que haya sido declarada oficialmente no - humana por parte

Incluido chinos

de Rava Yavasura, el amo de todos los chinos. Lo cual a partir de este momento se lleva a la práctica.

Artículo 5: Los *no-humanos* están condenados a la extinción dentro de un determinado plazo, ya sea por raza o nacionalidad, y *deben ser sacrificados tal como lo marca su respectiva sentencia.*

Artículo 6: Los no-humanos están prohibidos a hablar y pensar como seres humanos, y deben de actuar como animales recién inventados.

Artículo 7: Los *no-humanos* están prohibidos a comer todo aquello que los seres humanos comen y beben y todo aquello que los animales tradicionales comen y beben.

Artículo 8: A causa del artículo 7, los no - humanos serán alimentados nutritiva y abundantemente por medio de las Cyber transgénicas.

Artículo 9: El gordo de *la lotería china* en esta primera ocasión ha tocado al pueblo japonés.

Artículo 10: *Toda extinción de los **no - humanos** debe ir acompañado por tres especies diferentes A) En esta ocasión, las* *tres especies acompañantes son: los grandes animales del mar. Los grandes animales terrestres y todas las razas de monos B) El tiempo de extinción para todos es de 5 años.*

Artículo 11: Está prohibido echar semen a los ex - japoneses a) Este artículo 11 solo sirve para la primera lotería ya que a partir de la segunda lotería china *¡Todos serán castrados! Excepto el último grupo no-humano.*

Artículo 12: Todos los **no - humanos** deben ser sacrificados por géneros separados, también cocinados y preparados por separado, y servidos en restaurantes separados. Entre la digestión de ambas carnes debe de haber un ayuno de 18 horas.

Artículo 13: A) La forma de sacrificar a la res japonesa será por medio de la katana en ambos géneros B) La carne japonesa tiene completa libertad a la hora de prepararla.

Artículo 14: De todas las especies condenadas deben de guardarse el mejor ejemplar para *la última cena* en el palacio de gobierno de Pekín Rururava. Y cuando los doce apóstoles se lo coman debe de coincidir

con el cronometro de las extinciones, por lo cual oficialmente dichas especies serán declaradas completamente extintas.
Artículo 15: Los chinos clonados no consumen carne humana ni carne animal porque son todos estrictamente veganos, y por ello poseen sus propias *Cavernas de los alimentos*, los cuales comparten solo con los militares.

Esta ley era inconcebible injusta y cruel. Esto significaba que junto con los japoneses desaparecerían los manatíes, salmones, focas, leones marinos, calamares gigantes, pulpos gigantes, tiburones, ballenas, atunes en todas sus variedades, y los pocos Timingalas que aún quedaban. Así como jirafas elefantes osos leones tigres cocodrilos hipopótamos y *todos los antepasados de Darwin.* El pueblo chino ni siquiera protesto por la extinción de sus sagrados pandas, además, esta fue la única carne animal que triplico el precio de la carne japonesa desde el primer día, por ser tan escasa.

El pueblo no entendía porque esas formas de vida debían de correr el mismo destino. Lamentablemente detrás de todos esos actos de genocidio organizado por el gobierno planetario existía un plan oculto que tardarían aún muchos años en poder descubrirlo.

Todo el planeta lloro por la cruel sentencia en contra del pueblo japonés, los chinos civiles en esos primeros momentos lloraban a escondidas por temor a los fanáticos de su propia raza, para que nadie vea que los chinos también lloran por sus hermanos japoneses.

Los militares chinos movilizaron inmediatamente a toda la población japonesa rumbo la Isla de Honshū, a las que llegaron por mar y cielo, allí fueron enjaulados. Toda la isla se considero *un inmenso corral*. La carne japonesa era la primera carne humana que legalizo el gobierno chino para su consumo, es decir que fue la primera en ser declarada carne no - humana, y esta se vendería solo a la población civil china. Fue una carne muy cotizada desde el mismo día en que se lanzó *el decreto.* Las fiestas carnívoras empezaban a iniciarse en la población civil china, y en esta ocasión, *la fiesta antropófaga* duraría *5 inmensos años*. Pero el gobierno filtro un detalle muy importante en las noticias del día, que en el *Golpe Maestro* todos los agentes de inteligencia, todas las sociedades secretas de sionistas y masones fueron los primeros en caer en el plato, y luego le siguieron todos los gobiernos y todas las familias reales de todos los países. Todos estos fueron *presas de caza mayor,* es decir que estos fueron los primeros humanos en ser consumidos a destajo por los soldados chinos no-clonados. En realidad los primeros eran sus amos, pero no fueron los chinos los de la idea de traicionarlos, sencillamente porque ni siquiera sabían que eran sus amos, todo esto fue parte del mismo plan de Rava Yavasura lo que ellos hacían, sin saber jamás que eso era una traición a sus amos escondidos. Simplemente el jefe decidió cambiar de sirvientes elegidos. *Filtraron esa noticia para quitarles el honor a los japoneses de ser ellos los primeros en ser devorados por el pueblo chino.* En lo único en que fueron los primeros los japoneses dentro de la historia oficial del Planeta Chino fue en inaugurar el *primer matadero de ex seres humanos,* y además lo construyeron ellos mismos en Tokio con capital chino sin saber que lo inaugurarían.

La idea de cómo sacrificar a los japoneses en principio no estaba nada decidido por parte de los doce apóstoles, pero todo eso tenía que ser decidido antes del Golpe Maestro, así que eso trajo a los 12 apóstoles chinos en principio, diferentes proyectos, uno de ellos era **el dragón de las múltiples cabezas,** el cual corta a la vez brazos piernas y cabeza. Otro: **el tigre luminoso,** primero los ahorca, luego los chamusca. Otro propuso cocinarlos vivos de 6 en 6 en **El vapor del Fénix**. Finalmente decidieron que solo podían ser matados por medio de: *el corte de la katana samurái zhǎnmǎdāo*[87], ya que con esas katanas siglos atrás los japoneses partieron muchos chinos.

Los aspirantes a matarifes fueron instruidos física y psicológicamente, entre ellos era muy importante saber responder

---

[87] "El destripador de caballos"

correctamente al examen final antes de graduarse como matarifes:

- *¿Qué diferencia hay en matar animales o ex seres humanos?*
- *¡Ninguna!*
- *¿Los japoneses pertenecieron a la especie humana?*
- *¡Nunca!*
- *La humanidad como tal ¿De quién es propiedad?*
- *¡Es propiedad exclusiva del pueblo chino!*

- Las razas no-chinas carecen de humanidad porque se quedaron a medio camino y NO llegaron a chino ¿Que significa esto?

- Son fracasos de la evolución que se deben de comer, y solo el pueblo chino está facultado para ese banquete.

- Tener sentimientos humanos para los que han sido declarados animales ¿Qué significa?

- Ser un gran insensato. *Porque en toda la edad media y en toda la edad moderna se han matado y se han comido animales de todo tipo.*

- Los chinos heredamos de occidente su forma de vida, no fuimos originales, pero cuando lo adoptamos junto con su pensamiento fuimos mejores que los occidentales ¿Porque?

- Porque lo llevamos a su máximo esplendor, conquistamos todo el planeta, y esa es nuestra gloria.

- ¿Porque los chinos tenemos que discernir sobre el bien o el mal si los occidentales jamás lo hicieron? ¿Es que pensaron en el bien y el mal cuando invadieron África Asia América y el mundo entero?
- Los chinos no inventamos nada, pero la historia es la misma, y esta se repite, y en esta ocasión somos los vencedores,

conquistamos el mundo, y para poder hacerlo no hay que pensar ni en el bien ni en el mal.

- Solo los chinos nacieron para ser obedientes a Rava Yavasura, y el privilegio de pensar libremente en este régimen está permitido ¿A quién?

- Con el permiso del amo de todos los chinos, solo a los 12 apóstoles, el "biológico", y los altos mandos de los militares chinos pueden pensar libremente hasta donde llegan las garras del amo. La población civil china solo puede actuar a través de las órdenes que recibe en los chips de sus metacarpos y los no-chinos deben de hacer lo mismo con las instrucciones que hay marcadas hasta su nivel, además cuentan con la ayuda de los dos santos. En cambio los declarados no - humanos deben de dejar de pensar y prepararse para entrar al matadero. Los clonados tienen su propio mundo dentro de este mundo, y ellos no necesitan pensamientos, Rava Yavasura ya piensa por todos ellos.

- Todo chino debe de esforzarse por ser un buen ciudadano, todo chino debe valorar la gran fortuna de estar dentro del Planeta Chino, todo chino ha llegado al paraíso en la tierra, y por ello, ante las nuevas generaciones venideras ¿Que debe de pasar?

- Que todos deben de ser consecuentes con su propia historia, y olvidarse por completo de los peligrosos sentimientos humanos, estos deben de ser extirpados desde el mismo momento en que nacen en el Planeta Chino.

- Los chinos somos adelantados al tiempo, conquistamos el mundo por derecho a comer carne humana, y esa es la gloria que nos pertenece, además ¿Que mejor comida podemos tener en este mundo?

- La carne declarada no - humana es la mejor, porque esta carne es altamente competitiva, y al comerla, deja de serla.

LAS CYBER TRANSGÉNICAS

Nadie entendía en principio de que trataba eso de las Cyber transgénicas del artículo 8:

Artículo 8: A causa del artículo 7, los no - humanos serán alimentados nutritiva y abundantemente por medio de las Cyber transgénicas.

¿De qué estaban hablando los 12 apóstoles en su artículo 8? Pronto todos los chinos salieron de sus dudas al verlas por primera vez. Sus titánicos cuerpos eran impresionantes, no sabían exactamente que eran esas aparentes mujeres de alto tonelaje, si máquinas o monstruos. Las Cyber-transgénicas, parecían mujeres que median tres metros y medio de altura y pesaban tres toneladas y media. Eran como elefantas sin trompa, sin tetas y sobre dos patas muy raras. Fueron creadas y construidas en una parte secreta de los mismos laboratorios de los clonados. Nadie sabía de sus existencias hasta el mismo día del decreto. Era un secreto muy bien conservado por parte de "el biológico", el encargado de todos los proyectos del Planeta Chino.

La comida de las Cyber transgénicas estaba basado en pura chatarrería, estas devoraban gaucho, zinc, aluminio, cobre, vidrio, porcelana, piedras, tela, madera, papel, piezas electrónicas y sobre todo mucho plástico. Cuando abrían sus inmensas bocas se veía las trituradoras en sus dos arcadas, donde los impares eran combos y los pares yunques, y el opuesto viceversa. Puestos en acción parecían una trituradora fantástica de rayos chispas y chirridos en cadena cuando masticaban cosas realmente duras, pero también eran más suaves y salivosas cuando les tocaba masticar plástico o solo papel. Su comida era desmenuzada, y no solían mezclar los materiales, para mantener ese día un tipo de temperatura en la boca, masticaban cada día uno o dos materiales como mucho.

El filo de sus combos y yunques se encendían casi al rojo vivo cuando trataba de materiales duros. En cuanto cerraban los tremendos bocados los pocos fantasmas que quedaban salían volando. Los elementos en sus bocas parecían temblar, y la concavidad bucal se vitrificaba por segundos, cuando los elementos eran fundidos en cuestión de segundos, los chorros de aire a presión salían escapando entre los dientes. Mezclados con esa espesa saliva, los elementos fundidos no paraban de entrar lentamente por la garganta, cayendo al fondo del estómago que era un autentico infierno. Las Cyber transgénicas eran grandes demonias biomecánicas, y a medida que los elementos iban circulando por sus intestinos, estos se iban convirtiendo en diferentes tipos de gel luminosa, según el material salía un tipo de alimento artificial para los cuerpos biológicos ¿Había algo más económico que esto en el Planeta Chino? ¡No! Estas criaturas eran una exclusividad del Planeta Chino, donde la chatarra la convertían en alimento para los no - humanos.

Estas *mujeres-monstruo* cuando estaban despiertas se dedicaban a comer lentamente durante 8 horas seguidas, masticaban grandes cantidades de chatarra, luego en las mismas sillas donde comían, apoyaban sus tremendas cabezas y dormían 8 horas con estruendosos ronquidos, que se les escapaban entre el medio de sus tremendas dentaduras. Cuando despertaban inmediatamente se dirigían a los grandes inodoros a defecar lentamente durante 8 horas seguidas. Esa era su rutina diaria. No necesitaban camas en la vida, solo chatarra para comer sobre una mesa, una silla y un buen inodoro, y los elementos ardientes brillantes y nutritivos caían directamente a las cisternas refrigeradas.

A las Cyber transgénicas las instalaron en Shanghái, así que sus productos alimenticios eran trasladados desde ese lugar hasta la Isla de Honshū por medio de zepelines especiales. Los chinos cuando los veían volar por los cielos, los señalaban diciendo: "Ahí van los zepelines de las cagonas". Finalmente los nuevos no - humanos podían comerlos o no, los chinos les daban esa *libertad*. Pero los que no comían *el plato del día* les inyectaban sales vitaminadas para mantenerlos vivos, las cuales entraban por las venas quemando la sangre, a pesar de ello, muchos japoneses preferían esa agonía que comer un plato de nutritivo excremento, hecho a base de chatarra.

El hecho de comer inmundicias finalmente hizo que los que llegaron a sobrevivir esos 5 años se convirtieron en una especie de *yetis* cubiertos por una amplia variedad de ronchas, de tal manera que los últimos sobrevivientes parecían haber salido de un *laboratorio de sarampiones.*

EL FIN DE LOS JAPONESES

Cuando los japoneses escucharon *el decreto de los antropófagos* se derrumbaron ¿Cómo podían hacer esto a quienes lo habían dado todo por el Planeta Chino en esos primeros 6 meses? Estaban locos como para determinar semejante *ley de genocidios*[88]. Entonces se vio en el rostro de los japoneses que el mundo en el que habían nacido desapareció para siempre. Algunos japoneses gritaban maldiciendo haber nacido como japoneses. Muchos empezaron a destruir las cosas del medio urbano, otros en cambio empezaron a correr en diferentes direcciones. Algunos reclamaban a las autoridades chinas que tenían derecho a comer aunque sea un poco de arroz, o incluso beber simplemente agua, aunque estén condenados a muerte, tenían el derecho de comer y beber *comida humana*. A los que eran propensos a suicidarse o a

---

88

Personas que aniquila de manera sistemática e intencional a un grupo social

hacerse el harakiri[89] les *inyectaban sustancias aturdidoras a tal punto que* ni si quiera se enteraban cuando les llegaba la hora de ser sacrificados. Todos los japoneses junto con todos sus mestizajes y también sus nacionalizados fueron obligados a regresar como prisioneros a la Isla de Honshū. Los que se negaran regresaban amarrados como animales, y los que murieron por la causa que fuese, también regresaban a Japón en cámaras frigoríficas. Mientras tanto todas las ciudades de las islas más grandes Hokkaidō, Shikoku y Kyushu, estaban siendo demolidas meticulosamente, a medida que se iban vaciando, y también

----

89

     Es el «corte del vientre», el suicidio japonés con el ritual del desentrañamiento y morir con honor antes de caer en las manos del enemigo

a las otras mil islas las iban convirtiendo en *desiertos de piedra molida*.

En cuanto se decreto el consumo de*... -La muy rica carne fresca japonesa, para la siempre muy hambrienta población china. -... Decían* algunos chinos malvados, hubo grandes divisiones. En principio el deseo de comer esa carne era solo de unos cuantos miles, pero a partir del sexto día empezó una gran locura en la población china por comerla, y rápidamente se olvidaron de la amistad que tenían con ellos, muchos querían comer esa carne más por curiosidad que por otra cosa, incluso el saludo lo cambiaron durante esos años por este:

Jīntiān chīguò rìběn ròu ma?[90]

90

¿Has comido hoy carne japonesa?

La locura por comer esa carne se multiplico peligrosamente por cientos de millones de chinos de tal manera que el gobierno estaba obligado con anticipación a controlar esa poderosa masa de chinos hambrientos. El pedido de esa carne era servida fresca para todos los rincones del planeta en cuestión de horas. Esta carne era un lujo, ya que significaba el triunfo del pueblo chino, pero la carne japonesa finalmente era escasa y debería de durar 5 años, y no 6 meses, ya que esto no era el decreto de los cementerios.

Para recordar que toda esa carne debería de durar todo ese tiempo, colocaron en las grandes ciudades *los cronómetros de las extinciones*, y estas marcaban el tiempo exacto que le quedaba a la raza japonesa. El día 13 de abril del año 2.057 el reloj de la extinción japonesa empezó marcando 43.800 horas, y cuando esta llegara a cero significaría que la raza japonesa había desaparecido.

Era triste ver por las madrugadas a tantas especies de animales gigantes, marinos y terrestres entrar en el gran matadero de Tokio. Todos esos animales por ley eran mantenidos vivos hasta el mismo día del sacrificio. La isla de Honshū se convirtió en el más grande zoológico del planeta, tanto en su isla como en sus titánicas jaulas flotantes alrededor de sus playas. El matadero de los animales era variado y sofisticado, tenían diferentes cadenas de muerte, y una gran variedad de matarifes con diferentes métodos crueles. En el primer día de trabajo, estaba al lado de los matarifes de los ex seres humanos, el encargado mayor para animarlos:

- Estimados chinos, hay que ver como las hormigas que aún existen en este mundo trabajan en conjunto por el bien de la propia

Los matarifes tenían uniformes de samuráis blancos livianos absorbentes y secantes. Trajes especiales que al final de la jornada *lo transformaban en el té rojo que* alarga la vida, rejuvenece el cuerpo y revitaliza la potencia sexual. Así que cada día el matarife tenía varias docenas de trajes para convertirlos en infusiones. Las maquinas envasadoras de té las instalaron en el gran matadero con el fin de alentar la avaricia en los matarifes. Esas máquinas empaquetaban con la famosa etiqueta: *Té rojo de sangre japonesa,* donde la foto del matarife estaba con las manos levantando la katana zhǎnmǎdāo y por detrás estaba la foto enumerada del que fue propietario de esa sangre.

Después de que el matarife partía a su primer japonés, *la inconsciencia se apoderaba del matarife para siempre*, ya no podía volver atrás, el cerebro humano estaba bloqueado en el espantoso pantano de lo irracional. No hace poco, estuvo con todos ellos, cantando bailando y danzando, ya que se sentían parte de una gran familia planetaria, pero eso desapareció con el maldito decreto, ahora ni siquiera eran humanos, solo eran parte del negocio alimentario, un trozo de carne sobre un pequeño plato. Los matarifes dejaron de tener contacto con la realidad y se transformaron en máquinas de matar durante 5 años. Partir japoneses era como el trabajo del panadero que estaba dando alimento a su pueblo.

EL MATADERO

Los japoneses entraban al matadero por la primera sala que era donde se desnudaban, allí echaban desde cierta distancia sus ropas a las peligrosas incineradoras que en forma de profundos pozos tenían sus tapas abiertas a ras del suelo. Cada madrugada no faltaba una que otra docena de japoneses suicidas se les escabullera a los chinos de entre las manos para tirarse de cabeza a esos infernales pozos, preferían ser devorados por el fuego antes que ser devorados por los chinos.

En la segunda sala, chinos furiosos les echaban gruesos chorros de *ardiente agua desinfectante*, y sin secarles pasaban directamente a la sala del sellado. Pronto cada japonés veía su número frente a su cara, mientras cuatro chinos lo sujetaban por las piernas y los brazos, en eso su ardiente número era clavado en el pecho con letras al rojo vivo, este se hundían en sus blandas carnes hasta tocar las costillas iluminando su aullante rostro repleto de dolores insufribles. Las 13 cifras se encendían como un potente pirógrafo que marca las carnes en ambas costillas de esos que ya no eran humanos, sellados con un poco de humo en medio de la carne chamuscada.

Luego la misma acción se repetía en las piernas y los brazos, y finalmente un pequeño sello ardiente[91] marcaba su frente. Afortunadamente a los pequeños angelitos la muerte se los llevaba antes de ser tocados por el ardiente sello. Así como en la edad moderna mataban a las

[91] Era el sello de Rava Yavasura.

crías de cerdos corderos vacas y cabritos sin ningún tipo de razonamiento ni compasión, eso mismo hacían los chinos con las crías japonesas. Los adultos que seguían vivos después del sellado, que era más del 90 por ciento, arrastraban los pies hasta entrar a la cuarta sala: la de las fotos, allí estaban obligados a sonreír para *la foto final* antes de ser sacrificados. Por ley tenían que estar felices antes de ser comidos, era la misma técnica publicitaria que usaban en la edad moderna para promover el consumo de carne en sus comercios restaurantes y supermercados, mostrando vacas felices. Es así como deben de despedirse los japoneses del Planeta Chino, con una amplia sonrisa de oreja a oreja, mejorando su aspecto para los delicados ojos del consumidor exigente. Los japoneses deben de estar contentos por ser comidos por los chinos: ¿Que más pueden pedir a la vida? Según los chinos, cuando los japoneses eran comidos, habían llegado a la perfección de sus vidas. Y es por ello que deben de tener una hermosa sonrisa japonesa, entonces les colocaban uno de estos 6 letreros en el cuello:

Feliz porque me elijas para comerme

Cómeme que no te defraudare.

Mi carne es la mejor.

Devórame una y otra vez porque nunca más veras a un japonés.

Este producto es el más completo del mercado cárnico.

Elígeme ahora que mañana valdré el doble.

Cualquiera de estos letreros quedaba hermoso sobre el cuerpo del japonés sellado, sobre todo   caían muy bien en los grandes letreros publicitarios cuando el menú o el plato de la semana era: japonés con ballena.

Finalmente, desnudados desinfectados marcados adoloridos publicitados y fotografiados los japoneses dejando sus últimas obligadas sonrisas ingresaban a *la Sala del Despiece*. Empezaban en *el pasillo angosto* empalizado por ambos lados hasta llegar a la escalera donde colocaba sus pies encima de las huellas del suelo e inmediatamente por sus laterales salían las primeras manoplas que sujetan tobillos y muñecas, colocando al japonés boca abajo, entrando de esa manera, colgado patas arriba, en la línea mecánica de la producción cárnica.

El ex - ser humano llevaba la cabeza con unos grados de inclinación hacia adelante, mirando desesperadamente hacía ambos lados, sujeto con los brazos abiertos iba gimiendo a ras del suelo, con la nuca a 6 centímetros por encima del monorriel. Todos parecen jesucristos crucificados boca abajo. De muchos salen llantos y algunos gritan "piedad", pero esa palabra ya no existe en el diccionario chino. Otros se entregan a Dios con miedo, horror, terror y las lágrimas brotan abundantes de sus calientes ojos. Los que más lástima dan son los gritos y los llantos de terror de los adolescentes y ancianos que pudieron pasar conscientes el sellado. Chillan como condenados. Es exactamente el mismo grito de los niños adolescentes hombres y ancianos de "Antilia[92]" cuando fueron asesinados junto a sus animales y su verde naturaleza 500 años atrás, cuando robaron su inmenso continente y

[92]

Continente que luego fue bautizado como "América".

nadie pudo protegerlos. Es el mismo grito de los animales en todos los mataderos municipales del mundo moderno que todos los días formaron ríos de sangre en todos sus pueblos y sus grandes ciudades. Es el mismo karma que regresa a cobrar parte de su tributo a esta cruel civilización.

Esto que estaban viviendo muchos japoneses lo entendían, esa era la razón por la que a muchos se les escuchaba pedir perdón a todos los animales que antes habían matado y devorado, pedían perdón a gritos porque ahora ellos estaban viviendo en carne propia lo que los animales sufrieron con ellos antes de ser matados. Ellos comieron muchas carnes con total indiferencia, ahora ellos iban a ser comidos entre el medio de una gran variedad de carnes con total indiferencia. Muchos japoneses se arrepentían de haber cazado tantas ballenas por el mundo, que crueles fueron, y ahora ellos iban a ser comidos especialmente con una gran variedad de ballenas.

Colgados por los pies encuentran al primer matarife disfrazado de samurái, lo cual era una burla a su cultura y de un solo tajo los dejan abiertos desde el pubis hasta la tráquea del hecho. No les da tiempo ni de decir "Ay", inmediatamente las manoplas los sacuden de un costado a otro, para que sus órganos internos caigan al cubo metálico que viaja por debajo de ellos. En eso los ayudantes de los matarifes, abren las costillas con sus manos y cortan con sus cuchillos los extremos pegados de los órganos internos que están colgando, por su semejanza, estos piensan que se trata de cerdos.

Todo ha sido tan rápido que aún el alma está dentro del cuerpo partido, la cabeza recibe parte de las tripas que van cayendo al envase, siguiendo el mismo camino de los órganos, resbalando por el cuerpo partido. Su cuerpo tiemblan por última vez y sus ojos se estremecen como si estuvieran fijos mirando entre las tripas al cubo de sangre. Seguidamente entra en la zona del segundo samurái, su negra silueta se proyecta en la pared al pasar por debajo de sus pies, su cabeza sube por la ondulada del monorriel, y sobre ella, al inclinar el cuello hacía atrás, recibe otro tremendo corte que la desprende de su cuerpo de un solo tajo. En ese momento el alma se desprende del cuerpo. La cabeza japonesa cae rodando al cubo, y los brillantes órganos que flotan amortiguan su caída como dándole la bien venida mientras la sangre estalla en todas las direcciones dentro del gran cubo.

Que hermosa era la cultura japonesa y el pensamiento japonés, el mismo espíritu que a través de sus costumbres se impregnaba de paz y armonía interior. El japonés estaba repleto de exquisitas ceremonias milenarias que admiraban al mundo y a la vida. Y ahora los japoneses estaban siendo completamente despedazados.

Seguidamente los monorrieles se van abriendo a la última etapa, las manoplas tiran de las extremidades y al cadáver abierto estirado y decapitado lo deslizan horizontalmente sobre una mesa donde una sierra sin fin simétricamente lo va partiendo. Al final, cada mitad mantiene su respectiva pierna y su respectivo brazo antes de entrar a la última puerta por separado, la sala del envasado. Lo primero que envasan es la sangre en botellas, el cual al final de la jornada lo juntan con los trajes del matarife en la sección de la empaquetadora. Luego cada cubo vacía su carga en una mesa redonda inoxidable de dos metros de diámetro, allí seis chinos envasan todos los órganos al vacío rápida y correctamente etiquetado. En cada paquete esta la foto y los datos completos de la res japonesa cuando se encontraba viva. La carne japonesa es envasada sin conservantes ni colorantes, y esta es reclamada por medio de sus números desde diferentes lugares del mundo.

La gente china veía los vídeos de promoción de la res japonesa, corriendo desnudo, nadando, mostrando sus músculos y su número de identidad. El no-humano estaba sujetando con las dos manos la carne que hay en sus piernas, exhibiendo su barriga de perfil y de frente, y en cada una de esas exposiciones corporales se iba insinuando a que se lo comieran con salsa china, y el ordenador de los metacarpos de cada cliente iba marcando sus respectivos valores nutritivos:

31% menos de grasa que la del perro
14% menos de calorías que la de la vaca
10% menos colesterol que las cucarachas.

- Una porción de 3 onzas de lomo sin hueso de japonés cocido contiene 6,9 gramos de grasa, 19 calorías, y un 60 por ciento más de proteínas que la carne de perro.

Al final de la película la res japonesa hecha un falso mugido, entonces los chinos eligen que parte del japonés desean comer, ya que esta el cuerpo en la tele carnicería:

- Ay que animalito tan bonito este niponcito...

- De este quiero su hígado y sus dos riñones...

- Quiero la mitad izquierda, media cabeza, la mitad del corazón, medio riñón, mis clientes se lo pasaran bomba...

- Necesito de este el cerebro entero junto con los ojos separados, el testículo izquierdo y las manitas cortadas...

Hacen el pedido desde los chips y cuando pasan el código de barras de la res japonesa en el *holograma de compras, el pedido esta realizado, y de sus cuentas el dinero virtual ya se ha descontado.* Los pedidos de cuerpos enteros o por mitades de la res japonesa eran realizados principalmente por los restaurantes y las carnicerías privilegiadas. Esta era fue la época más dorada para todos los carnívoros chinos, ya que podían elegir entre la carne de los japoneses, los animales grandes de mar y tierra, incluido *todos los antepasados de Darwin*: Gorilas, orangutanes, monos, lémures, mandriles, kipunjis, gibones etc. Los animales también tenían sus respectivos vídeos promocionales, se los veía corriendo por el suelo, jugando entre los árboles, saltando sobre los mares, y mostrando todos sus hermosos músculos para ser degustado junto con sus respectivas propiedades nutritivas. Llevaban títulos como estos:

Carne en extinción...
Últimas carnes del planeta tierra...
Cómprelas ahora y olvídese de ellas para siempre...

Dentro de todas estas frases publicitarias, a los chinos les encantaba ver a los hipopótamos elefantes y ballenas caminando sobre dos piernas, cantaban sobre su respectivo valor nutritivo, y en esas publicidades todos los animales hablaban en perfecto chino mandarín.

Desde Tokio se exporta la *carne japonesa* junto con la carne de todos los animales condenados, hasta tal punto de que muchos magnates quieren personalmente hacer la matanza, entonces piden al gobierno ese derecho y ellos se los conceden, se trata en realidad de una matanza en privado. En cuanto aprueban el curso de matarifes junto con todos los impuestos y todas las facturas pagadas, les llega al restaurante el paquete con un japonés vivo, junto con el traje de samurái, la katana y sus respectivos certificados de sanidad y consumo. Entonces entendían que al pueblo chino le habían dado un glorioso destino, el de comer carne japonesa deshumanizada, pero también se la dieron al pueblo japonés, la de ser comidos por los chinos ¿Es que hay algo más perfecto que estas dos combinaciones en este mundo?

Había llegado ese maldito día en que los chinos miraban a los japoneses y a los animales y no sabían cuál era la diferencia, la sensación era la misma, a todos se los partía de la misma manera y se los comía, a todos se los digería. Antes había diferencia, pero ahora eso ya no existía por el maldito decreto, ya ningún chino lloraba por sus muertes, ahora todos querían comer japoneses, porque eran parte del *menú de las extinciones*.

Los chinos eran incentivados al consumo de **carne - japo** con leyendas como estas:

- Esta carne tiene cien veces más proteínas que la carne de un tiburón.

- Producto original del Planeta Chino (Sello de garantía al consumidor chino)

Entre los menús más populares estaban:

- Japo Chow men: sopa de ojos japoneses con fideos de arroz negro.
- *Jiaozi Rep.*: Puré de cocodrilo con seso japonés frito.
- Zonzgzi riz: Callos japoneses con cerebro de mono y pan chino.
- Ravioli Wonton: Orejas japonesas estiradas hervidas y arrugadas.
- Glúteos *Gong Bao* Pao Pao: lomo japonés mezclado con *boa*.
- *Japonés Laqueado:* Pequeños trozos fritos de piel japonesa, cortados con siluetas de animales, fritos e inflados.

Los restaurantes chinos con *la carne japonesa* no daban abasto para *el menú infinito* de cada día, eran extremadamente creativos en las recetas al mezclarlos con todas las especies condenadas y las no condenadas que tampoco dejaban de comerse. Los *cocineros de japoneses* eran más creativos que los Chef Mortuus de los Restaurantes Sacramentales, posiblemente al pueblo chino le hubiese gustado también comer *carne de cementerios*, pero ese privilegio no era para los civiles, cada privilegio tenía su privilegiado. El número total de japoneses estaba dividido por el número de la cantidad de días que les quedaba, esa fue la razón por la que esa carne estuvo presente durante los 5 años, porque cada día había una cuota de matanzas, y una forma organizada para otorgar las compras de forma en que todos la comieran.

Los chinos se volvieron locos por comer esa carne en el primer año, más locos en el segundo, y así sucesivamente hasta quedar extremadamente locos en el quinto año. Locos por comer *El plato de la carne japo con cebolla y ballena* era el más cotizado durante esos 5 años.

Desde el año 2.057 al 2.062 se levantaban festivales por todas las ciudades en honor a lo que se estaba comiendo. Las mujeres chinas adornadas amenizaban por las calles con el movimiento de sus caderas y sus largos vestidos qipao raviano[93] que estaban repletos de dragones bordados en alto relieve al igual que sus flamantes *wagasas[94] chinas*. Esto era el símbolo del éxito de la civilización china, la de tener un bocado de *carne japo*, ya sea en pincho, Sushi o en sopa, por lo menos una vez cada semana. Todos los chinos

___

[93]

Vestidos de la bandera de Rava Yavasura.

[94]

Un tipo de paraguas típico japonés.

que nacieron y los que iban a morir en esos años, masticaron con gran deleite algo de *carne japo*, aunque solo sea unos gramos crudos, con eso ya se realizaban como chinos conquistadores del mundo.

Los japoneses mientras esperaban la muerte no debían de echar ni una gota de semen de sus cuerpos sino querían ser torturados durante seis días seguidos con ardientes clavos electrizados. Así que todos los japoneses se hicieron santos física y mentalmente antes de ser sacrificados, lo hicieron por sobrevivencia, pero a la vez para vivir en paz en los contados meses que ya les quedaba de vida. Pensar en sexo para un japonés en esos momentos era vivir en tres infiernos, uno era interno, el que produce la mente, otro era externo, el que produce su propio cuerpo, y el tercero era el de la realidad del mundo que le rodeaba, que podían torturarlo salvajemente, así que no valía la pena pensar en sexo.

Al soportar los dos primeros infiernos podía eliminar el infierno de la realidad en la se encontraban, es así como casi la totalidad de estos japoneses conquistaron sus sentidos, sobre todo para tener paz en sus ya cortas vidas. Esta es la única razón por la que los chinos vendedores de carne llamarían a la carne japoneses: *carne pura*, tanto en sus hombres como en sus mujeres, obviamente los que más sufrían eran los pobres hombres, que fueron los más descontrolados en su propia sociedad. Esta es la razón por la que esta *primera carne condenada* se cotizaba al alza de un día para otro. Los bocados de tan apetitosas carnes japonesas valían su peso en oro. Sin embargo, cuando un chino desafortunado le preguntaba a un chino afortunado:

- ¿A que realmente sabe la carne japonesa sin mezcla?

Como queriendo saber si el precio de un día a otro cambiaba de sabor, pero todos llegaban a la misma conclusión:

- A carne de mono.

Entonces los pobres no se sintieron excluidos por comer carne japonesa sin mezcla alguna ya que en esos años en todas las carnicerías virtuales se mantenía unas pequeñas cuotas de carne de mono para el consumo semanal, y a pesar de haber una gran variedad de carnes cada día todos los chinos sufrían por su *gran fiebre*, 6.000 millones de bocas chinas temblaban a la hora de comer incluso la de los pequeños bebes, el afán de comer especialmente *carne de japonés con ballena* y cebolla los tenía atormentados, pero si durante un mes en su boca no entraba *algo de japonés*, era aún más desesperante, ya que eso era como si se estuvieran ahogando en vida. Finalmente cualquier cosa del japonés servía para calmar esa hambre y esa sed, ya que de un japonés nada se desperdiciaba, y lo decían parafraseando *el verso euliano*[95] de los comejamones:

- Desde la punta de los pelos de la cabeza hasta los callos de los pies ¡Todo es japonés!

Al final de esos 5 años la raza japonesa se extinguió por completo, donde al último japonés llamado Ahikukitu se lo comieron vivo, medio crudo y medio asado en un banquete realizado en el palacio flotante conocido como Pekín

---

[95] A los antiguos residentes de Eulee, cuando se llamaba "Europa".

Rururava, y solo al último ejemplar se le mantuvo su nombre original. Se dice que el sabor de Ahikukitu era amargo por la cantidad de químicas y drogas que le metieron al pobre desgraciado que estuvo consiente de todo lo que le pasaba a su cuerpo mientras su cabeza estaba entera, esa era la razón lo que empezaron a comerlo por los pies. Tal cena se celebro un triste atardecer a partir de las 18:56, esa tarde se paralizo el mundo entero, todos pudieron ver: *la última cena de un japonés.* Era lo más horripilante que había visto nadie nunca, ya que se lo estaban comiendo vivo. Cuanto terminaron de dar los últimos lambetazos de la sangre japonesa que quedaba en la mesa, todos los cronómetros de las extinciones instalados en las grandes ciudades coincidieron exactamente con el número cero. Nada quedo de Ahikukitu, ni un pelo, ni un trocito de hueso, ni una gota de sangre, todo fue tragado sobre la mesa inoxidable. Entonces un viento planetario levanto grandes calimas por todas las carreteras, todas las montañas y todo los ríos ¡La raza japonesa ya no existía! Entonces Tokio y todas las grandes ciudades que ya estaban vacías empezaron a ser demolidas.

Con la extinción japonesa, los 12 apóstoles realizaron la *segunda fundación del Planeta Chino*, pues esta no era posible mientras en ella existiera un solo japonés. Esta segunda fundación duraría nada menos que 94 años y medio, hasta que llegara la famosa "tercera fundación" que se realizaría en el primer centenario del *Golpe Maestro*. He ahí la importancia que tenía para los que enterraron a *la civilización moderna.*

El Planeta Chino se construyo no para mejorar la humanidad en ética y moral, sino más bien para perfeccionarla en su propia *autodestrucción*. Así lo confirma *"La última cena de un japonés vivo"*.

* * *

Dentro de esos 5 años no hubo mes alguno en que no cayera alguna que otra banda organizada encargada de reproducir clandestinamente la tan cotizada carne japonesa. La codicia de tanta riqueza fácil hizo que muchos grupos de chinos se dedicaran a su reproducción en serie dentro de granjas clandestinas. Finalmente, tarde o temprano, todas las mafias de *criaderos de japoneses* cayeron en las garras de la justicia china, pese a que la carne reproducida solo era vendida como *carne lechal*, todos fueron condenados como *traidores del Planeta Chino*, nada menos que por reproducir japoneses dentro del Planeta Chino, ese era el más grande de todos los crímenes, y por ello es que fueron atravesados con una espada Jian en el pecho para inmediatamente ser arrojados de cabeza en las profundas bocas de las incineradoras que hay en los flamantes mataderos de Berlín.

***

El decreto especificaba muy claramente que a los japoneses había que sacrificarlos cocinarlos y comerlos por géneros separados, y esto era así por miedo a que alguno de sus nobles genes se cruzara con algún gen japonés, y en vez de salir un chinito de pura raza, tuvieran la mala suerte de que le salga un japonés con ojitos achinados. Eso sería lo más horroroso que le pudiera llegar a pasar a una joven mujer china:

Pobre mujer china a la que le pasara eso, si eso ocurriera, según la ley, esta iba a ser ejecutada. Pero nunca se dio un solo caso en todo el Planeta Chino, así de afortunado era el pueblo chino. Las mujeres chinas estaban bendecidas, pero el hecho real es que todas las mujeres chinas simplemente decidieron no comer carne de macho japonés, de esa manera todas quedaron desde un principio exentas de toda duda. Ellas solo comían carne de hembra japonesa, y esa carne por sí sola no traía esos peligros. Solo *el macho chino* disfruto de comer *carne japo* de ambos géneros, eso sí, siguiendo los paréntesis de ayuno que marca la *ley de consumo entre ambas carnes*. Además las etiquetas del macho se identificaban con círculos rojos en fondo negro y las de hembra con círculos blancos en fondo negro. Los 5 años de comer *carne japo* pasaron como cuando una brisa de viento pasa por entre el medio de dos grandes árboles. ¿Dónde estaba el espíritu de aquellos entusiastas japoneses que en 6 meses transformaron el mundo? Todos desaparecieron, ni siquiera estaban como fantasmas, todas esas almas se fueron a planetas celestiales, a encarnar en mejores civilizaciones.

EL PEQUEÑO DIÁLOGO

En el mismo abismo en el que arrojan a los pobres animales
Kaly Yuga ahora los está arrojando junto con todas las humanidades.
El *amo gris* conocido como "el biológico", tras recibir en silencio las obediencias de sus doce apóstoles busco la privacidad

con uno de ellos, el número 11, y bajo una confidencialidad garantizada, le paso las últimas órdenes de Rava Yavasura. Se sentaron sobre el suelo frente a frente, en los cojines que hay a lado del inmenso ventanal del palacio aéreo, abajo se veía Pekín, que estaba siendo demolida lentamente, a cambio estaba siendo reemplazado por los nuevos barrios hechos de casas mecanizadas. Entonces el amo gris le dijo al apóstol en voz baja:

La raza europea debe de estar ahora como carne asada entre verduritas.

Al oír este sarcasmo, el apóstol 11 se asusto y se puso de pie. Haciendo un esfuerzo volvió a sentarse, y concentrándose en sus pensamientos inicio un sincero dialogo con su amo, a quien personalmente lo consideraba una persona honesta:

- Señor Krill[96], usted personalmente conoció las civilizaciones que nos precedieron antes de entrar en esta horripilante era de Kaly Yuga, y conoció a algunos de esos Reyes Planetarios que existían en la era anterior. Todos ellos tenían conexión genética con las dinastías que gobiernan nuestra Vía Láctea. Pero en esta era de Kaly Yuga los criminales y los ladrones se han disfrazado de reyes y sacerdotes desde hace 3.000 años atrás ¿Hasta cuándo va a durar este engaño?

- Hasta el fin de la era de Kaly Yuga, y sabes que aún faltan 327.000 años para que esta era de hierro acabe, eso quiere decir que posiblemente se vayan de construir más de cien civilizaciones Kaliyugueras en todo este tiempo, una peor que la otra, y nosotros estamos solo al principio de esta era, y

---

96

Nombre del cargo que daba Rava Yavasura a los que eran intermediarios entre él y los doce apóstoles.

posiblemente, es casi seguro, que más pronto que tarde, como civilización china desaparezcamos.

- Señor Krill, no estamos obligados a hacer el mal, pero actuamos peor que todos los seres irracionales, hasta los fantasmas saben más que nosotros en ética y moral humana, hoy todos ellos se han marchado de este miserable mundo ¿Es que no era suficiente las maldades de la edad moderna como para inventar ahora el Planeta Chino?

- No es orden mía número 11, la creación y destrucción de las civilizaciones en esta era y en este planeta, al menos al principio, depende exclusivamente de la voluntad de Rava Yavasura, y nada ni nadie puede sustituirlo, el indica caprichosamente quien es *su pueblo elegido y ya está*. Recuerda que estamos en sus garras, y nada podemos hacer por cambiar esta trágica realidad.

- Exactamente ¿Quienes componen a Rava Yavasura?

- Es una corporación de *6 lagartos antropófagos.*

- ¿Son humanos, son demonios o son semidioses?

- Son *demonios reptilianos* de la raza Raksasa, tienen un gran desarrollo tecnológico militar que es uno de los más poderosos del universo, nosotros los Vidyadhara sufrimos la extinción de nuestra raza a causa de su poder militar.

- Entonces ¿Por qué se presenta como "dios" en este mundo?
- Obviamente que se trata solo de una más de sus ocurrencias, especialmente cuando este lo promociona sobre la gente ignorante que el mismo fabrica en este mundo a través de los siglos.

- Señor Krill, nosotros los chinos jamás pensamos en comernos a nuestros hermanos japoneses ¿Porque hemos manipulando la mente de nuestro pueblo para que lo haga?

- Desde hace 3.000 años la cooperativa de demonios manipula a toda la humanidad, no solo al pueblo chino estimado número 11.

- Pero cada vez esta erradicando más el poco raciocinio que queda entre los seres humanos.

- ¡Exacto! Eso es lo que está haciendo con vosotros, y lo hace también por sobrevivencia.

- Entendido señor Krill, pero ¿Cómo es que usted, un ser tan razonable, trabaje para un ser tan terrorífico como este?

- Porque estoy atrapado al igual que tu *número once*. Mis antepasados tenían formas de *seres humanos celestiales*, imagina lo que eran esos cuerpos, pero cuando Rava Yavasura atrapo nuestro planeta, elimino al 94 por ciento de la población y a ese 6 por ciento que quedamos vivos nos transformo en grises, y finalmente de todos esos transformados solo quede yo gracias a mi memoria, y los 540 grises que quedaron aparte, los transformo en cybergrises, es decir, que primero hecho sus almas, y seguidamente los relleno por dentro con todo tipo de máquinas inteligente a control remoto. Los Cybergrises eran solo cuerpos muertos, pero con la total apariencia de estar vivos.

- Las extinciones humanas ¿Es solo capricho de Rava Yavasura?
- En este momento si.
- ¿Es peligroso todo esto para los chinos?
- Por supuesto que si
- ¿Exterminaremos finalmente a todas las razas?
- Indudablemente.
- Entonces ¿No está garantizada la sobrevivencia del pueblo chino?
- Por supuesto que no.
- Y usted ¿Está de acuerdo con esto?
- No.

- Gracias a dios, lo que no comprendo es de que trata: *la cuarta fundación*
- Nadie lo sabe
- ¿No podemos cambiarlo?
- ¿Que podemos hacer tu y yo ante Rava Yavasura?
- ¿Sobrevivir?
- Exacto, eso estamos haciendo, aunque no estemos conformes con el cruel destino.

LA SEGUNDA LEY DE LOS ANTROPÓFAGOS

Al día siguiente de la última cena de un japonés, se dictamino la segunda ley de los antropófagos, exactamente igual que la anterior, a excepción que:

- El gordo de la lotería china en esta segunda ocasión cae sobre el pueblo europeo. Queda excluido el pueblo Inglés y la raza negra,

junto con todos sus mestizajes a nivel planetario. Los animales de compañía serán cerdos cocodrilos pavos, y el cerdo será de reproducción ilimitada, esta será mezclada con la carne europea con la siguiente fórmula: Por cada 6 toneladas de carne de cerdo, 66 gramos de carne europea. El tiempo de extinción que se les da es de 8 años. Se sacrificaran a los machos por medio de la matanza castellana, y todos serán convertidos en chorizos y las hembras solo serán consumidas en forma de kebabs.

De un día a otro los europeos ya no eran seres humanos, en cuanto se enteraban de su cruel destino se dirigían automáticamente a sus refrigeradores ¿Qué otra cosa podían hacer? En el Planeta Chino no había donde esconderse, y mientras llegaban los malditos chinos había que aprovechar el tiempo para poder comer y beber con libertad junto a sus esposas hijos amigos amistades y parientes, comían y bebían todo aquello que podían ingerir por última vez. Los europeos para entonces eran seres humanos de todas las razas, pero eso ya no importaba, porque habían europeos de raza china, y no por ello se salvaban del *exterminio europeo* porque fueron considerados: chinos *contaminados*.

Los europeos el día del decreto comían y bebían atónitos mirándose unos a otros, lo hacían pausadamente saboreando hasta la extenuación, era su última comida humana, y no había explicación alguna para entender lo que estaba aconteciendo, porque todo eso era realmente inaudito, injusto, cruel e inhumano, no había nada que preguntar, no había nada que escuchar, no había nada que responder, eran europeos y nada más, pero al igual que lo hicieron muchos japoneses en esos momentos similares, ellos también pensaron en el karma:

- Seguramente si hubiéramos sido vegetarianos durante los últimos mil años aquí en Europa ¡*El Planeta Chino* jamás hubiera existido! Y la destrucción del mundo hecho por la edad media tampoco se hubiera realizado.

Pero ya era tarde. Ubicados e identificados por las ondas del chip del metacarpo, finalmente llegaron los chinos a donde los encontraran. Entraban a las casas y edificios tirando puertas y ventanas, asaltaron sus moradas con actos violentos legalizados por el régimen de Pekín Rururava. Los soldados llenos de ira les sacaban toda la comida que habían comido hasta hacerles vomitar, los flamantes ex-seres humanos debían de estar hambrientos por comer sus nuevos platos, y por ello los chinos les gritaban llenos de odio:

- ¡Sois animales! ¡Sois solo animales para ser comidos!
- ¡Les está completamente prohibido comer comida de seres humanos!

Arrastrados como a animales los arrojaban a las jaulas automatizadas, niños mujeres abuelas hombres adultos bebes y adolescentes, no faltaba alguien que les insultaba diciéndoles: ¡chinos sionistas! Cuando esas maquinas transportadoras automatizadas se llenaban, sus puertas automáticamente se cerraban para subir al cielo, y surcando velozmente por el espacio aéreo se dirigían a las nuevas *granjas ubicadas en* Berlín, allí se instalo el nuevo matadero para los ex europeos y sus acompañantes. Las ciudades de Europa quedaron abandonadas, y por el mundo también atraparon a todas las personas de nacionalidad europea. Fue un arresto planetario tan impresionante como el anterior, la desesperación de los europeos no tenía límites. A los nuevos *campos de concentración* simplemente les llamaban: *Las Granjas.* En el habían *3 tipos de mataderos.* La primera especie en extinguirse fue la de los cocodrilos, era una de las especies que se salvo del primer exterminio, seguidamente el de los pavos, pero nadie extraño sus carnes, y a ninguno de los dos les dieron cuotas para que estuvieran presentes durante todo el tiempo de extinción. Sin embargo la carne de cerdo tenía libre reproducción por parte de cualquier chino en cualquier lugar del planeta durante los ocho años. La raza europea empezó a ser devorada a partir del 13 de abril del año 2.062, al siguiente día del fin de Ahikukitu, *el apóstol numero 6, grito por medio de los 6 medios de comunicación, esta frase que luego sería muy famosa*:

Ese mismo día *las titánicas cagonas con* pies hechos de queratina casi fosilizada empezaron a producir sus elementos de forma industrial. Los tremendos truenos en esa zona iniciaron su magnánima producción *que* esta vez duraría 8 años sin parar. Los europeos no protestaron tal como lo hicieron los japoneses, ninguno fue amarrado ni inyectado, aunque los trataron con violencia nadie protesto de ninguna manera. Los europeos para entonces tenían todas las voluntades doblegadas en nombre de la democracia. En Europa para entonces solo se hablaba inglés, tenían una sola bandera, una sola política, una sola religión: el islam, un solo himno y una sola forma de pensar: *la sumisión total*, con todo ello los europeos eran muy dóciles, y esa fue la razón por la que nadie lloraba, ni siquiera los bebes, quienes masticaban sus chupetes mirando con rabia a todos los chinos. Los europeos estaban esperando con asco la comida que les esperaba más que la segura muerte. Ninguno acepto comer por las venas, los europeos se enfrentaron valientemente al destino, comieron valientemente los restos que de las gigantonas llegaban a sus platos.

¿Porque los chinos feos tienen que comernos?
¿No debería de ser al revés?
¡Van a comernos como a los japoneses!
Nosotros somos los inventores de la edad moderna
Nosotros inventamos la edad media
Y hoy hemos *sido* destinados al consumo de los hambrientos chinos.

Los europeos se sintieron como las vacas, porque estaban sintiendo lo que las vacas sienten antes de entrar al matadero ¡Ho raza europea tan pura tan buena y tan variada, y sin embargo eran simplemente eso, un rebaño más de vacas! Y si por si acaso existía el karma, ya no era necesario que los europeos cambiaran de cuerpo, en *el Planeta Chino* los doce apóstoles de Pekín ya hicieron todos los trámites, y por ello a los europeos les dieron el mismo rango que a los *pavos cerdos y cocodrilos reencarnados*. Posiblemente esta cruel *experiencia animal* en esta vida les haga reflexionar para la siguiente, de tal forma que puedan entender que el Dharma Humano es universal, algo que la edad media, la edad moderna y finalmente el Planeta Chino nunca pudieron entender.

Antes de realizar la matanza castellana engordaban a todos los europeos machos, hasta llegar a la obesidad mórbida, luego los sacrificaban sobre una mesa, un montón de chinos los sujetaban por sus extremidades, ya que todos los adultos llegaban a pesar más de 300 kilos. Un matarife llevaba el cuchillo de 30 centímetros de largo y lo iba partiendo lentamente desde la pelvis, en eso el europeo iba chillando en medio de su desesperación, estaba tal como los cerdos chillaban en la matanza castellana mientras eran abiertos lentamente sobre la mesa en medio de toda la familia, pues el dolor también les alimentaba, es así como daban un sabor más intenso a la carne de cerdo, y así también lo daban a la carne europea. Los órganos de los mórbidos europeos salían al aire latiendo, mientras seguían vivos y ya no podía patalear, entonces otros chinos con navajas albaceteñas de 6 centímetros iban cortando los tendones y deshuesándolo en vivo hasta llegar a la cabeza. Eran terribles momentos antes de dejar el cuerpo. La sangre era recogida en baldes para hacer morcillas, con toda esa carne molida y encebollada hacían una gran variedad de chorizos y embutidos. Finalmente los huesos eran troceados con hachas para hacer las sopas hueseras. Los europeos entraban al matadero caminando, y salían colgados en las parrillas en forma de chorizos.

Al ver esto, el último *Vidyadhara transformado* no pudo aguantar más, así que salió volando de esta Tierra Plana rumbo a Antariksa. En el vuelo estaba recordando el pequeño dialogo que tuvo con el apóstol número 11, su cabeza reflexionaba junto a las naves de los aghartitas que lo cubrían con un manto invisible. No se despidió de nadie, como no era un yogui para dejar su cuerpo voluntariamente opto por llevarse el traje - cuerpo fuera de este mundo.

En su memoria pasaban incesantemente escenas de su planeta, todo volvía a repetirse, su especie sufrió mucho antes de ser extinguida y eso mismo estaba ocurriendo ahora en el Planeta Chino ¿Qué hacía él en ese miserable mundo? Era mejor irse. Fue gracias a su personal amistad con los Aghartitas[97] que pudo salir con su propia nave, estos le acompañaron nada menos que hasta Bhur Lokha[98], protegiéndolo con su altísima tecnología de los reptilianos de Kaly Yuga los cuales no podían detectarlos. Llegado allí con su rareza existencial, ya que a los planetas celestiales generalmente se llega en alma para tomar cuerpos celestiales y no se <u>llega en cuerpo.</u> Entonces El Biológico se

[97]

Residentes de Agharta, la capital del mundo interior.

[98]

Sistema planetario de seres intermedios (humanos) No-celestiales.

presento ante un sabio en la montaña de Kailasa buscando su protección:

- Por favor quisiera que me acepte como su mascota, y así podre aprender de todos ustedes todo lo que me puedan enseñar sobre los vedas, yo podre ayudarles en todo lo que sea necesario hacer en su āśrama*. Yo antes tenía un cuerpo celestial, con ese cuerpo solía venir con mi padre a estos lugares hace más de 4.000 atrás, cuando aún era un niño, pero un demonio destruyo nuestra civilización y transformo a los sobrevivientes con cuerpos celestiales en este tipo de cuerpo gris, y si he podido entrar ahora con este cuerpo, es porque aún tengo ese karma de poder hacerlo. Soy el único sobreviviente transformado de mi planeta. Ahora me fugue de ese cruel destino que está eliminando Bharata Varsa, no pude aguantar más, y recordando estos lugares con la ayuda de los aghartitas me encuentro aquí de nuevo, vengo a entregarles mi vida, que aquí durara tan solo unos cuantos días, por favor acépteme.*

- Claro que si amigo – Le dijo sonriendo el anciano sabio – Pero por favor no digas "Acépteme como mi mascota", voy a aceptarte solo como mi discípulo, con tal de que avances espiritualmente en esta vida, yo me sentiré muy satisfecho- En ese momento el señor Krill se hecho al suelo con las manos juntas, tieso como una vara, dando reverencias a tan grande alma.

El sabio vaisnava yogui y trascendentalistas lo acepto de una forma muy loable, y en seguida los aghartitas despidiéndose con las debidas formalidades regresaron al Planeta Chino. Los reptilianos de Raba Yavasura tarde se dieron cuenta de la ausencia del señor Krill, pero eso no les afecto en nada, ya que Raba Yavasura tenía repuestos de todos sus funcionarios en el armario de su escritorio, sin embargo ya no necesitaba de poderosos intermediarios, ya el Planeta Chino estaba funcionando por propia inercia, a partir de ese momento el se comunicaría directamente con los 12 apóstoles chinos.

Mientras tanto los europeos no entendían porque les dieron 8 años más de vida, con lo fácil que era matarlos a todos en solo día. Podían repartirlos por el mundo y a una misma hora sacrificarlos. Con poner un trocito de sus cuerpos en cada plato de los chinos sería suficiente para acabar con todos ellos.

Fueron constructores alemanes los que diseñaron y construyeron todas esas granjas en el continente europeo. Los mataderos eran naves repletas de mesas y cuchillos por todas partes. Cuando abrieron sus puertas para recibirlos, estas instalaciones ya poseían todos los certificados y permisos requeridos por el ministerio de salud de Pekín Rururava, y los alemanes fueron los primeros en estrenarlos, junto con franceses e italianos. En esos años los europeos eran 1.332 millones. Las granjas estaban repletas de conteiners prefabricados apiñados entre inmensas estructuras de metal que las sujetaban, formaban todo tipo de particulares edificios de más de 150 metros de altura. En cada granja había dos millones de europeos y vivían como esclavos de la edad media.

Europa estaba vacía y Berlín era el principio del fin. Allí estaban todos, apiñados como en mil babilonias juntas. Aunque dormían y hacían deporte para la salud, les estaba prohibido reír, hablar o saludar en chino o en cualquier idioma. Solo se les permitían cacarear durante el día a pesar de ser catalogados como animales cuadrúpedos, y esto a los europeos no les hacía gracia, pero los sarcasmos de los chinos tenían que decirlo con *el Quiquiriquí* cuando le obligaban a cacarear para algún cliente importante, ya que la calidad del cacareo hacía valorar aún más la *carne* que pronto iba a ser sacrificada. Los animales gritaban llenos de horror en cuanto estaban siendo degollados, pero hasta que no llegara ese momento no se enteraban de nada, y eso les hacía sentir más infelices a los europeos que si se enteraban de todo ¡Ay con los europeos! Que en esos días envidiaban la ignorancia de los pavos y la suciedad de los puercos.

El producto de las *titánicas cagonas* llegaba desde Shanghái a Berlín, como allí las instalaron en principio ya no podían ser trasladadas a otro lugar. Aunque eran robustas a la vez eran extremadamente frágiles. Estaban capacitadas solo para andar durante sus vidas menos de diez metros cada 24 horas. Sus productos correctamente envasados llegaban de forma puntual a los aeropuertos de Berlín en los veloces zepelines. En esa ocasión las cagonas triplicaron su número para la segunda lotería china, pues los clones sacaron nuevas series de cagonas, y estas eran una tonelada más de peso. *El* precio de la carne de raza pura europea, sea de la raza que fuese, era inaccesible para el pueblo chino en general.

Anticipándose a esos problemas es que los apóstoles decretaron que esta se mezclara oficialmente con la carne de cerdo, entonces la carne de cerdo se transmutaba en *carne europea*, así se lo explicaron a los chinos pobres, y de esa manera estos grandes grupos sociales se quedaban completamente satisfechos. *Sin embargo los productos hechos de pura carne europea, sin mezcla, solo lo podía consumir la gente más rica del Planeta Chino. Así que había dos tipos de chorizada, la mezclada con carne de cerdo,* y la de pura cepa, y estas valían una auténtica fortuna, y como siempre pasa en el mundo de los comedores de carne, los *chorizos de lechal* eran los más caros y además los que más pronto se acababan.

Respecto a la matanza de las mujeres europeas, esta carne no se mezclaba con ninguna carne. Los 12 apóstoles d*el Planeta Chino* determinaron que deberían de morir tal como Raba Yavasura lo quería, en forma de Holocausto, y venderse sin mezcla en forma de kebabs. Primero las desnudaban, luego las bañaban, y seguidamente las atravesaban con barras de acero para acoplarlas al gran asadero. Allí las dejaban ahogándose y desangrándose mientras giraban asándolas como pollos al espiedo. Solo se las podía consumir en pequeños trozos, y estos junto con los chorizos sin mezcla, fueron los platos más cotizados de la alta sociedad china durante 8 años. Nadie pensaba en el dolor de esas personas que parecían ranas atravesadas. Muchas de estas mujeres antes de ser atravesadas les insultaban en perfecto chino mandarín a sus verdugos.

- Asqueroso chino ¿cómo te atreves a matar a estas mujeres indefensas que pueden ser tu madre hija esposa o hermana?
- Señora gallina, le permitiré hablar ahora que es su hora, le recuerdo que usted también comía carne ¿O usted era vegetariana? ¿O usted respetaba la vida de las gallinas? ¿Es que no se las comía crudas asadas fritas o cocinadas? También mataba a los animales de manera cruel, degollando a millones de animales todas las madrugadas en sus pueblos y ciudades para llevar temprano a sus carnicerías temprano todo tipo de carnes despedazadas ¿A quién le importaba el sufrimiento de todos esos pobres animales que usted comía en su casa a medio día o en

la cena? También eran despedazados en su delante cuando usted hacía cola para comprar sus restos en las carnicerías.

- Yo no las mataba desgraciado, yo solo compraba carne empaquetada.
- Lo mismo da, a usted también la compraran empaquetada ¿De qué se queja? Nadie vera su sufrimiento, ningún chino la conoce a usted personalmente, solo verán un trozo de carne asada en un kebabs.
- Chino imbécil, es ¿Que no sabes que a los animales no les duele cuando se los mata?
- ¿En serio? Es que usted ¿Las mataba a besos como para que no sintieran dolor?
- Tu también morirás, pero iras al infierno después de esta vida.
- Pero eso señora gallina no es su problema, además, ya le ha llegado la hora de que te se vaya volando al cielo, así que abra el pico y cállese.

Entonces 6 chinos la sujetaban, y uno de ellos lentamente le iba introduciendo la barra de hierro puntiaguda por la boca, en medio de sus gritos de terror ira y desesperación, y luego estando ya atravesada por todo el cuerpo, la colgaban en el asadero de la pared infernal, donde habían decenas de mujeres asándose como pollos al espiedo.

Lo más triste al principio, era ver la escena de las criaturas de pequeñas edades dando vueltas, en los mismos lugares, con pinchos especiales acoplados a sus tamaños. Afortunadamente el alma de las niñas bebes y ancianas, se desprendían con más facilidad del cuerpo que el de las mujeres adultas y adolescentes.

Este era el *gran Holocausto femenino europeo, en ellas las* plataformas aéreas eran muy dinámicas, desde allí los chinos estaban constantemente echando en el cuerpo asado el caldo que recogían de sus respectivos recipientes, logrando un asado perfecto en las *grandes paredes infernales*. Allí mismo los chef con largos cuchillos cortaba los pequeños trozos de carne asada en forma de rebanadas. *La carne europea* olía exquisita a cientos de metros y formaban sabrosas nieblas en las carreteras aéreas. Cuando las empaquetaban con sus respectivas etiquetas, allí estaban las caras de las felices mujeres a las que esa carne pertenecía, los pedidos los colocaban en los habitáculos de *sus respectivos drones del envió*, y en enseguida estas salían volando de forma perpendicular hasta llegar a una gran altura desde donde se lanzaban a velocidad espectacular rumbo a sus destinatarios. Con estas potentes maquinas la Tierra Plana se hizo muy pequeña, ya que en poco tiempo llegaban a todos los rincones del Planeta Chino.

Cuando un chino desafortunado le preguntaba a un chino afortunado:

- ¿A qué sabe la *carne europea de pura cepa*?

Todos llegaban a la misma conclusión:

- *A cerdo.*

Esa es la razón por la que los chinos pobres tampoco envidiaban comerla pura, era absurdo pagar tanto dinero por comer algo que abundaba en esa temporada. La extinción del pueblo europeo fue muy triste, pues con ellos entraban todas las humanidades, además con ellos se perdieron todas las conquistas europeas, todas las revoluciones y todos los derechos del hombre moderno. Con ellos desaparecieron también los cerdos los pavos y los cocodrilos, y de la misma manera en que se dio la última cena de un japonés en el palacio de gobierno, se dio la última cena de todos los europeos que eran 66, ya que cada uno representaba a un país independiente. Es así como medio crudos y medio asados se los comieron a los últimos europeos un 13 de abril del año 2.069, *y lo que sobro lo tiraron por la ventana para que los hambrientos chinos pobres de las frías calles de Pekín Rururava los comieran a gusto esos últimos huesos.* Es así como acabo Europa dentro del estómago chino.

*LA TERCERA LEY DE LOS
ANTROPÓFAGOS*

EL FIN DE LOS PUEBLOS ORIGINALES
JUNTO A TRES RAZAS

El 15 de abril del año 2.070 se dicto la tercera ley antropófaga a nivel planetario, todos los Pueblos Originales incluidas las razas blanca morenas y pelirrojas dejaron de ser humanas por decreto - excepto ingleses y negros en todas sus ramificaciones -. A esta extinción les acompañarían todas las aves, todas las formas de vida acuática que quedaron y toda forma de vida animal que quedara sobre la faz de la tierra excepto los perros. El tiempo que les dieron a todos era de 6 meses 6 días y 6 horas a partir del momento del decreto. Los animales que pueden ser atrapados serán sacrificados en Berlín, en general serán cazados vivos, y la población civil y militar china, con sus respectivos permisos, cazarían a los nuevos no-humanos, además estas piezas de caza pueden ser comidos en la forma que quisiesen, también podían taxidermizar sus cabezas.

Entonces el pueblo chino decidió divertirse organizando grandes cacerías por toda la Tierra Plana. Cada territorio del planeta fue convertido en coto de caza. Allí soltaban los organizadores a diferentes grupos sociales.

Decenas de millones de chinos civiles y militares se apuntaron en los clubes de caza para tener en regla todas sus armas de cacería. Entre las armas que se vendían para los cazadores civiles habían ametralladoras calibre 80, armas pesadas, tanques de guerra de la edad moderna, lanza misiles tomahawk (portátiles), cohetes dirigidos por láser, lanzallamas, granadas, explosivos de todo tipo y extraños drones asesinos a control remoto. Los nuevos animales estaban prohibidos de ir armados, solo podía correr y esconderse, junto con sus amigos y parientes. Sea en ciudades en el campo o en el bosque.

La cacería de los *"Pueblos Originales"* fue sangrienta, volaban en pedazos los cuerpos humanos y sus viviendas, pero cuando encontraban un buen ejemplar, evitaban no destruir sus cabezas para tener un buen trofeo. Comían los cuerpos despedazados en el mismo lugar en que caían, se los comían crudos, de cuatro patas en medio de gritos de euforia, ese año todos los chinos cazadores se sintieron reptilianos. Era dantesco ver tantos chinos salvajes armados hasta los dientes por todas partes, comiendo trozos humanos sin usar sus manos y con sabor a bala. Las cabezas intactas de las personas cazadas se convertían rápidamente en piezas de trofeo que luego colgaban en las paredes de sus casas en sus respectivas tablillas de madera con sus respectivos símbolos chinos. Decenas de millones de chinos tenían estas apreciadas piezas.

Fueron 6 meses de horrendas cacerías programadas, desaparecieron todas las joyas biológicas de la especie humana, era como volver a la edad media cuando Raba Yavasura organizaba su segunda gran cacería en medio mundo disolviendo por completo a millones de personas en tres continentes. Pero en esta ocasión desparecieron hindúes tibetanos, Incas, malayos, mexicanos, australianos, árabes, rusos, iraníes, turcos, africanos no negros, mongoles y todos las razas de los antiguos Pueblos Originales. Finalmente nada quedo de esos pueblos, sus ciudades fueron demolidas y sus cimientos renovados, al poco tiempo ya ni siquiera existía el recuerdo de sus nombres. Todos los restos arqueológicos de otros tiempos fueron pulverizados desde el cielo por medio de las *máquinas aéreas demoledoras de ciudades que nuevamente se pusieron en funcionamiento, desertizando paulatinamente todos los continentes.* Pueblos y ciudades parecían evaporarse ante las columnas de fuego que iban sembrando los chinos con esas 6 terribles máquinas.

De l*os últimos sobrevivientes de cada Pueblo Original, y de cada raza quedo un ejemplar para Pekín Rururava, allí* los sirvieron en un gran banquete que duro 6 días, medio crudos y medio asados se los comieron en octubre del año 2.070, fue la semana más abundante con este tipo de *últimas cenas.* Los doce apóstoles disfrutaron de un centenar de variadas carnes no - humanas, y el mundo quedo aún más desolado. El paraíso de la tierra estaba a un paso de desaparecer en todos sus horizontes. Los pocos árboles que quedaban de pie en los continentes lloraban por la extinción de todas las formas de vida, tenían dentro de sus cuerpos los mismos sentimientos escondidos que aún albergaban en el corazón algunos chinos buenos. Las nubes lloraban por la falta de aire, y en esos años *las fábricas de oxigeno* empezaban a implantarse en forma de bosques mecanizados en medio de las modernas ciudades chinas, produciendo el aire mínimo que aún necesitaban respirar los pulmones humanos.

Los que fueron asesinados desencarnaban rumbo a un grupo de hermosas estrellas que el karma les tenía destinado, de hecho *alcanzaron el mismo cielo de todos aquellos que fueron exterminados en la edad media*. Muchos prometían regresar a esta Tierra Plana después de que pasara esta horripilante era de Kaly Yuga, tenían fuertes deseos de volver cuando la vida humana no sea tan corta ni esté gobernada por malditos lagartos. Posiblemente regresaran a principio de Satya Yuga, si es que fuesen tan afortunados, para ser los primeros en repoblar todos los cielos, todos los continentes, todos los mares y todos las islas, y además querían hacerlo a través de diferentes formas de vida. Querían nacer como aves, como plantas, como animales grandes y pequeños, en forma de insectos, peces, gusanos, reptiles o seres humanos.

Todos deseaban reiniciar la vida con todas las razas humanas y tener miles de Pueblos Originales, miles de idiomas, miles de folclores y vestimentas, querían volver a cantar desnudos en medio de los bosques milenarios, querían volver a ser civilizados como lo fueron antes y volver a correr por inmensas praderas montados en búfalos gigantes. Querían volver a nadar y beber en los ríos de agua pura repletos de exóticos peces a colores, sin demonios de ningún tipo que amenacen su libertad salud y riqueza natural. Será el tiempo cuando todos los continentes estén nuevamente repletos de jardines paradisíacos, llenos de exuberantes ciudades rurales, lleno de animales felices, donde se encuentren nuevamente yoguis por todas partes respirando el trascendental conocimiento védico, para entonces, cuando todo eso regrese de nuevo a esta tierra, todos habrán olvidado por completo esta terrible pesadilla llamada Kaly Yuga.

Nuevamente las vacas volverán a ser felices con sus terneros en los inacabables pastizales de yerba fresca a las cuales estarán regando constantemente con la leche de sus exuberantes ubres. Ya no habrá más sociedades de carnívoros que las maten. Los seres humanos en todos los continentes nuevamente estarán protegidos por los emperadores del planeta, no habrá más asaltantes de continentes disfrazados de "conquistadores", y muchos trascendentalistas llegaran volando desde diferentes lugares de este universo, enseñando nuevamente toda esa ciencia eterna que hay en relación con la actividad eterna de la entidad viviente. Una vez más las clases y las universidades se estarán dando en las cuevas y los bosques, en los asramas de los grandes sabios, nuevamente todos los secretos de cómo funciona este universo serán revelados, nuevamente veremos a los rishis caminando por este mundo y también a los semidioses caminando entre nosotros, los seres humanos comunes y corrientes.

Muchos reyes de otros planetas vendrán con sus palacios espaciales de varios pisos, en los cuales hay jardines, piscinas y hermosas aves. Nuevamente los hombres sanos entenderán que están todos encadenados al karma a los sentidos y a las gunas[99]. A los terribles deseos de la mente que encadenan el alma al samsara, entonces tendrán de nuevo las ideas claras, de que hay una manera de salir conscientemente de toda esta rueda de nacimientos y muertes repetidas llamado samsara[100], ese es el camino de los trascendentales yoguis, aquellos que nunca pueden ser confundidos en el laberinto de las abominables irreligiones inventadas en las eras de kaly Yuga.

---

[99]

Hay tres gunas en el mundo material Raja (pasión) Tamas (Ignorancia) Sattva (Bondad)

[100]

Ciclo eterno de la entidad viviente a través de nacimientos y muertes repetidas, dentro de cuerpos materiales.

LA CUARTA LEY DE LOS ANTROPÓFAGOS

EL FIN DE LOS INGLESES

En enero del año 2.071 los doce apóstoles dictan la cuarta extinción:

- ¡Eso también se come!

La *lotería china* en esa ocasión toco a los ingleses y a estos les acompañarían todos los insectos perros y todo aquello que quedara con vida orgánica. Los perros tendrían una reproducción libre e ilimitada. El tiempo de extinción sería de 6 años, pero como los ingleses siempre fueron muy especiales dentro de la humanidad, los 12 apóstoles decidieron que tengan también una extinción muy especial dividida en 6 grupos. De hecho los pequeños animalillos fueron los primeros en exterminarse en pocos meses, porque para comerlos no había restricción alguna, y al ser a destajo desapareció prácticamente en pocos meses. Solo quedaron los perros.

Los ingleses que hasta entonces eran invisibles al Planeta Chino fueron todos localizados y llevados en masa a Berlín, casualmente eran 66 millones 666 mil 666 personas ese día. Ni uno más, ni uno menos, no habían mujeres embarazadas, y los ancianos de ambos sexos estaban vigorosos.

Después de la extinción de los europeos, Eulee quedo vacía y desierta. Prácticamente todas las grandes ciudades de Eulee ya estaban demolidas excepto Berlín. Las máquinas aéreas demoledoras de ciudades no paraban de trabajar sobre las tierras condenadas. Las ciudades mecanizadas las iban reemplazando sobre la tierra, formando *pueblos mecanizados*. Se trataba de viviendas motorizadas que eran vitales para la sobrevivencia, de tal manera que un día podían estar en la ladera de una montaña, y al siguiente día en otra, esquivando de esa manera todo tipo de fenómenos naturales, tales como los tsunamis o los movimientos de basura molida de gran envergadura que ocurría sobre todos los continentes.

En el día del Golpe maestro todas las grandes ciudades de Eulee estaban unidas, los antiguos países europeos se habían convertido en barrios de una gran ciudad continental. La antigua Europa trataba de una ciudad inmensa que ocupaba todo ese territorio. Lo mismo pasó prácticamente en todos los continentes. Estas ciudades continentales rodeaban a los pocos desiertos y las pocas selvas que quedaban en la Tierra Plana. El mundo entero era un planeta hecho de rascacielos y casas por todas partes. Pero a pesar de los capitales de la edad moderna, mantenían todas sus facultades administrativas.

Al demoler tantas ciudades por todos los continentes, se generaban autenticas cordilleras de basura molida de todos los colores, los cuales estaban siendo constantemente vaciados sobre todos los océanos. De nada sirvió el trabajo de los japoneses y la hermosa esperanza que hicieron nacer en toda la humanidad en los primeros 6 meses del Planeta Chino.

UN EXTERMINIO MUY ESPECIAL

El extermino inglés trataba de 6 diferentes formas de ejecutarlos:

El primer grupo de ingleses era el más numeroso y estaba constituido por ingleses de todas las razas humanas, nacidos o criados en Inglaterra o en el mundo entero. Junto con ellos estarían todos los que hayan obtenido el *pasaporte inglés* hasta el mismo día del Golpe Maestro. Esta era la carne más barata, la más abundante y la única que durarían los 6 años, ya que esta carne iba a ser mezclada con carne de perro para hacer chorizos al igual que los europeos. Al primer grupo de ingleses los encontraron principalmente dentro de las ciudades mecanizadas, porque esa era la residencia de todos los seres humanos catalogados como "pobres". El porqué de la mezcla de carne inglesa con la carne de perro lo explicaba en esta ocasión un apóstol al pueblo chino de esta manera:

- La carne de perro al ser mezclada con una pizca de carne inglesa aumenta su calidad ¡Buen provecho!

Obviamente que en esas sátiras no había verdad alguna, pero con estas leyendas se vendía toda la carne de perro que se reproducía de forma ilimitada. Además era parte del marketing para incentivar el consumo de esa carne, ya que prácticamente no había otra, sobre todo para los pobres. La fórmula de mezclar esas carnes era la misma que usaron para con el pueblo euliano.

Nunca hubo en la historia china tanta carne de perro de forma tan barata e ilimitada a nivel mundial, y más aún potenciada con el mágico saborizante inglés. Esos fueron los años de la abundancia y de la máxima felicidad para el pueblo chino. Pues en menos de 6 meses 600 millones de chinos se convirtieron en criadores de perros, y estos realizaron un auténtico *Boom Perruno como amos del mundo*, ya que fue una explosión de mega criaderos por cielo mar y tierra. Los perros desbordaban todos los continentes y todas las islas. La explosión de la carne de perro fue la más grande explosión que jamás haya existido en toda la historia humana, y una cosa así solo podía ocurrir dentro del Planeta Chino. La reproducción de perros se multiplicaba por millones a cada segundo, eso adoraban los chinos, comer carne de perro, aullar de satisfacción, y ver que todo el planeta había sido invadido por infinidad de perros, los cuales no tenían fin en todos los horizontes, eso convirtió a todos los chinos en los hombres más felices de este mundo durante 6 largos años.

Sin embargo muchos exigentes chinos estaban disconformes, porque no se estaba aprovechando bien las cosas del Planeta Chino, pensaban que de la misma manera en que se desbordo la carne de perro por todo el planeta, debería también de desbordarse la carne inglesas por todo el planeta, el horizonte debería estar también repleto de cabezas inglesas en todos los horizontes. Debería de liberalizar su reproducción, y hacer carne inglesa ilimitada, pero lamentablemente, los que seleccionaron para esta primera sección ya estaban todos castrados.

Había perros en el mundo entero, los perros resbalaban por los Himalayas, los Andes, los Alpes, Atlas, la Sierra Madre Oriental, la Montañas Rocosas, Cordillera Cantábrica, estaban cubriendo todo el Macizo de Altái, el Desierto de Siria, Patagonia, Kalahari, Gobi, Arabia,

Australia, Sáhara. Todos los continentes estaban llenos de perros, incluso las islas más pequeñas estaban desbordadas de perros aullando.

Había perros en todas las playas del mundo, en todas los valles altiplanos y montañas y especialmente en toda la antártica que rodea la Tierra Plana. En ese lugar las mega granjas de perros estaban repletos de huskys mamalutes, san Bernardos, y una raza de samayotes que eran del tamaño de los osos, eran perros típicos del Planeta Chino, y un sin fin de razas, incluidos exóticos perros acuáticos que también los inventaron los clones en sus laboratorios para esta ocasión, ya que sabían que estos serían los años más felices de los chinos, cuando sus corazones no pararían de cantar como los lobos.

A falta de espacio para perros en este mundo construyeron islas artificiales hechas solo para perros. Los antiguos barcos cargueros de petróleo así como los submarinos atómicos que sobrevivieron los llenaron de perros, cualquier agujero servía como criadero de perros. Cuando los mineros chinos cavaban en sus profundas minas proveyéndose de algunos minerales, de repente encontraban cuevas subterráneas a las que ellos nunca habían llegado antes, pero estas ya estaban llenas de perros, algún chino se les adelanto a todos ellos para hacer en esos oscuros lugares sus propios criaderos. Posiblemente estos eran los perros más peligrosos, ya que eran perros más grandes que las hienas, y estos se comían cuadrillas enteras de mineros chinos que nadie reclamaba.

El Planeta Chino estaba repleto de perros hambrientos que se comían unos a otros. Tanto chinos como perros comían solo perro. Los perros nacidos en todas partes estaban esperando a ser matados en la *carnicería china* de cualquier lugar, ya sea en mar tierra o cielo, donde no paraban de masacrarlos día y noche cortándolos a trozos para venderlos por toneladas a las mezcladoras de carne del estado planetario. Pues esta carne sin sus pocos gramos ingleses mezclados oficialmente no valía nada.

Finalmente a falta de más espacio en el mundo para criar perros, tuvieron que soltar al aire a millones de perros haciéndoles tragar píldoras anti-gravedad. Los soltaban por razas separadas en grandes grupos, para que se criaran libremente entre las nubes de todo el mundo. Era impresionante ver como ascendían los perros desde diferentes lugares de cada continente para finalmente establecerse en el cielo en diferentes alturas, formando allí sus propios clanes y manadas. A veces se veía inmensas jaurías de perros entrando a gran velocidad por un lado de las nubes, y otros de menor tamaño saliendo completamente aterrorizados por el lado opuesto de las nubes. En las nubes hacían emboscadas unos contra otros, destripándose mutuamente, devorándose unos a otros en salvajes y valientes peleas.

Las manadas de los perros más pequeños se reproducían muy rápidamente, pero eran los que más fácilmente desaparecía cuando manadas de perros más grandes decidían comérselos a todos. Los pequeños perros eran los que más rápidamente eran reemplazados desde la superficie, soltando nuevos perros como si de globos se tratara. El cielo de todo el planeta estaba lleno de perros alborotados en cada atardecer. Los perros en el cielo estaban muy unidos a sus propias razas y peleaban contra razas diferentes, y a pesar de tanto alboroto, las nubes como tal, de todas las formas y niveles, no protestaban. *Las nubes no paraban de ladrar por todas partes.* Esa fue la razón por la cual a veces caían del cielo auténticos chaparrones de caca de perro, y no faltaba uno que otro perro chamuscado por los rayos entre el medio de la caída.

A diferencia de esos perros voladores los perros que nacían dentro de los cientos de miles de *granjas aéreas* no tenían píldoras anti gravedad en el cuerpo, y cuando estas se desbordaban caían los perros desde el cielo. A esas granjas ya no había manera de controlarlas, por ello era frecuente ver perros caer del cielo por todo el mundo. Llovían diferentes razas. A veces pequeños chihuahuas, a veces tímidos galgos que los remolinos los iban estrellando por todas partes. A veces se soltaban torrentes de furiosos dóbermans que no paraban de aullar en su caída, muchos se estrellaban violentamente mordiendo las paredes de las casas mecanizadas en los que se quedaban clavados. Los perros estrellados en el suelo abrían grandemente el hambre de todos los chinos, que nadaban en lagos de sangre de perro, donde había huesos, tripas, ojos sueltos flotando, arcadas de dientes, así como todo tipo de costillas sueltas por todas partes. Era carne bilis y sangre gratis para los chinos. Todo eso les hacía caer la baba. Pero muchos chinos insatisfechos rogaban a los doce apóstoles para que hubiera grandes remolinos repletos de ingleses estrellándose en las laderas de las montañas peladas. *El cuerpo de un inglés daba para miles de toneladas,* pero aún así no podían abastecer por completo al hambre de todo el pueblo chino que en esos años solo comían perro.

Fue en *esos 6 años cuando al fin empezaron a* reflexionar los chinos, sobre el cruel destino que les esperaba a los pobres perros:

- Pobrecitos tan ricos que eran... ¿Cómo iban a desaparecer del Planeta Chino ahora que recién estaba todo esto empezando?

A los chinos no les gustaba para nada la idea de que los perros iban a compartir el mismo destino que los ingleses. Esa era la más grande injusticia que jamás se había hecho contra el pueblo chino, pero como lo estaban realizando sus amados líderes, el todo poderoso pueblo chino fue incapaz de salir a la calle a protestar, pese a ser un tema realmente vital.

Las ciudades inglesas de toda Inglaterra quedaron absolutamente vacías después de que todo el pueblo inglés fuese trasladado a Berlín, así que todas sus construcciones e instituciones fueron aprovechadas para residencias caninas. Fue uno de los pocos países que quedaron intactos para el criadero de perros. Muchos dirigentes se lamentaban de que para entonces Tokio y Nueva York hayan sido completamente demolidas, con lo económico que hubiera sido criar perros en todos esos edificios.

Todas las ciudades de Inglaterra estaban intactas y fueron ocupados por los perros durante esos 6 largos años. En todos y cada de los pueblos de Inglaterra había solo un tipo de raza de perros, por esta razón cuando un perro de una raza diferente entraba a una ciudad de perros que era de distinta raza, inmediatamente era devorado, porque nadie reconocían que algo diferente a sus raza entrara a su pueblo sino para ser comido. Además en toda esa Inglaterra perruna había constantes peleas entre razas de diferentes barrios y de diferentes pueblos. Constantemente se invadían unos a otros, y no paraban de ocuparse y desocuparse diferentes razas en cada pueblo.

El río Támesis se convirtió en un río de caca y orín de perro que no paraba de arrojarse lenta y espesamente al mar. El *ojo de Londres* aún seguía funcionando, era una noria repleta de perros que se divertían dando vueltas. Alguien lo dejo conectado a la luz eléctrica y esta no paraba de funcionar, y a los chinos poco les importara que eso siga dando vueltas porque hace ya tiempo que no existían los contadores eléctricos. Como el *río Támesis* se convirtió en un río infernal, los chinos lo rebautizaron como *el río*

Tamas[101]. *Los granjeros de perros que eran los más pobres del planeta Chino, siempre* necesitaban cruzar ese río por diferentes motivos, y en semejante río donde ya no quedaba ni un solo puente tenían que hacerlo sobre los kayakakas[102], unos barcos especialmente diseñados para vencer las poderosas corrientes de caca de perro que arrastraban troncos, huesos, cadáveres de chinos ahogados, valientes ratas surfeando a las extinciones programadas, ropas inglesas, sombreros en forma de hongos, corbatas inglesas, ilimitados motores turbofan que de alguna manera seguían funcionando

101

Nombre que significa "oscura ignorancia" en sánscrito

102

Nombre que dieron a los barcos construidos especialmente para atravesar ríos hechos de caca.

con el hidrogeno que sacaban del río de caca, muebles victorianos y todos los demás enseres de lo que quedaba de la cultura inglesa, ya que todo lo que encontraban los chinos no paraban de tirarlo al *río Tamas* .

A millones de chinos no les daba pena que desaparecieran los ingleses ¿Qué pena podía darles? Lo único que les daba pena es que los perros tuvieran la desgracia de compartir *el mal destino de los ingleses* ¿Que habían hecho esos pobres animalitos para compartir semejante karma? Los perros en China siempre han sido el plato preferido de sus cocinas, eran más importantes que los ingleses ¿Porque estaban condenados? ¿Es que acaso perros e ingleses eran lo mismo? ¡Claro que no! Para el pensamiento chino el perro jamás debería de haber entrado en el mismo bombo de las extinciones, fue un gran error, los perros podían seguir reproduciéndose después de que los ingleses hayan desaparecido de la tierra. Los perros no dependían de los ingleses para seguir viviendo. Además los perros eran los mejores amigos del estomago del pueblo chino. La población china estaba atormentada con eso de que los perros iban a desaparecer para siempre ¿Cómo lo iban a soportar? ¿Qué pasaría cuando finalmente los últimos perros sean comidos? Sin ellos no valía la pena seguir viviendo en el Planeta Chino. ¿Qué comerían las futuras generaciones chinas? A raíz de ese razonamiento miles de chinos empezaron a suicidarse haciéndose el harakiri japonés en forma de protesta, eso irrito a las autoridades, pero toda esa gente quería que sus descendientes tengan el honor de comer carne de perro por toda la eternidad.

- ¿Cómo podía ser un planeta sin perros? ...
¡Un infierno inglés!

Los ingleses durante los primeros años habían disfrutado de todos los deleites típicos del Planeta Chino colaborando abiertamente con los 12 apóstoles chinos, y pese a que los líderes ingleses sobrevivientes los ayudaron seriamente a consolidarse como tal gracias a su gran experiencia de siglos como imperio Kaliyuguero[103] de nada les sirvió, ya que fueron traicionados de la misma manera que a los japoneses que lo dieron todo de forma tan exitosa. A partir del momento en que se dictamino la primera ley de los antropófagos toda raza humana que no tenga *la marca china* estaba condenada tarde o temprano a ir directamente de

---

103

        Respecto a que pertenece a la era de kaly Yuga.

cabeza a la cazuela de los chinos en cualquier momento.

Antes los ingleses repartían holocaustos por el mundo, hacían lo que les daba la gana y siempre se disfrazaban de "buenos" ante la historia. Ahora ellos recibían *su holocausto final*. Al fin podían escuchar el llanto de millones de seres humanos que a lo largo de 6 siglos de terror habían sido indiferentes. Todos esos llantos lo estaban escuchando porque este llano era ahora el de su propio pueblo.

Muchos ingleses cansados de cacarear, y que hablaban perfectamente el chino mandarín protestaban ante el matarife antes de ser sacrificados.

- Oye chino ¿No ves que somos humanos? ¿No ves que esto es carne humana?
- Oye inglés ¿No ves que ya no eres humano? ¿No entiendes que tu carne

legalmente esta hecho hoy para el consumo chino?

- Oye chino ¿Es que no sientes compasión?

- Oye inglés ¿Es que tu sentías compasión por los animales que matabas en los mataderos? ¿Qué derecho tienes de pedir compasión cuando tú no lo has tenido nunca por los animales que matabas cada día en todas tus ciudades de Inglaterra y en el mundo entero? ¡Ustedes enseñaron al mundo entero a comer carne humana! ¿Acaso no recuerdas que exterminaste a millones de personas en Argentina Australia Norte América India África y el mundo entero? Tu declaraste hace 600 años que todos ellos no tenían alma, por eso arrasaste con todas sus Culturas Originales ¿Cómo vas a pedir cuentas morales de algo que tu jamás has dado ejemplo alguno? ¿No recuerdas la segunda guerra mundial? ¿Cuándo exterminaste a millones de alemanes bombardeándoles las ciudades civiles donde no había ni un solo objetivo militar?

- Oye chino, eso hicieron mis antepasados ¿Qué culpa tengo yo de todo eso? Y lo de los mataderos de la edad moderna, yo no veía como los mataban simplemente me los comía sobre el plato.

- Pues bien, tu disfrutaste de lo que tus antepasados robaron y mataron como piratas planetarios, y eso fue parte del karma social que heredaste, ahora tú estás sufriendo las reacciones negativas de tu karma social que también te corresponde, dentro de poco tu carne será despedazada, nadie lo verá, y todos lo comerán. Si ellos, estos chinos, sintieran lo que tú vas a sentir posiblemente se hicieran vegetarianos, pero eso exactamente hiciste tu ¡No te hiciste vegetariano! ¡No sentiste el dolor de los animales! ¡No te pusiste en lugar de ellos! Así que lo mismo te pasara, lo que tu hacías con los animales en Inglaterra y en el mundo, ahora lo recibirás en carne propia.

- Es que no entiendes ¡Somos ingleses!

- ¡Oye Inglés! ¡Somos chinos! Si esta realidad fuese ilegal ¿Qué haces aquí a la puerta del matadero?

- Tú también cosecharas lo que en estos momentos estás haciendo con tu maldita sociedad.

- La verdad es que me da igual, el futuro ya vendrá, hoy somos el pueblo elegido de Rava Yavasura ¿Sabes por qué? Porque se acabo tu tiempo en este mundo, y por ello vosotros seréis el pueblo que va a ser consumido durante 6 años, y lo que vale es el presente. En el pasado habéis sido "imperio", pero hoy eso no tiene validez alguna, vuestros ejércitos fueron demolidos en pocas horas, y toda vuestra realeza completamente devorada. Ahora cállate la boca y entra en silencio al matadero, ya no eres inglés ni eres humano, eres una gallina rumbo al infierno, y las gallinas no hablan en chino mandarín antes de ser despedazadas.

Los chinos no pensaban en el sufrimiento de los seres humanos, ellos estaban obsesionados solo con el triste destino que les aguardaba a sus *sagrados perros* ¡Iban a desaparecer para siempre de sus vidas! ¡Qué gran desgracia iba acontecer en el moderno Planeta Chino! En el fondo parecían tener sentimientos ingleses respecto a los perros, la diferencia es que los ingleses no se los comían ¿Que iban a comer entonces los pobres chinos sino eran los ricos perros? Los chinos no podían vivir sin perros, y por ello empezaban a hervir de angustia en diferentes grados de temperatura, de tal manera que en el segundo mes de tan grandioso festival planetario, decidieron llevar la pregunta ante los 12 apóstoles a través de las autoridades ascendentes. Había que hacer algo por defender la existencia de los perros dentro del Planeta Chino, hasta que finalmente la pregunta del pueblo chino llego a los 12 apóstoles:

- ¿Porque los perros tienen que desaparecer?

- *Querido pueblo chino, sabemos sobre vuestra pena y gran confusión, y queremos con esta sentencia quitarles para siempre esa tortura innecesaria. Decirles que a partir de esta declaración, ese tipo de sentimientos son completamente ilegales en el Planeta Chino:*

- Estimado pueblo chino, Rava Yavasura ha dictaminado que los ingleses son animales como todas las otras nacionalidades modernas que ya han sido consumidas. Nosotros no tenemos la facultad de determinar a ninguna raza humana como animal, pero él sí, y por eso solo ejecutamos sus órdenes. Rava Yavasura dice que los ingleses comparten el mismo destino que los perros porque ambas especies tienen la misma mentalidad, y la prueba están en la edad moderna, ellos siempre han dicho que los perros son más importantes que sus parientes vecinos políticos o religiosos. Ellos siempre han vivido con perros en las mismas casas, ellos siempre han afirmado que "el perro es el mejor amigo del hombre". Es por eso que son sus familiares, merecen tener el mismo destino, además ambos

tienen conceptos subversivos cuando muestran sus dientes. Es por culpa del inglés que el perro debe de desaparecer. Desde el origen del pueblo chino la carne de perro ha sido nuestro sagrado plato, y por ello el pueblo inglés ha sido incorporado como su principal saborizante a causa de su mutua afinidad sentimental, pero, además, vamos hacía la tercera inauguración del Planeta Chino y ellos para entonces no deben de existir ¿Entienden lo que les digo? ¡Esa es la ley! Así que ahora es el tiempo de que los chinos coman todo lo que puedan, tanto perros como ingleses. Esta es la ley de los más aptos, esto nos enseñaron los ingleses, y nosotros lo aplicamos fervientemente en el mundo entero, invadimos sus pueblos y nos los comemos. Recordad además que el Planeta Chino va más allá que un simple plato de perro. Sed felices queridos chinos ahora que podéis comer mucho de estas variadas carnes, porque todo esto pronto pasara a la historia, y por eso les digo que si veis a algún chino llorando por los perros, matadlo y comedlo, es lo mejor que se puede *hacer por nuestra sociedad, antes de que estos llorones inspiren al suicidio a nuestra gente.*

A partir de este discurso, el Planeta Chino fue feliz, nadie más se suicido ni se lamento por perro alguno, además suicidarse por los perros era una causa perdida.

***

El segundo grupo de ingleses era compuesto por la raza autóctona de *pura cepa, y* estaba formado por artistas, empresarios, políticos y religiosos de renombre, así como los más destacados profesionales sea del rubro que sea, incluido magos brujos banqueros y piratas, es decir *la crem de la crem.* Y por ello tendrían *un tratamiento muy especial.* En esta *honorable sección todos* serían capados y devorados a destajo. Algo exclusivo para los plenipotenciarios del Planeta Chino que tan solo era 666 los afortunados. Este selecto grupo los comerá a destajo día y noche, hasta su total extinción, y esta será la única *carne inglesa que se coma* sin mezcla alguna, de hecho ni siquiera serán cocinados, porque serán devorados crudos vivitos y coleando.

Al principio estos 666 chinos eran todos flacos y muy sanos, a muchos de los se los veía incluso fibrosos. Eran chinos alegres ágiles y saludables, pertenecían a la élite china del partido comunista - capitalista. Pero cuando terminaron de comer al último inglés de este grupo, todos cambiaron de aspecto, sufrían de obesidad mórbida, cada uno de los pesaba 666 kilos. Todos acabaron mal humorados, enfermos de tuberculosis y tenían problemas mentales. Los golosos chinos al zamparse tan selecto grupo, llegaron a la misma conclusión, de que nunca estaban satisfechos, todos decían siempre lo mismo: - *Que buenos que están los ingleses, que buenos que están los ingleses.* Lo que no sabían es que *lo único que estaban comiendo era carne con azúcar blanca.* A los 18 meses se extinguieron y como los afortunados chinos ya no podían caminar a causa de su peso, el gobierno le dio un palanquín con 6 robots-aéreos a cada uno de ellos para cubrir todas sus necesidades. Eran de pequeños tamaños, pero muy útiles para la movilidad de sus pesados cuerpos. Estos fueron los primeros chinos en morirse por enfermedades raras a los 666 días después de comérselos. Un tiempo demasiado largo como para llevar una vida tan pesada y tan dolorosa. *La carne inglesa de pura cepa estaba completamente envenenada.* Los familiares de estos chinos privilegiados no paraban de maldecir esa carne, si no hubiesen comido esa maldita carne todos estarían vivos, pero lo comieron pura y se murieron. Al parecer los chinos comieron lo que los ingleses comieron durante sus modernas vidas ¿Y quién sabe todas las porquerías que se metieron aparte? Ese fue el problema.

Cuando un chino pobre le preguntaba a alguno de estos privilegiados gordos en su agonía:

- ¿A qué sabe la carne inglesa de pura cepa?

Todos llegaban a la misma conclusión:

- *A perro.*

Entonces ningún chino pobre sintió envidia, ya que ellos comían en esos años carne de perro abundantemente. Además ¿Para qué gastar fortunas en una *carne tan venenosa*?

***

El tercer grupo de ingleses sería lo más doloroso, especialmente para los matarifes, que si no hubiesen estado entrenados hubieran salido corriendo de sus puestos de trabajo, más que todo fue por la matanza de todos los niños hasta 16 años y todos los ancianos a partir de 60 años. Solo ver esas criaturas les recordaba que ellos, tiempo atrás también eran seres humanos, pero los sacrificaron rápidamente, muchos cerrando los ojos para no tener problemas con sus propios sentimientos humanos y luego con las autoridades. Tardaron solo 6 días en hacerl desaparecer a todo este grupo.

***

El cuarto grupo de ingleses fue para fabricar *jamones pata negra*. En principio, este gran grupo que también eran de varios millones, tenían las piernas pálidas y famélicas, pero en cuanto les inyectaban un producto verdoso y rojizo muy espeso en ambas piernas, estas inmediatamente se hinchaban hasta transformarse en gordas patas de cerdo, seguidamente se ennegrecían y se disecaban estando los ingleses con vida. Luego un chino le arrancaba una pata y el otro la otra. El resto de lo que quedaba, de caderas para arriba lo tiraban vivos al camión del matadero, allí revueltos y sin piernas los llevaban al matadero, donde eran sacrificados por medio del garrote, mientras trataban de escapar corriendo sobre sus manos. La matanza de este gran grupo duro casi cuatro años.

***

El quinto grupo de ingleses era completamente terrorífico, primeramente eran descuartizados *por 4 caballos mecánicos, y seguidamente l*os cuerpos descuartizados entraban envasados al vacío en unos drones refrigerados con la etiqueta: "Carne viva inglesa". Estaban etiquetados como "vivos" porque esos trozos no estaban muertos. Cada trozo estaba conectado a la conciencia de su propietario con la más alta nanotecnología que los clones pudieron realizar en el mundo de las células y las ondas electromagnéticas. Cada célula estaba conectada a su cabeza por medio del wifi planetario. Sea donde sea que se encontrara la cabeza, esta recibía todos los impulsos nerviosos de todos y cada uno de los pedazos. La cabeza inglesa estaba sintiendo todo lo que le estaba pasando a cada centímetro de su cuerpo descuartizado, ese fue el único grupo inglés que maldijo haber nacido como inglés.

Las subastas de los ingleses descuartizados en vida se cotizaba en las bolsas de valores de Shanghái, el método del patrón trabajo que habían utilizado los primeros meses del Planeta Chino los japoneses, fue enterrado para siempre, ya que este no esclavizaba, sino liberaba a los seres humanos.

A veces, en medio de las subastas, los trozos de carne inglesas, salían corriendo y los chinos corriendo por detrás de ellos volvían a cazarlos. No es que los trozos tuvieran almas, era la misma alma conectada la que les mandaba a salir corriendo, como eran aún parte de sus conciencias podían hacerlo. De todas maneras las cabezas inglesas al ver los precios que pagaban por esos trozos *no podían creer que valieran tanto dinero, estando vivos muertos o descuartizados,* si lo hubieran sabido eso antes, hace tiempo que se hubieran vendido a trocitos en Inglaterra ¿Pero quien en su sano juicio en la edad moderna hubiera dado un solo duro por todo su cuerpo? ¡Nadie! Indudablemente que los chinos se habían vuelto completamente locos.

En todos los paneles de la bolsa mercantil había números electrónicos informando sobre el precio actualizado de cada inglés descuartizado. A cada instante subía el precio de cada trozo del inglés numerado. Este privilegio de ser descuartizados en pedazos vivos no lo tuvo nunca ninguna otra ex raza humana, ni lo tendrá nadie más en el futuro ninguna otra civilización Kaliyuguera, era también una exclusividad del Planeta Chino. Los propietarios del Planeta Chino se gastaban auténticas fortunas por adquirirlos. De hecho, en la carne descuartizada solo invertían los más grandes consorcios empresariales, para satisfacer a sus propios jefes y directores.

Toda pieza inglesa descuartizada *era parte de una extinción sumamente especial, y p*or eso se valoraba tanto esta carne. El dolor inglés era lo que realmente estaba cotizando la bolsa, donde toda su carne estaba viva, donde sea que se encontrara en el mundo, estaba presente en la cabeza inglesa, por eso las cabezas eran las más caras, ya que estás, hasta el mismo momento de ser transformado los pedazos de carne en excremento, estaban sufriendo constantemente.

Los cocineros sacaban del refrigerador el trozo de *carne viva* que necesitaban y esta no paraba de retorcerse de dolor. Les encantaba morder esa carne cruda a los chinos afortunados. Nunca antes ninguna otra civilización tuvo ese privilegio de comer trozos de carne viva. *Era un maldito milagro chino.* La cabeza inglesa sentía como lo troceaban, como lo preparaban, como lo condimentaban, como lo cocinaban, como lo mascaban crudo frito o cocinado y finalmente como lo digerían, y ya estando en ese sitio, al fin la cabeza perdía toda conexión con el dichoso trozo.

El dolor de la conciencia inglesa era un purgatorio sin fin, posiblemente todos los Narakas[104] se estaba compadeciendo de los pobres ingleses, quienes eran devorados con salsa sopa y palitos calientes.

Mientras la cabeza inglesa estaba entera el alma no podía abandonarla. En esos

104

      Naraka, infierno, se refiere a los 28 categorías de infiernos que existen en este universo.

años el trofeo de moda en las casas de los chinos más afortunados era la de tener *las cabezas inglesas vivas colgadas en sus paredes*, eran auténticos parlantes. Cuando las colgaban entre las cabezas taxidermizadas de las otras extinciones, las cabezas inglesas gritaban de susto al verlas muertas. Las cabezas vivas o muertas no se las comían los chinos hasta que llegara los últimos días del último año, en la que ya era obligado hacerlas desaparecer a todas dentro de las ollas.

Los chinos solían preguntarles a sus *trofeos* colgados ante sus invitados, de cómo estaban sus cuerpos antes de ser comidos, estos respondían en perfecto chino mandarín:

"Muy bien muy bien"
                    "Excelente excelente"

"Muy sabroso muy sabroso"

"Me han comido, me han comido"

El hecho de comer esas carnes especiales no solo era el más grande lujo del partido comunista, sino el más grande ingenio del pensamiento chino. Como disfrutaron los chinos de la carne inglesa descuartizada, parecían locos más cuando esa *carne cruda* daba pataditas a la lengua y aun más cuando de esta aún chorreaba sangre fresca entre los dientes. Los chinos cerraban sus achinados ojos cuando saboreaban esos trozos vivos de los ex seres humanos que parecían querer nadar entre las patatas fritas.

Los ingleses crecieron con corbatas y tarjetas de crédito para finalmente alcanzar la meta de sus vidas: *Llegar al fondo de los platos chinos.*

En las salas de los gobernantes y en las casas de los más grandes magnates chinos, habían todo tipo de cabezas inglesas, desde las más grotescas y espantosas hasta las más dulces y refinadas, y todas tenían múltiples utilidades artísticas, ya que los hacían cantar en coro la canción más popular de esos tiempos, que era él: "me han comido, me han comido" a ritmo de salsa brasilera, eso era lo que más gustaba al pueblo chino, que la cabeza inglesa les haga recordar la zamba del extinto pueblo brasilero.

Verlos cantar en coro, colgados en las paredes era parte del arte y la cultura del flamante Planeta Chino, era una pena que la muerte no les llegara, era una pena que esas almas estén aún sujetas entre el medio de dos grandes orejas inglesas.

Las cabezas decapitadas no paraban de viajar todas las semanas a algún lugar del planeta montado en los poderosos drones. Lo que no hicieron nunca cuando sus cuerpos estaban enteros, ahora lo estaban haciendo cuando solo eran cabezas sueltas, porque las cabezas inglesas se convirtieron en las auténticas estrellas del Planeta Chino, eran la atracción indispensable en todo tipo de fiestas que realizaban a la hora de comer los chinos por todo el mundo, los cuales estuvieron permitidos solo en los tiempos de la extinción inglesa. Había un Courier exprés planetario exclusivamente para las *cabezas inglesas cantoras*, pues todas eran muy cotizadas por el pueblo chino, incluso el más pobre.

Las cabezas inglesas carecían de vacaciones o de premios. Los clientes los alquilaban por horas y a causa de ello se sentían también como los chinos de alta alcurnia, al tener las *cabezas cantoras* en sus escondidas fiestas sociales y familiares.

Muchos ingleses mentalmente se refugiaban en aquello que predicaban los ciudadanos de la antigua sabiduría de la India: Los Vedas, ese fue el único refugio que encontraron para *esos atormentados años de vida decapitada*. Los que de esta ciencia tenían conocimiento se preguntaban:

 - ¿Cómo hemos sido tan ciegos en este mundo como para no promover *la civilización vedanta*?

Los ingleses sabían muy bien que si en vez de promover *el Planeta Chino* hubiesen promovido *El Planeta Vedanta* desde la edad media, no solo sus vidas hubiesen estado garantizadas, sino también la de todos los seres humanos, todos los animales, todas las plantas, todos los insectos, incluidas la misma naturaleza. Pero los ingleses nunca tuvieron inteligencia como para ver una humanidad sana libre variada y védica, ellos con su imperialismo moderno y medieval todo lo querían blanco enfermo y retorcido. Los ingleses como los europeos se equivocaron apostando por los chinos, y no era por su raza ni por las cualidades materiales, era por los productos baratos que no sirven para nada por lo que ellos los querían, desde un principio apostaron por toda esa inmensa esclavitud humana, dedicada a fabricar todo aquello que ellos mismos les enseñaron a hacer, y lamentablemente se equivocaron. Rava Yavasura, vio rápidamente que los chinos eran sus mejores representantes para el siglo XXI.

***

El sexto grupo de ingleses era el famoso "último grupo no - humano" al que no se le castraría, eso ya estaba anunciado desde el primer decreto de *La ley de los antropófagos, hace ya varios años atrás*. Eran todos jóvenes de entre 18 y 22 años. Eran la parte final de la extinción inglesa de pura cepa y se los puso a funcionar a partir de los últimos 3 años de esta extinción. Los chinos les dijeron que se prepararan para una reproducción de 3 años sin parar, día y noche, a todas horas. Muchos gritaron de alegría como buenos ingleses. En principio se sintieron afortunados, estaban en la mejor etapa de sus vidas y al parecer lo que vivirían era sexo ilimitado ¿Hay humanos que rechazarían ser extinguidos de esta manera? Entonces se sintieron privilegiados, y se alagaban unos a otros contemplando sus bellas figuras, sus grandes fertilidades y sus resplandecientes juventudes tanto en hombres como en mujeres, concluyeron que eran los mejores ejemplares de la creación humana. El parque industrial donde trabajarían durante 3 años, estaba repleto de miles de pequeñas habitaciones en 20 niveles. A lado de esas miles de naves había un gran rascacielos que era el paritorio, y dentro de ellas había miles de matronas chinas. Y por todas las calles, cientos de Drones como el tamaño de un camión repleto de pequeñas jaulas vacías. Allí estaban los ingleses e inglesas, dispuestos y dispuestas a satisfacer a todos los chinos y a todas las chinas que se las presentasen.

Antes de empezar a trabajar los jóvenes ingleses tenía que capacitarse física y mentalmente con el deseo y *la virilidad ilimitada* dentro de las *habitaciones hatala en las que se quedarían por tres años seguidos*. Estaban muy emocionados con esa noticia, y entraron muy contentos todos ellos a sus respectivas habitaciones. Ese era el sueño que todo inglés nunca pudo realizar en Inglaterra en la edad moderna, y ahora, dentro del Planeta Chino, al fin se les iba a realizar *el sueño americano.*

Los ingleses afortunados habían llegado a la perfección del universo. Seguidamente ingresaban en pequeños grupos de 6 individuos por cada *habitación hatala*, los había para hombres y otras para mujeres. Allí dentro les esperaban varios chinos raros. Entonces llenaron todas las habitaciones del casi infinito parque industrial, no quedo ni uno sin habitación. Entonces a cada inglés lo pusieron en su respectivo lugar, con un collar y una cadena sujeto a un poste de cemento para que no se escapara nadie, y seguidamente les presentaron a cada uno de ellos a las tres primeras perras y a ellas, a los tres primeros perros de las 340 razas de ambos géneros que ya estaban en fila en esos momentos esperando para cada habitación.

Las habitaciones parecían pequeños cubos en medio de un océano de perros, y estos ya no pararían de ladrar durante tres años seguidos. Dejaban de ladrar los que fallecían por ataque cardíaco, en medio del éxtasis del calambrazo. Pues en algunos perros, sus corazones no podían aguantar de tanta emoción por ver a los ingleses a su disposición, cuando eso ocurría eran inmediatamente reemplazados por otros similares. Era una época única, la de la inmensa abundancia de perros de todas las razas.

Las sedientas perras sexuales no veían a los ingleses como hombres, sino como celestiales perros de 2 patas, entonces los ingleses se horrorizaron mientras las perras se volvían locas. En ese momento tres guardias chinos le hacen beber al primer hombre inglés una bebida llamada jatakaling[105], uno le abre la boca, otro le sujeta por detrás las muñecas y el otro subido sobre una silla le echa medio litro de ese repugnante líquido. Los demás tratan de escapar pero están amarrados por el cuello. En cuanto el brebaje va entrando por la garganta inglesa, este va maldiciendo la hora de su nacimiento inglés, va maldiciendo su belleza inglesa, va maldiciendo su fertilidad inglesa, son los últimos pensamientos humanos

---

105

Pausinystalia johimbe elevada a 6.666 potencias

propiamente dichos, pues pronto olvidara de lo que realmente es.

Ese líquido espeso y negro mientras va cayendo por la garganta del inglés va devorando todo lo que sea conciencia humana, y a cambio le va dando una conciencia completamente infernal. Ya no siente que sus manos son manos humanas, solo siente que tiene garras, siente que tiene dientes carnívoros, sienten que tiene un gran pene de perro, y en caso de las mujeres inglesas, sienten que tienen una gran vagina capaz de devorarlo todo.

Acaba de nacer dentro de los ingleses una consciencia de perro de forma artificial, provocada por la ciencia de los clones. Lo mismo les pasaba a las inglesas en cuando la pócima tocaba el fondo de sus estómagos, estas dejaban de ser humanas, ya la forma de pensar en ambos géneros era ladradora. Los ingleses habían sido transformados por dentro, sus sentidos humanos desaparecieron para siempre y las del perro se instalaron para siempre. Entonces se sentían perfectos.

El jatakaling trae varias consecuencias en los cuerpos ingleses, lo primero que hace con ellos es que estos dejan de pasar excrementos y orinas para siempre, lo segundo es que sus cuerpos producen solo semen ilimitado. A partir de ese día todos esos seres infernales solo serían alimentados con un par de inyecciones, uno de día y otro de noche, de esa manera siempre se mantuvieron frescos y vigorosos durante tres años sin mermar la fuerza de su salud ni de sus sentidos.

El pequeño perrito chihuahua saltando en el pedestal de cemento, está viendo una esplendorosa mujer inglesa de cuatro patas, con cabeza de chihuahua. En su fantasía perruna al hombre le pasaba lo mismo con el género contrario. El inglés está viendo a la pequeña chihuahua como una hermosa flor de primavera. Entonces todos emiten aullidos sensuales, primeramente intercambian ambas especies gestos eróticos de todo tipo, oliéndose mutuamente, pero aún así los chinos no sueltan al perro, hasta que se inicien todos los ingleses en el parque industrial. Todos están atados y desesperados. Perros e ingleses están tirando con el cuello de sus respectivas sogas y cadenas. Tanto a perros como a ingleses es difícil de contenerlos, ya que se les hace insoportable esa corta espera, todos empiezan a aullar desesperadamente, están completamente enloquecidos por empezar la gran juerga. Es en ese momento es cuando cada pareja de las dos especies empiezan a dialogar mentalmente, a esto se llama telepatía perruna, y este es el cortejo que les ocurrió a todos y cada uno de ellos:

- Hola guapo, - le dice la tierna perrita, mientras le muestra los dientes y le mueve el rabo - mi nombre es suarinigau, soy independiente, y solo me emparejo con los que son mis iguales, a ti te considero de mi raza, así que ¿Quieres emparéjate conmigo? auuuuuu......
- ¡Yes! gau gau...

Después de copular con esta, entra una perra buldócer y le dice al sediento inglés en celo:

- Hola amigo, mi nombre es kaminigau, soy muy lujuriosa, y me da igual de la raza que seas, yo me cruzo con todos los que estén sedientos de tener sexo, y me encantan el primero que vengan, auuuuuu......
- ¡Yes! gau gau...

Luego de cruzarse con esta llego una delgada perrita de raza galgo:

- Hola tesoro, mi nombre es pumischalygau, yo me dejo conquistar con cualquiera, incluso con perros extraterrestres, mientras me deseen, yo les pertenezco, auuuuuu......
- ¡Yes! gau gau...

Seguidamente todas dicen exactamente lo mismo en el mismo orden, pero son de diferentes razas. El pobre inglés ya no es inglés, y la pobre perra también deja de serlo. Ahora no paran de hacer sexo hasta morir, una detrás de otra, van pasando las horas, los días las inyecciones y los 3 años parecen hacerse demasiado cortos. Hay algunos que mueren de ataque cardíaco, tanto perros como ingleses, el trabajo es duro, sobre todo para las hembras que cada 6 horas tienen que parir un engendro. Pero a ambos este lugar les parece el paraíso prometido porque todos allí ya han perdido para siempre sus respectivas identidades, así que por esa razón creen que han llegado al cielo perruno y estarán allí por toda la eternidad.

En ese ambiente infernal, durante el primer día de la faena inglesa, apareció la horripilante cabeza de Rava Yavasura por medio de un holograma en medio de una *habitación hatala*, y luego esta imagen fue atravesando por las diferentes naves industriales. Primero tenía un aspecto muy serio, estaba observándolos en silencio, sus colmillos salían tiesos de entre sus finos labios cerrados, pero enseguida se hecho una carcajada fantasmagórica y finalmente desapareció del lugar.

De este cruce de especies salían las carnes típicas del Planeta Chino, es decir la alta Delicatessen chinesca, a la cual simplemente la llamaban: *Gua Guàiwù ròu*[106]. Para entonces todos los mataderos de Berlín trabajaban a fondo, fue en esa época, en que los depósitos de los *mataderos se llenaron de todo tipo de carnes horripilantes*. De estos mataderos no paraban de salir los inmensos drones transportando de forma industrial las monstruosas carnes que no vamos a detallar. Cuando llego el sexto año, se prohibió *la reproducción monstruosa*, y todo ese grupo de perros e ingleses reproductores entro de cabeza a las fosas de fuego de la entrada de los mataderos de Berlín.

Finalmente llego la última cena del último inglés, un banquete exclusivo para los doce apóstoles. El último ejemplar se llamaba Victorio y fue muy bien alimentado durante esos 6 años, fue al

---

Carne de monstruo

único inglés de pura cepa que le alimentaron con excelentes piensos de gallina, y por esta razón es que Victorio fue la única excepción del artículo 7. Sentado de cuclillas, Victorio estaba sobre el gran plato que había en la inmensa mesa del Palacio de Gobierno de Pekín Rururava, era la única comida, no había ni salsa ni guarnición que lo acompañara, y no había nada más que el aliento putrefacto y caliente que salía por entre las mandíbulas de titanio que los12 apóstoles que para esos años ya todos se los hicieron poner. Se los veía feroces y hambrientos pero Victorio no sentía miedo, parecía estar pensando en los vedas, el refugio de todas las almas en cualquier época, situación y lugar de este universo. Su consciencia al poco tiempo llego a entrar en trance y pronto despego del cuerpo, lo hizo un segundo antes de ser mordido por los apóstoles con mandíbulas de titanio, entonces se lo comieron como hienas salvajes mientras su infinitesimal eterna alma velozmente se introducía en Antarikṣa. Los apóstoles estaban obligados a actuar de esa manera porque el supremo líder con cola les obligaba a ello. El Inglés fue lo único que coincidió exactamente con el cronómetro de las extinciones, pues unas desaparecieron antes, y después del inglés, los perros fueron todos masacrados en 6 días, los clones se encargaron de quemarlos con fuego, pues se habían pasado ya su hora de existir en el Planeta Chino, esta fue la segunda excepción que no se cumplió en esta cuarta ley de las extinciones.

Después de que los ingleses los perros y todos los demás pequeños seres desaparecieron del planeta, junto con las cabezas. Los chinos seguidamente convirtieron la isla de Inglaterra en una horripilante *isla de volcanes* que echaban ríos de lava fundida constantemente. El volcán más grande que llegaron a construir artificialmente abarcaba toda la zona donde antes existía la ciudad de Londres, y en una de sus laderas estaba clavada el ojo de Londres que de forma inexplicable aún seguía dando vueltas, en sus sillas ya no habían perros, sino chorreantes trozos de ardiente lava. Finalmente todas las casas y ciudades donde antes vivieron por seis felices años los mejores perros del mundo desaparecieron para siempre. Ni los cimientos de los pueblos de Inglaterra quedaron. El río Tamas que estaba hecho antes de excremento de perro, los clones lo transformaron en un poderoso río de constante lava ardiente que no paraba de sumergirse en las profundidades del mar del norte, al cual finalmente los chinos llamaron *río Vaitarani*.

En cuanto desaparecieron los ingleses pusieron fin a los exterminios por medio de los mataderos, ya solo quedaba la raza negra, y a esta no le quitarían su rango de raza humana. Las Cyber transgénicas como ya cumplieron con todas las funciones para la que fueron creadas, fueron trasladadas por los clones en los zepelines, las acomodaron dentro de las de cabeza en unos mecanismos sincronizadores especialmente construidos para sujetar a las Cibernéticas, allí las encajaron boca abajo. Las trasladaron desde Shanghái a Inglaterra, el ojo de Londres aún seguía funcionando a lado del volcán que alimentaban a ese infernal río, y desde las alturas las arrojaron de cabeza sobre el río Vaitarani, era un bombardeo aéreo de titánicas gordas.

LA GRAN BATALLA: CHINOS CONTRA NEGROS

En junio del año 2.077, se decreto: *la última batalla.* Aunque posiblemente hubiese sido más correcto haber dicho: *la penúltima batalla. Estaría organizada para que durara nada menos que 80 años.* Esta batalla planetaria sería la más larga del planeta Chino y posiblemente la más justa, porque ambas razas tendrían las mismas oportunidades de defensa. El ganador de esta última batalla, heredaría el derecho a la vida y la propiedad de todo el planeta, de eso trataba la *tercera fundación, de una guerra limpia basada*

Militares de la era anterior que basaban sus batallas en códigos de honor muy elevados, entre los cuales su primera característica es que estos solo peleaban en los campos de batalla y jamás dentro de las ciudades de la población civil. Además de ello peleaban entre iguales y dentro de un horario establecido.

en las normas de los antiguos Kshatriyas[107], y sus justos ganadores. Esa guerra duraría 80 años para cumplir las profecías que dio Rava Yavasura en su sagrado libro inventado hace pocos tiempo, y con fecha de caducidad.

En la Tierra Plana ya no existían animales, tampoco insectos, plantas aves reptiles bestias, peces, todos fueron extinguidos. Solo existían como únicas formas de vida: chinos y negros. Desde entonces ambas razas disponían de total libertad en su vida civil, ellos podían organizar sus propias empresas, clanes sociales y familiares como quisieran, y como humanos que eran llegaron a formar millones de matrimonios entre ambas razas. Eso no sorprendió a los 12 apóstoles ni a su *política raviana.* Las mujeres chinas parían negritos como si se tratara de una bendición, y las mujeres negras parían chinitos como si se tratase de otra bendición. Para entonces San Mao y San Tesla pasaron a la historia, porque ya no había europeos que crean en eso que inventaron sus antepasados y que se las impusieron al mundo entero en base a palos.

Ahora los únicos santos eran San Negro y San Chino. Los niños que vinieron de este cruce de razas eran realmente sublimes fascinantes y fantásticos, y esas generaciones de niños amaban a las dos razas porque de ambas razas venían sus padres, por lo tanto heredaban de los tanto el espíritu musical y deportivo como el espíritu del trabajo y de las matemáticas. Qué hermoso eran esos tiempos, donde ser hijos de padres negros y de madres chinas o viceversa representaba nada menos que la promesa de un mundo mejor. Con todos ellos nació una radiante humanidad que puso una vez más en jaque al antropófago Rava Yavasura, quien siempre estaba con miedo a que la grandeza humana se descubriera a sí misma. La unión de ambas razas humanas durante 80 años les despertó la conciencia humana de forma portentosa, tanto chinos como negros se sentían una sola familia, ya que finalmente todas las razas humanas de este universo vienen del correspondiente *Prayapati Manu*[108] gobernante.

Para entonces todo tipo de casa hecha con piedras y ladrillos ya no existía, de tal manera que es como si nunca hubiesen existido. En esos momentos todas las viviendas sobre la superficie del planeta

Prayapati Manu: El procreador universal de las formas de vida humana, que aparecen en su respectivo Manvantara (Gobierno de Manu de 71 ciclos, cada ciclo contiene las 4 eras diferentes) y por ello los vedas confirman de que todas las formas humanas tienen un solo origen.

eran mecanismos móviles e inteligentes, tenían que serlo para saber a cada instante como moverse de un lugar a otro, y salvar así a de todo tipo de tornados y tsunamis que en esos años no paraba de incrementarse por sobre todas las superficies terrestres. Los chinos ricos en cambio, no paraban de crear ciudades artificiales dentro de los más profundos océanos, y por encima de los 13 kilómetros de la atmósfera también. Fue una época descomunal donde no había paro. Todos los chinos estaban ocupados construyendo casas dentro de todas las ciudades, sobre todo las submarinas que eran tan especiales, ya que las aéreas era una especialidad exclusiva de los clones. De la misma manera extraordinaria en la que los chinos eran casi inigualables en sus propias cualidades, así mismo lo eran los negros con las cosas de su propia naturaleza. Y lo fantástico ocurría cuando ambas razas se mezclaban, porque el resultado de ambas razas, era bueno sano hermoso y creativo.

En esos años de paz por parte de la sociedad civil, entre ambas razas realizaban competencias deportivas de todo tipo, físicas, mentales, artísticas y emocionales. Todo tipo de prohibiciones a los que estuvieron sometidos por casi 20 años desaparecieron, fue como un gran paréntesis de cordura. Los chinos y los negros eran felices en la Tierra Plana, los chinos no paraban de admirar a la raza negra y la raza negra no paraba de admirar a la raza china ¿Cómo sería este mundo sin la raza negra? o ¿Como sería este mundo sin la raza china? No se lo querían imaginar ninguna porque ambas razas, como seres humanos se necesitaban. En esos años comían una especie de alimentos artificiales que nadie sabía exactamente de donde venían, pero eran todos de origen vegetal. En esos años la población civil era vegetariana, y los únicos que comían carne eran los reptilianos y los militares chinos. Los reptilianos comían chinos vivos, y los militares de vez en cuando los chinos muertos que iban cayendo de forma natural, sin embargo los militares chinos tenían una mejor calidad en sus alimentos de origen vegetal.

La batalla entre ambas razas se realizaba en el gran campo de batalla de Kurukshetra, en el habían varios frentes. Decidieron este lugar los doce apóstoles en honor a la última batalla planetaria que empezó 10 días antes del final de la era anterior. Aunque en esta guerra morirían más personas que en esa ocasión.

Para esta guerra de casi un siglo restablecieron los días de la semana, y los días dejaron de ser *solo lunes*, a raíz de esto las batallas eran de lunes a jueves, de 12 de la mañana a 6 de la tarde. Su inicio y su fin se realizaban por medio de las caracolas metálicas. El que matara fuera del horario establecido se convertía en un criminal, y eso significaba ser ejecutado inmediatamente por los respectivos árbitros chinos que dirigían la contienda, pero eso afortunadamente nunca ocurrió en ambos bandos, ya que todos fueron fieles a los principios de los Kshatriyas.

Las batallas empezaron a desarrollarse a partir del sexto mes en sus respectivos campamentos en las llanuras de Kurukshetra. La población civil no recibía información alguna sobre los triunfos o las derrotas de ambos bandos. Lo único que entendían ambos pueblos es que todos los que iban al ejército nunca más regresaban, sean chinos o negros.

Cada día al atardecer, cuando se cerraba el campo de batalla a las 6 de la tarde, entraban los tractores aéreos a recoger los cadáveres, y los cargaban en sus camiones flotantes para a estos directamente arrojarlos a las potentes incineradoras que habían varias construidas, y lo hacían sin ningún tipo de ceremonia. Allí eran pulverizados y sus cenizas arrojadas por los alrededores de ese inmenso campo de batalla. Los heridos graves eran ejecutados e incinerados.

Al empezar las jornadas bélicas el campo de batalla estaba despejado, como si el día anterior no hubiese pasado nada, el trabajo de limpieza era formidable, y limpiaban durante toda la noche todo un ejército de limpiadores, para dejar el escenario completamente despejado para la batalla del día siguiente. Esa era la razón por la cual los guerreros estaban siempre frescos, y consientes, luchaban entre iguales, en batallones no muy grandes, pero en los cuales, entre ambos ejércitos cada día eran despedazados mutuamente.

Los chinos y los negros militares no juzgaban a sus dirigentes ni pensaban en lo absurdo de esta contienda que duraría tantas décadas. En cada derrota ambas razas perdían, en cada victoria ambas razas perdían. Algunos nacerían al principio de esta guerra y seguro que morirían dentro de la. Los que entraban en la guerra recordaban a sus familias como si de una vida anterior se tratara, ya que nunca más volverían a verlas.

Los militares chinos y negros en el campo de batalla tuvieron un gran privilegio, la de disfrutar de comida humana: cereales frutas verduras y productos lácteos, todos cultivados y cosechados en los campos de cultivo del mundo subterráneo por los clones, y eran traídos abundantemente en los zepelines desde *la hermosa realidad escondida* dentro del Planeta Chino, aparte de los clonados estaba la realidad de los Aghartitas que trataba nada menos que de un mundo entero completamente subterráneo. Pero la existencia de los paraísos subterráneos era un mundo prohibido para todos los civiles.

El que entraba en la guerra se despedía para siempre de sus parientes. Los fines de semana habían muchísimos encuentros entre ambos bandos en pequeños grupos, donde se contaban entre ellos las historias de los héroes de la semana. Recordaban a los más valientes, a los más astutos y a los más estrategas sin considerar el bando. Cuando Rava Yavasura se entero de que estas reuniones tan amistosas se hicieron habituales desde un principio entre ambos bandos se lleno de ira, porque la idea de la guerra era hacer crecer el odio entre ellos, pero en esta ocasión, su malévola estrategia, y más a estas alturas, ya no pudo funcionarle.

En el lado civil, los niños de ambas razas eran amamantados por ambas razas ¿Porque matarse? ¿Qué estaba pasando en esta humanidad que sus civiles vivían en paz y sus militares siendo amigos se estaban matando todas las semanas? Los hombres de la raza negra antes de ir a la batalla empezaban cantando en grupos, muchos saltaban y bailaban despidiéndose de la vida, hacían hermosos coros de voces realmente celestiales, un hermoso don que su raza poseía de forma natural, y todo eso hacía llorar a los guerreros del bando opuesto, quienes odiaban matar a esos artistas, pero ellos también se despedían haciendo pasos de aikido y diferentes katas, ambos pueblos maldecían esta matanza sin sentido, pero eran militares de honor y todos estaban bajo las órdenes de Rava Yavasura, a quien jamás habían visto en sus vidas ni tampoco sus antepasados, pero era a quien le debían todas las obediencias.

En el último año de la guerra ya no quedo ni un solo guerrero negro, días más tarde todos los civiles de raza negra se enfrentarían al mismo destino, y se prepararon para ello, pronto los sacaron de sus casas y los subieron a los drones que los llevaron directamente a la zona central del inmenso campo de Kurukshetra. Allí reunieron a toda esa población que decidió casarse entre ambas razas. Bajo sus pies estaban las cenizas de varias generaciones esparcidas a lo largo y ancho de todo el campo de batalla. La inmensa joya biológica estaba constituido por mujeres ancianos adolescentes y bebes, todos exóticos y radiantes, negros y chinos, y la mezcla de ambos en 80 años. Se abrazaron como una sola humanidad, nunca pensaron que este día llegaría, y como aprendieron a cantar toda la canción del samsara[109] hace muchas décadas, ese día lo cantaron en sánscrito. Pues los aghartitas les habían pasado un ejemplar del Gita[110], y los slokas[111] de varios puranas, sabían muy

109

Canción sobre la reencarnación.

110

Un capítulo del Maha Bharata, y que era el libro sagrado de los aghartitas que tenía más de 5.300 años de antigüedad.

111

Un sloka es una forma de verso desarrollado a partir del tipo de cuarteto poético llamado anustubh.

bien que esos sonidos trascendentales purificarían sus almas , ya que se sentían dispuestos a dejar el cuerpo, y como el idioma era rigurosamente puro y divino era completamente auspicioso para toda esa sagrada humanidad que se enfrentaba a la muerte.

samsara-davanala-lidha-loka-
tranaya karunya-ghanaghanatvam
praptasya kalyana-gunarnavasya
vande guroh sri-caranaravindam

Los chinos los ubicaron en medio del campo de batalla de Kurukshetra, eran tan solo 16 millones de personas, y no llevaban nada más que las vestimentas en forma de túnicas blancas hechas de algodón. En el hecho habían grabado todo el símbolo del Omkara[112] y sus

---

112

La silaba trascendental "OM" con la cual empieza la creación material, y con la cual salen las

números asignados los olvidaron. Habían preparado sus trajes con décadas de anticipación. Los militares chinos les dejaron armas en decenas de conteiners para todos ellos, pero ni siquiera los tocaron, ninguno se defendería ya que estaban dispuestos a abandonar sus cuerpos. Con el llanto en la mirada los soldados chinos que no se mezclaron con la raza negra, se ubicaron a 6 kilómetros de distancia, entendieron que no iban a enfrentarse a ellos, entonces los abrazaban con sus corazones, estaban llorando. Entonces Rava Yavasura les dio la orden de disparar, pero ninguno obedeció esa orden, los 12 apóstoles tampoco dijeron nada, estaban expectantes, por primera vez el poderoso ejército chino se negó a acatar las órdenes de Rava Yavasura, fue algo

entidades vivientes del mundo material rumbo al mundo espiritual.

sorprendente, porque ni una sola munición fue detonada.

Cuando se dieron cuenta de que nadie disparaba, el inmenso ejercito estaba a punto de correr hacía toda la población civil montándose en sus naves, estaban tristes y muy arrepentidos de esta supuesta *Última Batalla*, ahora querían protegerlos con sus vidas y abrazarlos, no solo había negros y chinos, sino una hermosa mezcla de ambas razas, que eran realmente variados y muy hermosos. Eran civiles ¿porque matarlos? Se preguntaban los militares chinos, pero era parte de la regla final de esa guerra, y esta decía que los perdedores no tenían más derecho de existir en este mundo ¿Pero quien finalmente era Rava Yavasura como para imponer semejantes condiciones? ¿Porque los seres humanos le hacían caso incondicionalmente? Las mentes de los militares chinos empezaron a sublevarse muy conscientemente y estaban subiendo a sus naves para juntarse con ellos y defenderlos ante Rava Yavasura, pero en ese preciso instante, los apóstoles, enviaron una orden urgente a los chips de sus metacarpos:

- Alto, parad un momento, es por el bien de vuestras vidas, solo 3 minutos por favor.

Entonces no despegaran con sus naves estando ya todos montados en ellas, fue en ese preciso instante cuando los bombarderos triangulares del demonio Rava Yavasura descendieron en una formación tipo embudo, a gran velocidad, eran sus fieles clones, que desde las nubes lanzaron al mismo tiempo 600 potentes misiles, marcando una inmensa columna de fuego en el suelo, pulverizaron en un instante todas las formas de vida que había sobre ese gran espacio repleto de personas civiles. Fue una muerte instantánea que duro menos de 6 segundos, no hubo dolor, entraron todos al mundo astral instantáneamente rumbo a Bhuvar Lokha.

Esa tarde las maquina de la basura no tenían nada que recoger del campo de batalla de Kurukshetra, el viento se llevaba el ardiente polvo de esos cuerpos completamente pulverizados y mezclados con la arena del desierto. Esa detonación ocurrió a las 11:01 de la mañana, seguidamente inmensas nubes negras y grises salidas de la nada cubrieron todo el continente asiático por 6 días seguidos, hasta que en el séptimo día entro la luminaria del sol eléctrico, y esta al fin fue vista por toda Asliu, entonces en toda la Tierra Plana ya no había nada más que chinos por todas partes. El recuerdo de las otras razas humanas les hizo sufrir durante algunas horas, pero como vieron que solo existían chinos y estaban prohibidos de recordar a los muertos y desaparecidos, tuvieron que olvidarlos. Ahora la única forma de vida sobre la faz de la Tierra Plana era solo la raza china, todo lo que habían vivido antes, tan solo se trataba de un bonito sueño que nunca existió.

LA TERCERA FUNDACIÓN

Llego el momento de la muerte del último ser humano de raza negra, y debía de seguir el mismo protocolo establecido por Rava Yavasura 80 años atrás. Faltaban pocas horas para que los cronómetros de las grandes ciudades se pongan a cero, y estos marcaran el aniversario del primer siglo del Golpe Maestro, entonces los 12 apóstoles rompieron deliberadamente con esta locura de exterminios. El hecho de realizar batallas en las mismas condiciones para ambas razas les devolvió la cordura, los 12 apóstoles decidieron esa noche que ya no querían ser más títeres del Raksasa reptiliano.

El último ser humano de raza negra no era una persona sino una pareja muy bien protegida por los doce apóstoles, y los hicieron concebir según un plan genético universal, gracias a los contactos que lograron tener con los Prayapatis[113] en las últimas dos décadas, fue un secreto muy bien guardado entre los 12 apóstoles y los Aghartitas, quienes los criaron en el mundo subterráneo de la mejor manera, por lo tanto esta pareja hablaba tanto el chino mandarín como en devanagari[114], el idioma de los

---

113

Los procreadores universales.

114

El nombre original del idioma

semidioses, era el mismo que hablaban los aghartitas, y ahora los presentaban como los nuevos Adánching y Evaying, la primera pareja de una nueva humanidad. La mujer era esbelta y hermosa, de rasgos finos y brazos largos al igual que del hombre, su larga cabellera perfumaba ese sari[115] rojo de fina seda, y en cuya tela estaban estampados los 6 animales extintos más grandes de Afzhang. Ambos tenían los genes etíopes y medían dos metros treinta y seis centímetros de altura. Al igual que todos sus antecesores negros, sus genes los trajeron del otro lado de Antarikṣa.

Ya hubo suficiente canibalismo en todo el Planeta Chino, y después de que

---

sánscrito, que quiere decir "rigurosamente puro"

115

Vestido hecho sin costuras.

explotaron las bombas sobre el campo de Kurukshetra el plan de libertad de los doce apóstoles se puso en marcha, quienes con diferentes tonos de voces se avergonzaron públicamente por primera vez, de la forma en que actuaron comiéndose al último inglés, que fue muy célebre, pero de eso ya nadie se recordaba, pues las generaciones que los habían visto en directo a través de sus metacarpos ya estaban muertos por viejos. *La cena del último inglés* ocurrió 80 años atrás, y a pesar de lo los doce apóstoles parecían seguir teniendo los 20 años que aparentaban el mismo día del Golpe Maestro cuando se presentaron ante el mundo como los nuevos dirigentes del pueblo chino. Eso estaba ocurriendo así, porque ellos fueron vacunados personalmente por el señor Krill, con las hormonas de la longevidad, y por eso vivirían tanto años como los clones. Aunque estas generaciones no lo habían visto directamente, si lo habían escuchado de sus antepasados, por lo tanto si sabía la población de que es lo que estaban hablando sus patriarcas.

Los doce apóstoles recordaban todo eso como si fuese ayer, y también lo explicaron, fue a causa de una variedad de sustancias químicas que usaron para hacer caso a Rava Yavasura en esa última ocasión:

- *Hermanos chinos, nunca más nos dejaremos manipular por Rava Yavasura - dijo el apóstol número 11 junto a sus fieles compañeros, de los cuales muchos estaban llorando de emoción por esta añorada sublevación - Este que nunca da la cara y tiene cola nos controla desde hace más de tres mil años, pero nosotros no somos lagartos, no pertenecemos a su especie, no tenemos porque matarnos. Ellos acabaran con nosotros como hicieron con los Vidyadharas de "el biológico". Somos los últimos seres humanos. Para ser libres y civilizados solo tenemos que seguir las leyes establecidas en este planeta antes de que llegara el miserable lagarto.*

- ¡Muera Rava Yavasura! - Gritaron todos los apóstoles
- ¡Muera! - Grito toda la humanidad china.

- Vamos a sacarnos estas dentaduras de titanio, dejaremos de ser falsos reptilianos, recuperaremos nuestros dientes chinos. Volveremos a ser lacto vegetarianos veganos crudívoros frugívoros ¡Volveremos a ser civilizados a la hora de comer! ¡No somos antropófagos! Sabéis muy bien de lo que os estoy hablando.

El mundo entero estaba alborotado de felicidad, había fiestas cantos y desbandada de millones de chinos felices gritando en más a dentro de todas las ciudades. Ese día tsunamis de tres metros de altura partieron desde ASIA y recorrieron toda la Tierra Plana hasta estrellarse en los muros de la Antártida. Las casas mecanizadas de los chinos pobres que aún estaban en todos los continentes, tuvieron que subir rápidamente hacia las montañas peladas para no ser arrasados.

- La *humanidad china* volverá a ser justa porque todos queremos ser buenos, vegetarianos y civilizados para siempre, no más matanza de seres humanos ni de animales, no más consumo de carnes. Crearemos una vez más los bosques milenarios en todos los continentes, haremos jardines por todas partes, habrá fruta y comida libre y abundantemente como lo fue en las tres eras anteriores, respiraremos nuevamente el oxigeno que salen de las plantas y no de estas malditas máquinas por la cual ya casi ni siquiera podemos pensar. No habrán más salvajes que falsifiquen todas y cada una de nuestras historias.

- Invitaremos a las diferentes razas humanas que hay en el universo a que vengan a repoblar libremente en nuestra isla planetaria, que se asienten donde más les convengan y allí que realicen sus Pueblos Originales. Crearemos un Satya Yuga dentro de Kaly Yuga, y que esta dure por lo menos 10.000 años. Dentro de la que por lo menos cien generaciones de chinos nuevos lo estén renovando constantemente. El que nazca en este planeta tendrá derecho a alimento educación vivienda y trabajo desde que nace hasta que muere, tal como siempre lo ha sido en las eras anteriores.

- Volveremos a beber el agua pura de los ríos y los lagos, volveremos a tener sembradíos limpios y sanos, repletos de todo tipo de yerbas e insectos sin ningún tipo de demoníacos pesticidas, en este mundo no existirán nunca más los malditos fertilizantes, no habrán más aditivos químicos de ninguna clase, no habrán más sulfatos cloros plaguicidas, porque sabremos cuidar de nuestras plantas sin contaminar nada. No

tendremos más sentimientos de propiedad privada, nada de aquello que los malditos raksasas nos han traído a este mundo.

- Debemos de seguir el sistema político que llevan los semidioses, debemos de estar nuevamente en armonía con todos ellos, debemos restablecer el Varna Asrama Dharma, el sistema social de las civilizaciones más avanzadas que hay en todos los universos, y con esto, este será nuestro Satya Yuga en esta era, nuestra edad de oro paz sabiduría veracidad y felicidad y haremos de esta Tierra Plana un sano refugio para todas las entidades vivientes por unos cuantos milenios.

- Es hora de recuperar a todas las humanidades que nos las hemos comido. Entraremos en contacto con las autoridades de nuestro universo, y con ellos restableceremos el verdadero calendario en la que realmente nos encontramos en este universo. El calendario de falsedades que

*trajo Rava Yavasura lo echaremos a la
basura.*

Los chinos se arrodillaban clamando al
cielo, dando gracias de cuclillas en todos
los continentes, agachaban la cabeza
una y otra vez dentro de todas las
ciudades aéreas y acuáticas, ofreciendo
al cielo sus corazones arrepentidos, con
las manos abiertas, los ojos llenos de
lágrimas , los labios temblando, y
diciendo cosas que no podían
entenderse. Los chinos se encontraban
en un shock emocional a nivel mundial.
Ese día la luminaria del sol brillaba tan
esplendorosamente que los océanos
empezaron a purificarse.

Los chinos descubrieron que no podían
vivir sin árboles, sin aves volando por el
cielo, sin gusanos por debajo de la tierra.
Pero la triste realidad es que todos los
continentes estaban repletos de basura

molida por todas partes, entonces cerraban los ojos para seguir soñando, había que recuperar a las hormigas, a las increíbles flores, a las maravillosas abejas, pero antes había que recuperar los paisajes y los bosques, y antes que todo eso, había que recuperar el optimismo.

Había que limpiar todos los océanos y todos los continentes. Nada podía crecer en un mundo cubierto de plástico molido.

Cuando el mundo chino se despertó de nuevo con su sana humanidad no pudieron soportarlo, y por esa razón muchos chinos empezaron a arrojarse desde sus casas aéreas a los oscuros océanos repletos de una espantosa basura molida. Incluso las autoridades de muchas ciudades estrellaban sus coches voladores contra las montañas peladas que aún quedaban, y muchos otros se sacrificaban con una daga haciéndose el *hara kiri* japonés. Esos que fueron un siglo atrás los primeros en ser devorados por sus antepasados.

Al recibir noticias de tantos suicidios, el apóstol 11 inmediatamente ordeno por los 6 medios de comunicación desde el palacio flotante:

- ¡Chinos suicidas no manchen nuestro nombre nuestra raza nuestro planeta y nuestras últimas conquistas! El hecho de recuperar nuestra sagrada conciencia humana no es un síntoma de cobardía, no magulléis más nuestro pueblo, sed valientes ¡Pueblo Chino! Es hora de enfrentarse a si mismos, lo pasado esta ya hecho, nada podemos hacer por cambiarlo ¡Pueblo Chino! Es hora de recuperar el destino humano que nos pertenece y por ello hay que dar la vida ¡Pueblo chino! ¡Es hora de luchar contra Rava Yavasura! ¡Pueblo Chino! Vivid y luchad por esta noble causa, debemos de vencer a este miserable destino reptiliano ¿Porque llamar a la muerte? La muerte vendrá segura. Si uno muere por la libertad humana, al menos uno no ha vivido en vano ¡Viva el pueblo chino libre por toda la eternidad!

- ¡Viva! - Respondió el mundo entero.

La pareja de etíopes entonces se puso a cantar y a bailar en medio del gran salón del palacio aéreo del gobierno chino, y este fue retransmitido, saltando ambos estaban animando al pueblo chino. Los etíopes llegados del universo estaban cogidos de la mano, danzando y girando a ratos con sus esbeltas siluetas sobre si mismos, no estaban solos, tenían a todos los chinos, y todos los chinos los tenían a ellos. En todos los cielos se formaron inmensas comparsas hechas de decenas de millones de chinos con todo tipo de instrumentos musicales. Eran nubes hechas de sofisticadas máquinas y disfraces de todo tipo. Los chinos parecían olas aéreas moviéndose de un extremo a otro en *el carnaval del cielo*. Los chinos estaban recordando las *Culturas Originales, se encontraban en trance, en éxtasis existencial.* Lo que estaba sucediendo era tan hermoso que pararon todos los suicidios ¿Trataba de esto la tercera fundación? ¿De un retorno a la civilidad bailando en el cielo? Era una sorpresa para todos, al fin habría vuelto a la normalidad, nadie estaría por encima de las razas, *los chinos no tenían porque fundar el maldito Planeta Chino* de ese demonio. Los doce apóstoles desafiaron abiertamente al oscuro lagarto durante varios días, era la primera vez que los doce apóstoles se sublevaban junto con toda la humanidad china:

- Estimados hermanos - dijo el apóstol núm. 3 - no podemos seguir destruyendo este hermoso planeta, porque ya lo destruimos

todo. Fíjense en que lo que se han convertido los océanos ¡En basureros! Los continentes ¡En basureros! Todas las montañas y las cordilleras ¡En basureros! Y cualquier isla sea del tamaño que sea no es más que un montón de basura fija en medio de una basura que está en constantemente movimiento. No podemos vivir sin la naturaleza. Vamos a traer a todos los que están dentro de la tierra, con un par de ejemplares de todas las formas de vida volveremos a repoblarlo todo ¡Vamos al limpiar el mundo de toda esta basura!

Todo el Planeta Chino lanzo un alarido que hizo temblar la Tierra Plana y las aguas sutiles de Garbhodakasai Visnú que cubren el domo parecían querer entrar en la atmósfera de oxígeno con una escoba. Ahora todos los civiles se enteraron oficialmente que todos los seres vivos en su flora y fauna estaba dentro del mundo subterráneo, entonces sus corazones se hincharon de valentía para luchar contra ese demonio, ahora estaban todos decididos a morir por la libertad de este planeta.

- Ha llegado la hora de levantar las armas y sublevarnos al miserable lagarto, - dijo el apóstol núm. 4 -. No somos más esos necios como para creer en sus malditas historias, Rava Yavasura ese lagarto no es dios ni siquiera del mismo.
- Declaramos que este nuevo mundo nace hoy, - dijo el apóstol núm.4 - tenemos la voluntad de todos ¡Hoy le cortaremos la cola!

- Pueblo chino - dijo el apóstol núm. 12 - ¡Rava Yavasura no nos dejara en paz! Seamos realistas, es un poderoso Raksasa y por ello debemos de sacar todas las armas, los militares deben de organizar la defensa de todo el planeta ¡Ahora! Todo el pueblo debe de estar armado, ha llegado el momento de la sobrevivencia china, o nos superarnos o seremos extinguidos.

En toda la Tierra Plana gritaban: ¡Vivan nuestros doce apóstoles! ¡Vivan nuestros padres! Esta vez eran apóstoles de verdad. Los chinos se armaron porque querían la libertad:

¿Dónde está esa rata? ¿Cómo se mata a la maldita rata?

Pero nadie lo sabía, podía estar en todas partes, ese miserable que dio tantas órdenes bárbaras durante tres milenios no tenía residencia fija. Las ciudades aéreas bajaron a 3 kilómetros de altura buscando protección bajo el paraguas de los militares chinos, y cientos de miles de naves de guerra subieron a 60 kilómetros de altura rodeando el planeta por el control de todo el domo. Aún los chinos tenían un ejército muy poderoso. Mientras el mundo chino se preparaba para una guerra definitiva contra los clones que aún no salían de sus ciudades. Desde el palacio de gobierno de Pekín Rururava, los 12 apóstoles alentaban a todos los civiles a que se entrenaran con los militares, para que sepan usar las nuevas armas. Nunca antes se vio tantas armas sofisticadas, hasta los niños tenían misiles portátiles para matar a Rava Yavasura, las mujeres y los ancianos poseían incluso sofisticadas armas láser de pequeño y largo alcance.

Los chinos parecían tener un circo bélico infinito. Así pasaron las horas buscando a Rava Yavasura, desafiando abiertamente a todos sus clones todos los días.

Entonces llegaron los aghartitas y a partir de ese momento los chinos de la superficie no paraban de ser suministrados con grandes cantidades de alimentos frescos y sanos desde el interior del Planeta, dejaron de comer los alimentos artificiales que todavía les estaban suministrando los clones a través de los drones automatizados, y que eran básicamente alimentos artificiales. Entonces construyeron diferentes entradas hacía el mundo subterráneo, desde donde llegara toda esa inagotable abundancia subterránea, las naves que sacaban alimentos eran los veloces zepelines anfibios.

Las puertas que abrieron los chinos no era más que el último kilómetro dentro de aquellos túneles secretos que los aghartitas tenían ya construidos hace miles de años, por si acaso los necesitaran para cualquier cosa, y esta vez los necesitaban.

Los zepelines salían repletos de alimentos del mundo de los aghartitas, se posaban en los mares mal olientes, para hacer desde allí sus trasvases para las ciudades acuáticas y submarinas, otros zepelines hacían sus descargas sobre las montañas, repartiendo desde allí las mercancías para todas las ciudades mecanizadas, por medio de pequeños furgones aéreos. En todo ese tiempo ya pasaron 6 meses sin ver al reptiliano. Había solo 600 zepelines entrando y saliendo del mundo subterráneo constantemente. En ese ambiente de esperanza, el apóstol número 1 dio una segunda grata sorpresa en el palacio aéreo para toda la humanidad china:

- Hermanos chinos ¡He aquí una nueva humanidad! Mirad este niño. Esta es la sorpresa más grande que vamos a dar al pueblo chino

Entro al salón del palacio de gobierno un niño muy especial, las 6 únicas y flotantes televisiones planetarias lo transmitían en directo para todos los chips del metacarpo. No era un niño de este planeta, todos dejaron de cantar y de bailar, y todos se fueron a verlos en sus televisiones personales. El niño estaba desnudo, tenía solo seis años de edad y media casi 2 metros de altura. Eran hermosas todas las líneas de su cuerpo hibrido. De caderas para arriba era de piel negra, de cintura para abajo era de piel blanca. El pelo encrespado y pelirrojo por la mitad derecha, y castaño lacio por la mitad izquierda, todo eso era muy exótico para este mundo. Sus ojos eran de dos colores, el izquierdo azul marino muy suave, y el derecho completamente negro. Además ambos ojos tenían un hermoso iris cristalino que soltaban una tenue luminiscencia color violeta. Sus uñas eran rosadas lustrosas y a veces brillantes, pero lo más extraño estaba en la piel de los dedos de sus manos y de sus pies, pues cada dedo tenía una piel diferente, no habían dos dedos con el mismo color de piel, eran 20 pieles diferentes entre los dedos de las manos y de los pies. La cabeza un poco abultada hacía atrás, y los párpados de los ojos cuando estaban cerrados eran completamente rasgados como la raza china, sin embargo al abrirlos podía redondearlos a voluntad. Era sorprendente esa habilidad, obviamente era un mecanismo biológico muy especial. Con solo levantar las manos podía volar sin ningún artilugio mecánico y elevarse por todo el domo planetario, no tenía necesidad de tocar el suelo y por ello se deslizando sobre el aire en la dirección que quisiese. Entonces empezó a hablar telepáticamente al *micrófono telepático, sin mover los labios:*

- Buenos días mis queridos hermanos, padres madres y futuras co - esposas, doy gracias al profesor del proyecto interplanetario, señor Chang y Aghartitas, y

también a los promotores de mi secreta existencia, los doce apóstoles chinos. Querido pueblo chino, mi nombre es Nabhi Santanulyn y estoy aquí al servicio de todos vosotros, también les traigo un cordial saludo de "el biológico" que hoy está en una isla celestial de Bhuvar Lokha, al otro lado de Antarikṣa, cerca de donde vive mi madre.

- El biológico en cuanto se entero de mi nacimiento fue a visitarnos. Seguramente todos han escuchado hablar de él a escondidas, pues recuerden que el era el señor Krill, el intermediario oficial nada menos que entre Rava Yavasura y los doce apóstoles. En esos años construyo las 90 cavernas, creo los clones, las Cyber transgénicas y fue el primero en sublevarse a Rava Yavasura trasladándose al planeta de los gandharvas[116] con la ayuda de los aghartitas. Y a pesar de que aquí en la tierra

116

Seres humanos celestiales, especialistas en cantar, que son muy solicitados en los planetas superiores, por su arte musical.

han pasado cien años desde el día del Golpe Maestro, en Bhuvar Lokha tan solo han pasado 10 años, y por ello el biólogo se mantiene joven, además allí hay diferentes tipos de néctares para beber, que es lo que alarga la juventud, así que es seguro que la vida del biológico no solo se alargara algunos miles de años más, sino que a raíz de esas bebidas recuperara por el tiempo la forma original que tenía antes, el de los Vidyadhara, cuando lo logre su plan es regresar al planeta donde nació y empezar a repoblarlo, para ello se llevara una compañera gandharva, solo es cuestión de tiempo. También me contó que los clones tenían un proyecto de Naves Nodrizas para la población civil china en varios planetas desiertos, y que lo haremos esta vez nosotros, sin los planes de de destrucción del demonio Rava Yavasura.

El mundo emitió un alarido de satisfacción, era lo que todos estaban esperando, una esperanza china a nivel universal. El celestial niño les estaba hablando con la mente a través de aparatos físicos, y su voz sonaba angelical, estaba llena de vida, satisfecho y con los ojos bien abiertos, tanto su nariz como sus orejas eran un poco levantadas. Y lo que les estaba hablando era de una esperanza universal. Toda la población china no paraba de gritar y de saltar de emoción, parecían brasileros reencarnados en chinos.

Tenía varios poderes místicos, mientras hablaban podía atravesar las paredes de cristal, ver dentro de la absoluta oscuridad, hacerse invisible, traer o llevar pequeñas cosas a diferentes distancias de forma instantánea, eran juegos infantiles, pero con eso estaba conquistando el corazón de todos los chinos incluido a los nuevos Adánching Y Evaying, y entre todas esas cualidades su sonrisa era maravillosamente humana.

El niño de raza negra y blanca y 20 diferentes pieles poseía una constitución demasiado fuerte para su pequeña edad, tenía la salud del rayo, el peso de una pluma, y la fuerza de 6 elefantes juntos. Pese a su aparente fragilidad demostró su fuerza tirando de una cuerda con una sola mano, haciendo caer a cien chinos juntos. Eso levanto al público de todo el mundo de sus sillas. El niño aun estaba en su etapa de crecimiento, y tenía gracia infantil al mostrar esa sobrenatural fuerza. Le pasaron los rayos equis, y en seguida vieron sus huesos de forma tridimensional, estos eran más gruesos, más duros y 3 veces más livianos que los huesos humanos, el niño celestial era de una genética completamente exótica para los chinos de este universo.

Este niño tenía la capacidad de viajar a otros planetas y reproducirse con gran facilidad, había muchísimos planetas con escasez de habitantes en toda la Vía Láctea, y los chinos en esta ocasión tenían la solución para el señor Brahma[117], ya que este celestial niño iba a hacer la función de uno de los Prayapatis[118] por un tiempo. El futuro a partir de ese momento para todo el pueblo chino era realmente hermoso, pues sus genes se mezclarían con la de los semidioses y de vez en cuando cazarían algunos reptilianos molestos. Entonces el apóstol 11 termino de presentar al celestial niño:

- Dentro de 3 años terrestres, este niño ya será mayor de edad, así es su raza, y será capaz de embarazar a cientos de mujeres

---

[117] El primer ser inteligente de este universo, el abuelo de todas las formas de vida de todos los planetas, el ingeniero genético del ADN y del divino sánscrito.

[118] Procreadores universales, los primeros hijos de Brahma.

con tan solo la luz de su mirada. Además con la facultad de que ellas puedan elegir en el momento de la mirada, el tipo de raza que quisieran tener como hijo, eligiéndolo a uno entre los 22 colores.

6 millones de doncellas chinas se apuntaron inmediatamente a la web de los metacarpos: *el príncipe de las estrellas* como co - esposas en *el Proyecto Prayapati Chino* de los 12 apóstoles. *Todas querían desaparecer del Planeta Chino*, irse con él príncipe rumbo a cualquier planeta, y crear hermosas sociedades chinas, con tal de olvidarse del miserable lagarto y sus atrocidades.

Ese niño cada año podría llenar varios planetas con millones de chinitos de diferentes colores. Cuando ese dato lo divulgaron por los medios informativos personalizados, enseguida dicha página web duplico su número de co - esposas llegando el cupo de las 12 millones de co - esposas, que es lo máximo que podía tener en su primera etapa de juventud. Su misión sería pasar una y otra vez durante siglos por diferentes planetas donde tenga dentro de las a diferentes esposas, para seguir teniendo ilimitados hijos.

A pesar de toda esa alegría entre las muchachas jóvenes, las mujeres mayores estaban muy preocupadas, y decidieron hacer un debate mundial respecto al futuro a su *yerno universal*:

- ¿Es que nuestros nietos nacerán solo con la mirada de su único padre? ¿Nada más? ¿Pero qué es eso? Por favor, con lo hermosas que son nuestras hijas y nuestras nietas, y que ¿Un chinito celestial lleno de poderes místicos va a embarazarlas solo con una hermosa mirada?

Las mujeres humanas de toda la vida, las de siempre, madres y abuelas, se oponían abiertamente a ese invento celestial, porque decían que la satisfacción de la mujer no es algo solamente trascendental, tiene que haber al menos algo de tacto con la piel para traer niñitos a este miserable mundo:

- ¿Porque cambiaron todo por una hermosa mirada? ¿Es que los semidioses nacen por medio de una mirada? - Se quejaban las mujeres atormentadas.

Sin embargo las adolescentes no pensaban igual, con que les echara esa hermosa mirada fertilizadora todo lo demás sobraba, las nietas eran diferentes ya que tenían un pensamiento más progresista, eran de una generación más moderna que de las antiguas mujeres de este mundo que necesitan ser tocadas ¿Para qué? Eso son solo tonterías de la historia. No es necesario tener hijos de esa manera en estos tiempos. Además eso de la mirada era algo tan espectacular que solo estaba destinado para las chinitas celestiales que eran todas ellas ¿Cómo se lo iban a perder ahora que estaban en la edad? Algo único en el universo no se podía rechazar por las anticuadas convicciones.

La mirada universal lo era todo, algo que sobrepasaba a todas las expectativas de la especie humana, incluso a la de los mismos semidioses, si no fuese de esta manera ¿Cómo iba a embarazar a miles de mujeres chinas en un instante? Eso es imposible. Posiblemente la *cuarta fundación* trataba de una explosión de chinitos universales a todo color por toda la Vía Láctea, pero aún faltan 3 años para saberlo, y eso estaba más allá del predestinado siglo del gran demonio.

Entonces llegaría ese hermoso día en que las hermosas chinitas se casaran con el único marido, *doce millones de novias y un solo novio* ¿A que es romántico? Saldrán todas volando en diferentes naves rumbo a las estrellas con los ramos de rosas en las manos, rosas traídas por los aghartitas, y mientras durara el viaje, entre nave y nave él celestial chinito que es capaz de volar y atravesar las paredes de las naves espaciales, les ira soltando la bonita mirada ¡Que disfrute celestial! Y ellas se quedaran embarazadas de hermosos angelitos a colores rumbo a las estrellas que las autoridades les hayan asignado.

En esos mundos desiertos y despoblados ellos los llenaran con millones de chinitos a colores, a estas primeras humanidades no les faltara de nada, allí construirán sus primeras civilizaciones, y junto con ellos se instalaran todo tipo de plantas, aves insectos reptiles peces y mamíferos, que los llevaran en genes y en semillas, ya que todos ellos son todos parte de esta naturaleza humana.

Obviamente que serán naves nodrizas no muy grandes pero si muy veloces donde viajen todas las novias cómodamente con sus blancos trajes. Serán máquinas más perfectas que la que utilizaron los militares que fueron devorados, ya que esas naves no saldrán por debajo de la compuerta de la Antártida, sino que las atravesaran directamente, y eso es la perfección.

¡Un hermoso matrimonio! ¡12 millones de novias y un solo novio!

Las madres universales con ojos rasgados entendían que su descendencia estaba destinada a procrearse por toda la Vía Láctea ¡Era un honor! ¡Chinitos universales y a colores! Pero también deseaban de que alguno de sus descendientes, regresara a esta Tierra Plana, después de unos cuantos siglos, para realizar esas ceremonias de Agnihotra[119] a todos los Pitas[120], en honor a esas valientes mujeres que un día partieron rumbo al universo con su único padre.

Toda esa flamante película los chinos se lo metieron en las entrañas, pues sus hijas estaban en medio de ese inmenso proyecto, ya no eran números, iban a recuperar sus nombres y sus apellidos a partir del día en que partieran rumbo a todas las estrellas.

---

[119]

Ceremonias de fuego

[120]

Antepasados.

Las mujeres chinas inscritas se volvieron locas cuando las 6 cámaras de la televisión planetaria mostraron esos inocentes ojos que aún no se encendían, pero cuyas recreaciones virtuales de luz ya estaban gozando en sus cabezas. Las chinitas eran soñadoras, y no paraban de dar pequeños saltos y jugar con la pelotita, descubrían el amor del celestial niño en sus corazones a la luz del día y lo comparaban con la luz de esa dulce mirada. Se colocaban hermosos aretes en las orejas y una pequeña campanita en el pie izquierdo para no perderse del las mismas dentro de sus pequeñas casas. Mientras en sus manos juntas apoyaban una de sus mejillas y cerraban los ojos susurrando algún secreto al odio del holograma del celestial niño. Niñas y adolescentes soñaban con los seductores ojos, mientras madres y abuelas se tiraban de los pelos.

Ellas también buscaban las sutiles sensaciones con las que se pudieran elegir a uno de los 22 bebes a través de los luminosos genes en cada embarazo de tan solo 2 segundos, es decir, debían de encontrar razones, características físicas que quisieran tener como hijos, pero finalmente todas querían tener ilimitados hijos, para empezar 22, y luego un millón de cada uno ¿Si no tuvieran deseos así como iban a fundar civilizaciones? Por eso aspiraban a tener tantos hijos como pudiesen dar sus cuerpos. Al futuro padre le esperaba realmente mucho trabajo con la mirada por diferentes planetas. El celestial niño ya no estaba presente en los hologramas sino en sus ardientes corazones. Entonces uno de los apóstoles empezó a desvelar el gran secreto, al ver que todo iba bien, al ver que las chinitas habían caído:

- Este niño - dijo el apóstol número 11 - no es de laboratorio, y aunque ustedes no lo crean la madre es china, es de nuestra raza - el asombro cundió en todas partes -, hemos decidido revelar este gran secreto para que no especuléis más al respecto, la verdad es como todas las verdades, clara sencilla y fácil de entender, pero difícil de encontrar. Su madre fue llevada por medio de los aghartitas al monte Kumuda[121] *a través de una puerta dimensional que tienen, y así decidieron abrir un pasillo desde este planeta hasta el sistema planetario de Bhumándala*[122]*, salieron por la puerta de Ilāvṛta Varṣa*[123]*, y*

---

[121]

Uno de los 4 montes que rodea al monte Sumeru en el sistema planetario más alto que existe en este universo.

[122]

En el centro del universo.

[123]

Una gran Isla, que es el verticilo de Bhumándala, y que en ella se encuentra situado el monte

allí después de una audiencia con el gobernador, la casaron con *el Prayapati Apaysak,* un poderoso hijo de otro Brahma que estaba de visita por nuestro universo, así que no sabemos si fue casualidad o el mismo destino que arreglo todo esto, pero sus genes paternos no son originales de este universo, y por lo tanto este chinito es *único. La madre se quedo allí a pedido de su propio hijo, este niño desea que todos seamos chinos buenos, chinos civilizados, y eso significa conocedor profundamente los Vedas, ser siempre lacto-vegetarianos, es decir tener las costumbres alimenticias y el conocimiento habitual que hay en el mundo de los semidioses.*

El pueblo chino al fin entendió en medio de su tragedia que no estaba perdido ni abandonado, que todo se debía a la terrible influencia de la era de Kaly Yuga, pero, a pesar de tener el demonio en casa, los Aghartitas seguían teniendo

---

Sumeru.

conexión con las civilizaciones de los semidioses, y este niño estaba nada menos que dentro de los planes de las actuales autoridades universales, eso era más de lo que Rava Yavasura podía tolerar, a él ni siquiera le dejaban salir de este mundo, y este niño que acababa de nacer de una madre china ya estaba destinado a pasearse por todo el universo sin que nadie le molestara.

Rava Yavasura estaba siguiendo todos los acontecimientos desde su palacio invisible, disfrutaba de observar su espectáculo de humanidad. Pero al ver el último capítulo ya estaba deseando matar al último personaje, porque ya era demasiado.

Entonces los apóstoles mandaron a subir al palacio aéreo a un grupo de chinos, explicaron de que había llegado el momento de que el niño empezara a trabajar con sus enseñanzas, y por ello subieron primeramente a la gente de las casa mecanizadas por medio del tele transporte, eran las primeras 60 personas que se mostraban predispuestas a aprender lo que el celestial niño quería enseñar a toda la humanidad. Fue el acto público más deseado, estaban en expectantes en todos los rincones del planeta, el tema trataba nada menos que iniciarse en el arte de la telepatía. Esto lo anunciaron los doce apóstoles en coro, cuando el mundo entero expreso un gran alarido. Ese día era increíble, estaba repleto de sorpresas una detrás de otra. Entonces el celestial niño al ver al primer grupo dijo:

- Buenos días queridos amigos. Por favor, dígame cada uno mentalmente su número.

El niño les hecho una rápida mirada a todos con los ojos internos, y sin cerrar los ojos iba diciendo todos los números, el niño tenía una memoria fantástica, por ello los apóstoles llamaban al niño celestial *suta-pira*[124] y en esa oportunidad pudo demostrarlo, dijo uno a uno sus largos números sin equivocarse y diciéndoselos al revés simultáneamente.

- Ahora quiero que pongan mucha atención ya que nos queda poco tiempo, y por favor no sientan alarma alguna por mis presentimientos, pero es urgente que todos los chinos tengan que aprender telepatía. En toda Brahmananda[125] se habla de esta manera, es necesario desarrollar este lenguaje para sobrevivir, a partir de ahora voy a dar iniciaciones constantemente allí donde vaya.

124

Aquel que memoriza las cosas para siempre, con solo escuchar una sola vez.

125

Se refiere a todos nuestro universo.

Les estaba hablando nada menos que de un poder místico, el más barato y el más importante que tienen los seres inteligentes en este universo, el poder hablar con la mente y comunicarse con todas las formas de vida inteligente.

- Así es amigos, para poder sobrevivir debéis ser telépatas, ustedes serán los primeros 60, e inmediatamente después de ser iniciados salid de aquí y donde sea que vayáis enseñan esta lengua interna a todo el mundo, siempre en grupos de 60 y solo podéis iniciar una vez cada 6 horas, y esa misma capacidad de enseñanza lo tendrán todos los iniciados sucesivamente.

- Esto es muy fácil - se puso frente a sus primeros alumnos - , miradme a los ojos, vean esta brillante luz que flota en mis dedos - estrujando tres de sus dedos frente a sus ojos, empezó a salir algo brillante que flotaba, todos podían verlo - ¿Lo veis verdad? Colocaos frente a frente, haced parejas. Recordar esta

esfera cerrando los ojos, entonces la atrapareis dentro de vosotros, porque estará dentro de vuestra cabeza. Es real y se duplica sola en cada persona. Palpadlo con la consciencia y luego lanzadlo como una pelota de tenis a la cabeza del otro. Hablad desde vuestro interior en el interior de los demás a través de estas bolas de luz, esta es vuestra multimedia, vuestra conciencia sin oscuridad reflejada en los demás, no hay en ella letras ni papeles ni lenguas humanas. Dejad que sus mecanismos sutiles se instalen a su manera en cada uno, dejad a un lado los pensamientos basados en la lengua china, hablad con ideas, hablad con imágenes, hablad con la consciencia del alma, de esta manera miles de palabras son sustituidas con el idioma más veloz del universo.

- Las imágenes son pensamientos fotografiados ¿Veis que no necesitáis del abecedario chino? Esta película multimedia no necesita del lenguaje humano que está hecho para la dimensión densa. Es hora de

que entiendan que dentro de cualquier tipo de cuerpo existe un lenguaje común: La telepatía.

- Id por el mundo iniciando a todos los chinos con esta lengua universal, no hay tiempo que perder, es urgente que la telepatía sea en vuestras vidas la principal herramienta de comunicación a partir de hoy.

La gente iniciada no solo escuchaba voces internas, sino que veía películas que no venían del chip del metacarpo, y eso era algo completamente maravilloso porque estaba aconteciendo dentro de sus cabezas, era como tener el holograma del chip del metacarpo dentro de la cabeza, y podían compartirlas libremente. Estaban asombrados, resulta que el alma por si mismo tiene sentidos eternos, y esa es la prueba, y nada de lo que están viviendo se puede detectar en el mundo físico.

Acaban de descubrir que existe un Internet mental de forma natural, era algo que de forma artificial existía entre los seres humanos en todo el planeta 100 años atrás, ahora esa sensación de libertad y de comunicación había regresado milagrosamente y no necesitaban de aparatos, todo lo tenían en la cabeza. Los chinos se sentían felices, libres y seguros en todos los aspectos de la vida.

Entendieron que eran seres que estaba más allá del cuerpo chino, no eran solo cuerpos humanos, eran más que eso, eran eternas almas que sienten piensan y desean dentro de cualquier cuerpo y fuera de cualquier forma de vida, eran algo que no nace ni muere como los cuerpos de los que temporalmente se visten, algo que tienen sentidos trascendentales. Eran almas dentro de cuerpos de chinos, almas dentro de todas las formas de vida, eso estaban realizando, sus conciencias se posicionaron por encima de la consciencia corpórea.

Los primeros iniciados se despidieron telepáticamente del niño de colores e inmediatamente en las calles de diferentes ciudades empezaron a dar las iniciaciones, los cupos de iniciación se cubrían a cada instante y esta no paro de multiplicarse por todas partes; casas familiares, lugares de trabajo, ciudades aéreas terrestres y submarinas. Había un gran alboroto planetario, es como si un producto completamente nuevo hubiese llegado de otro planeta, y esta estaría entrando en el mercado chino produciendo una gran algarabía por todas partes. Los chinos se hicieron sensibles, podían escuchar las voces de todos los seres vivos que existieron en el pasado, sentir increíbles y raras existencias que ya no tienen presencia física, pero si los captaban en los recuerdos compartidos que vienen desde los mismos genes.

***

Todos miraban a los océanos en esos momentos de luz, y descubrieron que era lo más horripilante del Planeta Chino, estaban hechos con la basura de toda la civilización moderna completamente demolida. Los restos del infinito plástico estaban en todos los metros cuadrados de todos los océanos, de todas las playas, de todas las montañas, de todos los desiertos y de todas las islas. Incluso había basura que estaba flotando dentro de las nubes. En vez de llamarse Planeta Chino, en esos momentos era Planeta Basura. Los chinos con ojos telepáticos sabían que tarde o temprano tenían que limpiar todo para que retornaran las formas de vida que fueron devoradas por todos sus antepasados.

El celestial niño salió flotando por la ventana, los drones de los canales de TV le seguían como sombras en el cielo. Su imagen repartía felicidad por todo el Planeta Chino. Los 6 drones lo rodeaban alumbrándose de la luz que emitía el celestial cuerpo. La basura movediza del agua desaparecía un centenar de metros alrededor de su cuerpo. Los doce apóstoles se quedaron con las ganas de seguirlo, pero no podían volar sin artilugios mecánicos y mucho menos sumergirse en el agua y respirar dentro de la. Así que lo siguieron con sus corazones a través de los drones televisivos. Ese niño no necesitaba de naves para trasladarse de un lado a otro, sabia donde estaban las cosas, su alma las presentía, tenía poderes místicos con su mirada interna, y estas eran capaces de ver el tiempo. Se dirigió a donde todo debía de empezar de nuevo, esa era su particular campaña de salvación para el pueblo chino, al cual pertenecía su madre, era una campaña de recuperación de todas las formas de vida, incluida la humana, y por ello era urgente recuperar la cordura.

El niño celestial podía respirar dentro de las aguas contaminadas porque una pequeña atmósfera lo cubría constantemente, por ello en ningún momento entraba en contacto con esa fétida contaminación planetaria. El pueblo chino quedo fascinado de su salvador, había esperanza para el pueblo chino no solo en este mundo sino en todo el universo y todo lo que les dijo estaba pasando, sus charlas los iban despertando de la absurda y patética realidad criminal en la que estuvieron sumergidos desde hace más de un siglo, luchando contra toda la humanidad.

El pueblo chino no paraba de asombrarse a cada instante por todo lo que hacía el celestial niño que empezaba a visitar una ciudad detrás de otra, terrestres acuáticas y aéreas. En todas las ciudades le esperaban millones de chinos, allí donde llegaba todo se desbordaba. Las autoridades les esperaban con cantantes orquestas y *alegres mariachis chinos* para darle una afectuosa bienvenida. El corazón del pueblo chino salía a través de los instrumentos musicales, aunque todos estaban prohibidos, pero los chinos los sacaban de todas partes, de lugares en los que sus antepasados escondieron. Había millones de instrumentos y artículos raros de la edad moderna bien conservados en infinidad de pequeños trasteros familiares, e increíblemente de alguna manera muchos sabían tocarlos, porque aprendieron a usarlos a escondidas.

En las ciudades acuáticas el niño celestial podía atravesar las cúpulas de cristal de forma maravillosa, y sin que por esta se filtrara ni una sola gota de agua, lo más increíble es que al hacerlo las cámaras de las televisiones aéreas que le seguían también podían hacerlo y por mucho que los chinos le ofrecían diferentes tipos de ropa para que se cubriera, él no aceptaba ningún tipo de ropa porque no lo necesitaba, estaba cómodo viajando completamente desnudo. Finalmente el niño universal estuvo en 6 ciudades terrestres, en 6 aéreas y en 6 acuáticas en 6 días seguidos, todas con más de 20 millones de chinos. Esa era toda la cantidad de chinos que quedaba en la Tierra. Grande había sido la pérdida humana contra la raza negra.

El niño celestial no dormía y no comía, se alimentaba directamente del prana que le proporcionaba su propia atmósfera que le rodeaba. En las ciudades lo recibían con luces de colores, y siempre en todas ellas era recibido con una guirnalda de flores, que las mujeres chinas confeccionaban con las flores que traían los zepelines del mundo subterráneo.

Los chinos siempre fueron especialistas en realizar fuegos artificiales, y esta vez lo hacían con todo tipos de rayos láser y drones fantásticos que echaban serpentinas por toda la ciudad. Al acercarse a las ciudades acuáticas el niño celestial iba dejando una carretera tubular de agua pura, lo mismo pasaba en el cielo y en la tierra, el niño parecía un filtro del medio ambiente ya que alrededor de su cuerpo se iban creando túneles de gran pureza, cuando daba pasos de luz entre las nubes y cuando se trasladaba dentro de las grandes más as de agua, siempre alrededor suyo todo se iba filtrando, el agua quedaba completamente purificado dejando un sendero limpio y tubular que ya no se mezclaba con la basura, había algo místico que los separaba por donde pasaba, y por estas entraba la luz solar rebotando en sus invisibles paredes.

En cuanto entro a la última gran ciudad que le faltaba visitar en el fondo de un océano, los drones que le filmaban para el mundo chino hicieron sonar la alarma, mostraron a uno de los raksasas de Rava Yavasura que había emprendido la misión de encontrar y matar al celestial niño, el terror se apodero de todo el Planeta Chino, era una noticia confirmada, y el mundo entero estaba observando como el horripilante Raksasa se dirigía velozmente por los cielos hacía la ciudad acuática donde se encontraba

Nabhi Santanulyn. Los chinos se horrorizaron al ver por primera vez a un devorador de hombres en los chips de sus metacarpos, este Raksasa se llamaba Narakachin y se lo veía muy furioso, este ser no podía ser otro que el padre de todos los demonios.

De este lagarto feroz se destacaba sus amarillentas garras en manos y pies, tenían terribles colmillos y una feroz mirada. Las armas preferidas de Narakachin, era la *magia tecnológica bélica*[126], y lo llevaba puesto en el mismo traje. Los antepasados védicos en sus escrituras siempre informaban a los seres humanos en general que de este tipo de seres siempre había que salir corriendo.

126

(MTB)

A los lagartos no les gustaba lo que estaba aconteciendo en la Tierra Plana, ya que ellos desde hace 3.000 años se consideraban sus propietarios. Entonces el Raksasa estando en el aire a 6 kilómetros sobre el nivel del mar, se estaciono encima de la ciudad submarina donde se encontraba el celestial niño, en ese momento, 6 naves de la muerte del pueblo chino llegaron por el cielo junto con otras 6 que emergían victoriosos de la ciudad submarina, y sin perder más tiempo le lanzaron 36 poderosos rayos electromagnéticos. El corpulento lagarto sin cola y que viajaba sin nave alguna, las desbarato a todas con solo dos de sus garras, eso bajo los ánimos de todos los chinos, no sabían exactamente con qué tipo de criatura se estaban enfrentando, alguien que era capaz prácticamente de hacer rebotar los rayos láser o capaz de chamuscar cualquier tipo de nave guerrera, estaba fuera de las leyes físicas.

El Raksasa Narakachin saco el hecho, su fuerza era ilimitada ante las hormigas chinas que desconocían toda esa demoníaca tecnología, pero en ese momento se unieron 66 naves de guerra del pueblo chino, posiblemente no había tanta uña mágica como para tantos aparatos. Todos estos valientes ya les daba igual morir que vivir, rodeándolo desde arriba descendieron hacía él Raksasa y coordinando telepáticamente lanzaron en un mismo instante rayos láser de grueso calibre, fue tan perfecto que en menos de un segundo Narakachin exploto en miles de pequeños filamentos que se encendieron como antorchas cayendo al *océano de basura molida*. Los reptilianos no esperaban semejante poder por parte de estos chinitos a los que se los comían fácilmente en los últimos 3.000 años.

- Faltan cinco - dijo uno de los apóstoles.

Todo el mundo aplaudió y levanto los ánimos, a los lagartos también se los podía matar con total facilidad, todo era cuestión de práctica y experiencia ¿Cómo es posible que se hayan dejado manipular durante 30 siglos? Salieron millones de naves rumbo a todos los cielos, como abejas iracundas se desperdigaron por todo los rincones buscando a 5 miserables. Mientras tanto el maravilloso niño que entro en la última ciudad, reinicio su faena de iniciaciones telepáticas junto con miles de otros iniciadores que entraron a las ciudades por sus respectivos portones. La presencia del celestial niño era todo un espectáculo en medio de las urbes repletas de inmensos edificios llenos de ceremonias cantos gritos aplausos de la gente que disfrutaba de ver la presencia de un ser tan extraordinario, además estaban muy felices por la muerte del lagarto. Este niño trajo la buena suerte al Planeta Chino, reformando las conciencias.

Millones de personas estaban en las principales avenidas, desbordando plazas balcones y ventanales, el tráfico aéreo cubría todo el cielo. La población estaba expectante al ver al que se iba deslizando entre el medio de rascacielos repletos de gente. *Nabhi Santanulyn* parecía danzar con la humanidad. Los chinos montados en sus coches aéreos lo observaban rodeándolo por completo, manteniendo una distancia de 300 metros a su alrededor. Los chinos no paraban de saltar de alegría, de aplaudir, y de cantar. Dejaban ese espacio para que se acercaran los grupos de 60 personas que buscaban ser iniciados por él, que tenía capacidad de poder hacerlo a cada instante. El niño iniciaba en medio de las calles, en las terrazas, en los palacios de gobierno, allí donde se apuntaran los grupos a su alrededor allí mismo los iniciaba, sin demora ni ceremonia. No tenía límite para iniciar. Eso ya era el festival del pueblo chino.

Los edificios tenían parques y jardines conectados en diferentes niveles junto con paseos y fuentes. Los civiles estaban completamente armados al igual que los militares. Habían cristales de una sola pieza de 100 metros cuadrados de superficie, estos tenían variadas formas, eran gruesos y extremadamente pesados, todo eso demostraba la alta tecnología reptiliana que dominaban los clones. Detrás de estos muros de cristal se veían los brillantes vehículos que se trasladaban en diferentes direcciones. Había puertas aéreas por todas partes, y también los chinos sin naves tenían cinturones para trasladarse, así que ascendían por sus edificios gracias a esos artilugios, pero se quedaban asombrados porque *Nabhi Santanulyn* no llevaba absolutamente nada en el cuerpo y podía volar como todos ellos.

Los coches aéreos eran todos de forma hexagonal, y sobre las amplias terrazas habían hermosos jardines hechos con arboles mecánicos y plantas de plástico. Las unidades militares estaban en alerta roja con sus respectivos blindados puestos en lugares estratégicos dentro y fuera de la gran ciudad. Los chinos sabían que los raksasas eran especialistas en atacar a las poblaciones civiles, y por ello estas ciudades las construyeron de tal manera que cuando tengan que hacer una guerra frente a los clones, los chinos salgan exitosos.

Pasado las 4 de la tarde, las autoridades de esta gran ciudad invitaron al celestial niño a que descansara, que comiera cosas buenas y naturales y que bebiera esa agua tan dulce traída desde las entrañas del planeta. El niño acepto con agrado y se lo veía un poco cansado por su trepidante ritmo de iniciaciones sin comer ni dormir durante 6 días seguidos. Después de comer y beber realmente muy poco, el niño de las estrellas dio otra pequeña conferencia televisada para todo el Planeta Chino, era la continuación de sus discursos anteriores, al parecer su idea era abrir en la mente de los chinos el sentido de la libertad.

- *Ellos, los reptilianos, planearon una meticulosa confrontación entre todas vuestras sociedades, de forma irracional y despiadada. Ellos promovieron en todas las civilizaciones humanas la ignorancia en las escuelas, los gobiernos y los reyes. Nunca dejaron de falsificar la historia. Aquí se construyeron muchísimas civilizaciones esplendorosas fuera de su influencia, pero este Raksasa encontró la oportunidad de destruirlas a todas.*

Mientras se escuchaba la conferencia védica del celestial niño en todo el Planeta Chino, cerca de la nave Pekín Rururava empezaron a materializarse los 4 terribles reptiles. Estos bichos estaban hechos con escamas verdosas y sus ojos y dientes tenían un horrible aspecto. Nunca antes hasta ese día, ningún chino los había visto personalmente, ni siquiera los doce apóstoles después de la partida del señor Krill, ya que estos recibían las órdenes de sus amos a través del mismo chip de sus metacarpos.

Entonces los chinos descubrieron que solo uno de esos lagartos tenía cola, era tal como lo había explicado el celestial niño en uno de sus discursos. Todos eran corpulentos, capaces de matar a docenas de chinos con un solo zarpazo. Cada uno de los pesaba 6 toneladas incluido el de la larga cola, y todos tenían diferentes tipos de armas que nadie conocía como funcionaban.

Con estos 4 demoníacos seres el terror se apodero una vez más en toda la humanidad china. Las autoridades de la gran ciudad submarina inmediatamente se llevaron al niño de las estrellas a uno de los bunkers más seguros del Planeta Chino, y lo hicieron rápidamente por el único portal del tele transporte que les regalaron los aghartitas en secreto, era una réplica a la puerta por donde viajo su madre a Ilāvṛta Varṣa. Las cámaras de la TV aérea que lo acompañaban no pudieron seguirlo. Trasladaron al celestial niño búnker secreto que originariamente era del señor Krill, allí entraron las autoridades chinas junto con el celestial niño en un instante, lo escondieron para protegerlo de este segundo Raksasa llamado Alambusa, mientras tanto miles de naves militares salían rodeando las diferentes ciudades.

El lagarto al darse cuenta que el celestial niño había sido trasladado, desapareció de donde estaba y se materializo frente a una puerta construida en la base de una cordillera submarina. Para este lagarto era fácil encontrar el rastro de cualquier tele-transporte en este mundo. A pesar de estos hechos, en todas las ciudades chinas no paraban de iniciarse en el arte de la telepatía, porque estaban más conscientes que nunca que el celestial niño les había dicho que quedaba poco tiempo.

El lagarto Alambusa tenían localizado en todo momento al niño de las 22 pieles, entonces empezó a despedazar todo tipo de vehículos armas y militares que defendían esa entrada con su MBT puesto, el lagarto era realmente valiente, los destruyo con toda facilidad, y enseguida empezó a meterse en el búnker donde habían miles de soldados chinos y civiles armados, y a pesar de ser el blanco de todos ellos, pero los escudos protectores en varios niveles hacían rebotar todo tipo de municiones.

El búnker submarino era como un pequeño pueblo fortificado, tenía varios controles y puertas en ambos costados, era un auténtico laberinto subterráneo. Daba la impresión de que esta sería la tumba de Alambusa, porque dentro había chinos armados como hormigas los hay en un gran hormiguero, pero el lagarto no paraba de destruir todo tipo de armas de rayos electromagnéticos de grueso calibre y destruir a cientos de chinos a cada instante. El búnker era realmente inmenso y Alambusa estaba derribando portón tras portón, siguiendo el rastro del celestial niño. Entonces este demonio llego a la última puerta acorazada y la abrió sencillamente de forma electrónica con los toques de su poder místico, para él no había claves ni trucos que no pudieran descubrirlas en un instante.

A pesar de que era uno solo el lagarto, estaba dejando un reguero de muertos en todas las direcciones. Hubo momentos en que túneles enteros repletos de chinos los quemaba en un instante, y a pesar de lo por la entrada principal no paraban de entrar miles de chinos armados, y las pequeñas máquinas aéreas de compañía no paraban de sacar muertos fuera del búnker. Todos comunicándose telepáticamente veían chinos carbonizados taponando muchas galerías con sus cuerpos.

Este criminal sin cola se estaba burlando de todos los chinos que excelentemente armados nada podían hacer contra sus poderosas coberturas invisibles. Era horrible ver los cuerpos mutilados alrededor del Raksasa. Millones de chinos armados en el planeta se lamentaban por su impotencia. Finalmente Alambusa salió con su presa sujeta en una de sus manos, despejo el ambiente de la niebla con uno de sus rayos lumínicos en la inmensa galería repleto de montañas de cadáveres que se iban apartando con su fuerza magnética, y los chinos ya no disparaban al ver que llevaba al celestial niño. Allí estaba el Raksasa frente a los 6 drones de la televisión planetaria, el Planeta Chino estaba asombrando por su poder inteligencia y valentía, pero sobre todo estaba muy expectante sobre el destino del celestial niño que estaba sujeto por esas horripilantes garras. Entonces el demonio Alambusa empezó a hablar frente a los 6 drones televisivos y las imágenes en directo fueron transmitidas a todos los chips del metacarpo, sin dejar de sujetar con una mano a su apreciada presa:

- ¿Así que tenéis un pequeño chinito a colores que es vuestro nuevo mago? Aquí este bicharraco celestial no tiene nada que enseñar ¡chinos! ¡Solo sois animales de corral! Me quedo sorprendido por vuestra estupidez de querer independizarse de nosotros a causa de un ridículo mago - Y se hecho una gran carcajada, semejante al rugido de un león - ¡y tú! - Dirigiéndose al niño - ¿Entendiste? Aquí no tienes nada que enseñar, los chinos no necesitan de tus tontas clases de telepatía, ni de tu enseñanza de la cultura védica, eso ya paso a la historia, estamos en Kaly Yuga ¿O no te enteras? Esta es nuestra era "Chinito celestial" y a partir de este momento tú también eres parte de la ganadería por muchas pieles que tengas para esconderte, también entras dentro de nuestra lotería china, y hoy te ha tocado el gordo ¿Y te crees mago? Jo jo jo, yo voy a enseñarte lo que es la verdadera magia aprendiz de mago.

Lleva al celestial niño hacía la superficie seguido por miles de chinos que se sienten completamente impotentes, ya que nadie quiere herir a la esperanza de su pueblo. Entonces se ubica a 6 km por encima de las aguas y dice antes las cámaras aéreas:

- ¡Mira al océano! ¡Mira esa ciudad acuática que está bajo el mar! Observa lo que es *el poder real* . - las TV aéreas enfocaron al lagarto mientras este elevaba la palma de una mano abierta.
De repente del inmenso océano de basura molida, empezó a surgir la cúpula de una de las grandes ciudades acuáticas, surgió entera junto con su maciza plataforma, se suspendió a 6 kilómetros por encima del mar, y se puso

frente a Alambusa y su presa, esa ciudad no tenía ningún tipo de maquinaria como para sujetarla en el aire, era indescifrable el poder MBT de este Raksasa, muchísimas naves de guerra, completamente enloquecidas circunvalaban alrededor de la gran ciudad sacada del mar, algunas se metían por los portones abiertos y sacaban a todos los chinos que podían. Las naves aéreas no paraban de escapar en las colacionadas salidas de la ciudad, ningún consejo bélico de los que se daban entre ellos servía para nada.

La ciudad estaba suspendida por inmensas manos invisibles, y dentro habían casi 20 millones de chinos. Dentro de la poderosa cúpula de cristal se veía la gran ciudad destrozada por partes, estaba humeante, la poderosa cúpula de cristal estaba intacta, pese al destrozo en su inmensa base. La gente estaba completamente aterrorizada, muchas naves no paraban de estrellarse contra los edificios o de chocarse entre ellos en pleno aire, lo que estaba pasando era imposible de que ocurriera para la lógica de este mundo, ya que estaba toda la ciudad submarina suspendida en el aire. Los chinos parecían hormigas mirando al cielo y al océano desesperados, asustados junto a sus niños y ancianos, estaban todos atrapados. Había varias compuertas abiertas de los que no paraban de salir de la ciudad cargados de niños novias y familiares. Pero no les daría tiempo a sacarlos a todos. Era imposible evacuar a todos en tan escasos minutos. Nadie nunca había visto algo semejante, realmente era un espectáculo prodigioso, que una ciudad entera pudiera ser arrancada de las profundidades del mar sin ninguna otra maquinaria más que el poder místico de un Raksasa, eso los dejaba a todos boquiabiertos, porque había sido transmitido en directo por los drones televisivos ¿Cómo era posible eso? El miserable lagarto estaba rompiendo todas las leyes establecidas de la física planetaria. Entonces el lagarto Alambusa mostró el reloj que llevaba en su pulsera izquierda al celestial niño, y dijo ante las 6 cámaras planetarias:

- ¿Quieres ver magia de verdad chinito celestial?

Entonces apretó uno de los tres botones sin dejar de sujetarlo, y de repente la inmensa ciudad muy lentamente empezó a colocarse boca abajo. En el movimiento millones de artefactos de todo tipo junto con ciudadanos coches casas sueltas empezaron a llover como una tormenta de artefactos por dentro, entre ellos algunos edificios que no pudieron sujetarse a las entrañas de su plataforma fueron estrellándose en el todo poderoso techo de cristal que todo lo seguía soportando, allí todo se iba chafando, coches naves industriales chinos maquinas robots vigas muros de cristal. Realmente la cúpula era sorprendentemente poderosa como para aguantar cientos de edificios arrancados por su propio peso, llevaba parte del peso de una ciudad rota ¿Que fuerza invisible era capaz de levantar una ciudad entera solo con la señal de una mano?

- Observa esto campeón - y apretó el botón del reloj de su muñeca.

De repente siguiendo el movimiento del pulgar y el dedo índice hacía abajo del lagarto, lo que formaba la cúpula del techo empezó a abrirse por la mitad como si fuese una compuerta cóncava, en ese acto todo lo que estaba aglomerado en el fondo de su olla cóncava empezó a caer al *océano de basura*, en un maravilloso día luminoso y claro que hace años no se veía, empezó a caer al océano una lluvia de variadas demoliciones junto con millones de chinos que no lograban sujetarse, una espeluznante caída acompañada con todo tipo de explosiones.

La ciudad submarina estaba siendo demolida en el mismo cielo, por dentro no paraban de haber tumultuosas ecos y explosiones ensordecedoras, el ruido de estruendos y convulsiones del acero hacían parar los vellos de la piel de todos los chinos.

Entonces el lagarto junto su índice y su pulgar y empezó a abrirlos, y la gran ciudad desde esa altura se precipito al

Planetas infernales que están por encima de las aguas sutiles de Garbhodakasai Visnú.

vacío, el sonido del golpe en el agua fue algo tan colosal que posiblemente hasta se escuchara en los planetas Naraka[127], provocando mega tsunamis de 500 metros de altura en todas las direcciones. Cuando las aguas volvieron a establecerse, se veían diferentes chimeneas de humo saliendo del *océano de basura*. Entonces el demonio Alambusa se hecho una gran carcajada, mientras en todo el planeta retornaban las aguas a su lugar. El Planeta Chino tembló de miedo con la caída de la gran ciudad. El cielo estaba lleno de basura y polvo, y del océano salían columnas de humo, eran las tremendas humaredas que salían del fuego que se estaba consumiendo en las entrañas de los océanos.

Todos los chinos quedaron atónitos por el magistral poderío de un solo lagarto que se paseaba victorioso por entre las columnas de humo que alcanzaban varios kilómetros de altura. Abajo, casi 20 millones de chinos se estaban mezclando junto con los restos de su ciudad con el océano de basura, y a pesar de haber tocado el fondo del mar, varios sectores de la ciudad troceada no paraban de explosionar, expulsando más chinos y más escombros. El Planeta exclamo aterrorizado.

Entonces el demonio sonrió al niño entre las columnas de humo, y este niño aún así le demostró que no le tenía miedo, aunque sus feroces colmillos estaban frente a su cara con su mal aliento. Las seis cámaras captaban esos terribles momentos, nadie podía ayudarlo. En ese momento el magistral niño que también tenía algunas defensas físicas escupió en su ojo derecho un ácido producido por su propia mente que le dejo el ojo izquierdo ciego para siempre. En ese instante de dolor del Raksasa el celestial niño se escurrió entre los dedos del sorprendido y adolorido lagarto, pero a los pocos metros fue envuelto por una cuerda inteligente que salió de la hebilla de su propio cinturón, para atraparlo como una boa en menos de un segundo. Inmediatamente al traerlo para si, el lagarto tuerto adivino el próximo escupitajo del precioso niño, y cubrió su único ojo con una lentilla de un cristal flexible que seguía la misma concavidad de sus párpados arrugados, estrellándose el escupitajo del niño sobre ese sofisticado parabrisas ocular.

Mientras el lagarto abría su terrible boca repleta de colmillos con una estruendosa carcajada a todos los chinos se les encogió el hecho, el celestial niño iba a ser devorado delante de todos los chinos, no tenía posibilidad de escapar de la envolvente soga, entonces en menos de un segundo, el alma de Nabhi Santanulyn escapo del maravilloso cuerpo, frustrando de esa manera el placer de poder hincarle el diente estando con vida, incentivando de esta manera a todos los chinos a ser prácticos y valientes. Todos los chinos aplaudieron con gran alarde y en medio de todos esos gritos una chispa de luz ascendía lentamente por encima del cielo atravesando el domo rumbo a Bhumándala.

Todos los chinos vieron ese espectáculo tan asombroso, los dejo con muchos sentimientos, deberes y realizaciones, y se llenaron de lágrimas. El tuerto y confundido reptiliano se quedo aturdido, ya que lo que estaba amarrado era tan solo un cadáver, ya no tenía atrapada a esa gran alma que lo dejo en ridículo. Entonces lleno frustración y de ira corto de un zarpazo su propia cuerda y esta cayo al océano de basura entre el medio de las columnas de humo junto con el cadáver envuelto, y mirando al cielo logro ver esa chispa blanca que todos los chinos estaban observando, y antes de que esta se sumergiera en las sutiles aguas de Garbhodakasai Visnú grito al cielo completamente frustrado y con la intensión de que esa alma en fuga le escuchara:

- Cobarde, cobarde... Eres un cobarde....

Atontado por su ira, ya no pudo decir nada más. En ese momento las naves de guerra con sus poderosos rayos electromagnéticos querían vengar la muerte de su celestial esperanza. Pero el lagarto reacciono inmediatamente, contrarresto a todos los rayos lanzados de forma inteligente y estos se dispersaron. Protegido con su poderoso escudo invisible avanzo, y lleno de ira en el aire, nave tras nave los fue sacando de su camino, con un funcionamiento bélico completamente desconocido para los militares chinos. Desde todos los continentes partieron diferentes tipos de naves de guerra rumbo al océano pacifico, para enfrentarse al invencible asesino del celestial niño, los chinos no iban a perdonar su crimen, todos querían matarlo, tal era tal la cantidad de chinos por los cielos que parecía océanos de hormigas voladoras llegadas de todas partes.

Entonces empezó la gran batalla entre del reptiliano contra todos los chinos, ese día, después de la caída de la gran ciudad, extrañamente todo el planeta estaba completamente despejado. El cielo se veía celeste y puro, en contraste con al océano que estaba verde-grisáceo y repleto de los restos molidos de toda la edad moderna. El Raksasa Alambusa que había quedado en ridículo no tuvo miedo en enfrentarse a todos los chinos armados de mil maneras. No le preocupaba ese descomunal número de chinos enloquecidos, el simplemente estaba lleno de ira por no haber podido hincar el diente al maravilloso niño cuando estaba vivo, así que se dirigió hacía los chinos pensando más en su humillación que en su defensa, fue en ese momento de descuido en que su escudo de protección dejo entrar un finísimo hilo electromagnético, los habilidosos chinos lograron hacerlo por debajo del Raksasa, y el miserable lagarto tuerto estallo en miles de fragmentos chamuscados.

Victoriosos los chinos desde todos los continentes gritando victoria y libertad mientras se dirigian a Pekín Rururava, porque allí aún quedaban 4 lagartos más por liquidar. Todos aceleraban sus potentes vehículos, los doce apóstoles corrían peligro ese día.

Pero ocurrió que los 4 reptilianos ya no se encontraban allí, y estos les estaban invitando a todos los chinos por medio del chip del metacarpo a que vayan a luchar contra ellos sobre los montes Himalayas. Para entonces, todos los Himalayas estaban cortados en una sola altiplanicie de 4.000 metros de altura. Todas las cumbres altas fueron demolidas. El cielo tronaba de forma impresionante donde antes estaban las 14 altas montañas de los ocho miles, ahora sonaban por esos lugares solo el eco y el vacío de las grandes alturas.

Un océano de naves chinas rodearon a los 4 furiosos lagartos, era imposible que salgan vivos de semejante cantidad de naves aéreas, tormentas de incontrolables ráfagas se les precipitaba desde diferentes direcciones a medida que los chinos se les acercaban, eran torrentes de fuego que desde todas direcciones iban hacía los 4 raksasas. Entonces, estos maestros del MBT estiraron sus dedos frente a frente, y de estos salieron rayos eléctricos muy luminosas, tan poderosos que hizo parar en seco a todos los chinos, ante esa prodigiosa luz que los cubrió inmensamente en un instante, era una peligrosa luz blanca resplandeciente, envolvió a los lagartos, era como un globo resplandeciente que se fue inflando maravillosamente. De repente ese inmenso huevo de luz empezó a resquebrajarse y de este salieron dos inmensas arañas hechas de rayos, una se llamaba Ranya y la otra Ranyaksa, inmediatamente saltaron hacía las naves de los chinos, y eran tantas que sobre ellas se sujetaron, pues no tenían el donde volar. Pronto estas fulminantes arañas pudieron caminar sobre ellas, las puntas de cada una de sus patas, en cuanto tocaba una nave esta explotaba y completamente chamuscados caían a la meseta de los Himalayas.

Por su movimiento las arañas eléctricas pareciera que estuviesen tejiendo telarañas negras en el cielo con sus ágiles pisadas, pues todo lo que tocaban literalmente lo reventaban. La batalla se acelero en todas las direcciones, las arañas no dejaban pensar ni organizarse a los chinos, todo era cuestión de segundos a esas alturas, y ellas estaban ágiles saltando sobre una y otra nave, chamuscando con cada una de sus 8 patas, y desde las alturas no paraban de caer los chinos dentro de sus naves carbonizadas.
A pesar de las ingentes bajas los chinos parecían ilimitados, pues no paraban de

ponerse en la cola con sus naves aéreas rumbo a la ejecución eléctrica de los que iban llegando a la singular guerra con estas dos terribles arañas hechas de rayos, los Himalayas cortados se había convertido en una especie de matadero aéreo para los militares chinos.

La batalla que estaba en los cielos parecía no tener fin, las arañas estaban quemándolo todo, y los chinos no parecían querer dar un paso atrás. Los cadáveres de los chinos despedazados sembraron una gran cantidad de nuevos cementerios por todas partes.

Entonces, pensando en los consejos del celestial niño unieron sus pensamientos, y la potente telepatía se hizo vigorosa en medio del caos, y juntos decidieron pasar de las arañas eléctricas alejándose de las, y aconteció que estas ya no tenían donde apoyarse en sus saltos y cayeron al suelo de gran altura, mientras las naves chinas no paraban de dar vueltas sobre ellas a gran distancia. Las sofisticadas arañas cayeron en picado, enterrando sus rayos en la tierra hasta que desaparecieron por completo.

Fue en ese momento cuando los 4 lagartos empezaron a ser atacados desde todas las direcciones, en uno de los entro un rayo finísimo por los talones y este hecho un grito potente, era el primer Raksasa al que se le oyó gritar de dolor, era una voz tronadora llena de horror, este demonio se llamaba Atasura. En el primer instante quedo completamente paralizado ante el finísimo rayo que era del grosor de un pelo, pero a los pocos segundos siguiendo ese mismo camino entro el segundo rayo que era del grosor de tres pelos, y este atravesó todo el cuerpo del Raksasa, iluminando todo su esqueleto óseo, de tal manera que todo el mundo pudo ver sus huesos los cuales empezaron a arder como antorchas desde adentro, y este empezó a consumirse hasta su cobertura, finalmente su figura exploto en miles de pedazos.

En el momento de la explosión desaparecieron los tres lagartos de la escena. Simplemente cambiaron de táctica los muy cobardes. Solo quedaban tres dementes más por liquidar, y el mundo sería libre para el pueblo chino. Junto con esa explosión hubo otra explosión a nivel mundial salida de las gargantas llenas de euforia de todo un planeta repleto de chinos felices gritando por la muerte de otro lagarto más , lo que nunca hicieron en tres mil años, lo hicieron en un solo día.

***

El lagarto con cola y sus dos compañeros se encontraban solos en su nave invisible, los chinos ya no podían detectarlos, pero estaban justo encima del palacio aéreo de Pekín Rururava. Rava Yavasura estuvo también por la mañana luchando con los chinos en esa zona, y por ello se sentían los tres muy cansados, ya no podían más, eran demasiados chinos. Fue un día repleto de muertes para los lagartos. Ese día los lagartos fracasaron, pese ha haber cazado al celestial niño. Al no encontrar la nave de Rava Yavasura los chinos también decidieron retomar fuerzas y se fueron a descansar, para continuar la cacería al día siguiente. Solo quedaban 3 lagartos para alcanzar la ansiada libertad. Esa noche el Planeta Chino descanso.

Al otro día, después de medio día, los chinos volvieron a colocarse sobre *los Himalayas partidos* invitando a los tres lagartos cobardes a que continúen la batalla, lo hicieron a través de los 6 increíbles canales de TV que nunca eran eliminados por ningún tipo de proyectil, indudablemente algo indescifrable y muy poderoso los protegía, eran parte de la ciencia que había dejado el señor Krill, y que seguían funcionando.

Los lagartos se sintieron muy ofendidos porque esa invitación ya que les llego a sus canales privados, eso demostró que los chinos ya sabían bastante sobre electrónica reptiliana, entonces los tres lagartos se dirigieron a las altiplanicies decididas a acabar con todos los chinos, ya descansaron y se armaron con lo mejor que tenía. Fueron a toda velocidad, desde lejos se los veía venir como tres meteoros enfurecidos, y se metieron en el medio de la nube de chinos, el recibimiento de todo tipo de armas desde lejos no pudo pararlos, entraron estallando naves para estacionarse en el corazón del ejército chino, y desde allí los lagartos muy inspirados ese día empezaron a pulverizarlos sin necesidad de acudir a ningún tipo de arañas hechas de rayos. Ese día la tecnología de los saurios estaba repleta de complejidades militares que a los chinos les costaría siglos descifrar cada una de esas mágicas tecnologías bélicas[128]. Los tres estaban disfrutando de matar chinitos a diestra y siniestra con todo tipo de terroríficas armas sutiles, ya que habían luces que cortaban las cabezas desde lejos y en diferentes ángulos. Pero a los chinos ese

---

día ya nada les pararía, y telepáticamente se estaban pasando frases como estas:

- Estos lagartos fueron los que hicieron que nos comiéramos a todos nuestros hermanos ¡Hay que matarlos ahora!

- Estos tres malditos se burlaron de la ciega y estúpida humanidad china.

- Ineludiblemente llego la hora de matarlos a todos, hoy es nuestro Golpe Maestro.

Estuvieron peleando todo el día y los tres lagartos seguían vivos, llego el atardecer sobre la inmensa meseta de los Himalayas, y allí se veían las negras siluetas de todos los flamantes cementerios de naves y chinos carbonizados. Los lagartos no estaban cansados, pero los chinos tampoco querían rendirse.

No había manera de tocar a los lagartos, los escudos invisibles ese día no fallaban, eran completamente infranqueables, hasta que finalmente los chinos decidieron rendirse, pues literalmente ese día los lagartos hubieran acabando con todos ellos, abajo, en el suelo habían millones de chinos muertos.

Entonces los chinos en esta ocasión salieron escapando por todas las direcciones, los tres lagartos decidieron también retirarse del campo de batalla, y regresaron a su nave nodriza por medio de su tele transporte portátil, y esta vez se llevaron esta vez a uno de los 6 drones privilegiados. Rava Yavasura que había metido con su propia mano a la televisión aérea, estando en su palacio aéreo puso frente a la ventana a la televisión, para que desde allí transmitiera lo que se veía.

Su nave estaba encima de Pekín Rururava, y los chinos estaban viendo la transmisión de eso, quedaron asombrados, porque no podían verlos físicamente ni detectarlos en sus radares, fue gracias a la transmisión de la televisión que se dieron cuenta donde estaban ellos, entonces enviaron un misil, y este atravesó ese mismo espacio sin tocar con nada. El aparato de Rava Yavasura no se movió, incluso mostraron como se acerco hacía ellos un potente misil, y mostraron como atravesaba ese mismo lugar, como si fuese algo holográfico, sin lograr tocarlos, indudablemente esa nave estaba en otra dimensión. Con esto los chinos se dieron cuenta que los reptiles eran indetectables para su tecnología, posiblemente con la ayuda de los aghartitas en el futuro conseguirían alguna máquina para poder al menos detectarlos.

Entonces los tres lagartos se pusieron en acción después del misil, y se llevaron el dron de la TV, se metieron dentro del palacio de gobierno, se posesionaron justo en frente de los 12 sorprendidos apóstoles. Rava Yavasura era un maestro en la ciencia de las dimensiones, entonces les dijo:

- Infieles, chinos miserables.

En ese momento las puertas se cerraron y por una ventana abierta entraron las otras 5 televisiones aéreas que se apuntaron a no perderse el espectáculo, inmediatamente se cerraron todas las puertas, y desde allí estaban transmitiendo, para que vea todo el Planeta Chino, desde todas las perspectivas todo lo que en esos momentos estaba pasando en el palacio de gobierno, con sus últimos líderes del pueblo chino.

Entonces los apóstoles que llevaban sus varas místicas decidieron defenderse, sabían que el lagarto venía a matarlos a todos, no había nada que hablar. Los dos lagartos sin cola se pusieron atrás y solo Rava Yavasura quería arreglar todas las cuentas con estos apóstoles que habían causado la sublevación del Planeta chino y a raíz de lo habían muerto tres de sus compañeros.

Dos Apóstoles le arrojaron la Naga Sataka a Rava Yavasura, pero el lagarto con cola las cogió del cuello con cada mano y ahí mismo estrangulo a las dos inmensas culebras a las que en la asfixia se les cayeron al suelo sus únicos pesados y amarillentos dientes. Otros dos apóstoles le echaron las Sonantis - Siricas, pero Raba Yavasura abrió la boca y succiono a todas las moscas carnívoras venidas de dos direcciones, relamiéndose la boca. Furiosos los otros dos apóstoles le echaron los dos terribles Anantis-honasi-tav, pero Rava Yavasura dándoles un bofetón a cada una de las les quebró las cabezas. Uno le hecho los piojos de fuego, y el mismo Rava Yavasura con una arma de viento las apago, el otro le hecho los Hordep y los Holbap, pero al clavar sus dientes en el cuerpo de Rava Yavasura estas criaturas murieron por envenenamiento. Finalmente el resto le alumbro con las linternas Shatsile - Haganave a los ojos y estos se carbonizaron en un instante, cayeron al suelo como 2 bolas humeantes de negro carbón para felicidad de los apóstoles, pero Rava Yavasura se dio un giro con los dedos en la sien derecha, y del fondo de sus cavidades orbitarias surgieron otros dos ojos completamente nuevos. La magia de los chinos no servia para nada, pues ellos habían olvidado de que esas varas se las dio el mismo Rava Yavasura contra el cual estaban luchando.

Entonces Rava Yavasura despedazo a los doce apóstoles y los otros dos a los 66 acompañantes que había en el palacio de gobierno en esos momentos. Todo fue retransmitido en vivo y en directo por los 6 canales de televisión. Cuando se acabo la carnicería, Rava Yavasura hablo frente a los canales, todos los chinos estaban a la expectativa:

- Bien señores, ya basta por hoy, ya vuestros apóstoles han sido sacrificados, como lo habéis visto- abrieron las ventanas - ¡Que todo el mundo retorne a sus respectivos lugares! - Ordeno a las naves militares - ya nos hemos divertido suficiente, por el momento se suspende la tercera fundación hasta futuro aviso, haced lo que tenéis que hacer como si nada hubiera pasado vosotros los sobrevivientes, debéis seguir el programa asignado por el chip que en esos momentos

estaréis recibiendo en vuestros metacarpos, el programa es automático y ya sabéis lo que tenéis que hacer desde mañana mismo, no olvidéis que seguís siendo controlados por medio del chip. Que todo empiece a funcionar ¡ya! Como si nada hubiese pasado ¿Entendido? No olvidéis que yo soy Rava Yavasura, vuestro dios, y el que discuta este punto será ejecutado.

La matanza había sido feroz y descomunal ese día, pero aun quedaban sobre la faz de la Tierra Plana varios millones de chinos, de los cuales unos 20 estaban entre mujeres niños y ancianos, todos los demás podían combatir, ya sean militares o civiles, y como querían ser fieles a la especie humana usaron el discernimiento, había que recuperar fuerzas y organizarse de mejor manera para la próxima batalla que no sabían cuándo ni cómo ni donde sería. Los canales de telepatía estaban funcionado a tope, eso era un punto muy importante a favor del pueblo chino, pero ya no estaba el que les abrió los ojos como especie humana, esa noble alma retorno a Bhumándala, posiblemente allí tomaría otro cuerpo de su misma madre. Psicológicamente los chinos se sentían derrotados, pero ese día habían matado tres lagartos, lo nunca visto. Entonces un presentador robótico de las 6 *Televisiones* hablo ante sus cámaras sobre todos los informes que llegaban a la pantalla central del Palacio de Gobierno en Pekín Rururava, era un perfecto androide que iba disfrazado del apóstol número uno, y este pidió paciencia a los oyentes chinos, esto gusto a Rava Yavasura, que siempre ha sido el más grande tramposo con la inteligencia artificial.

- Hermanos, soy vuestro apóstol número uno. Rava Yavasura nuestro dios ha aceptado el desafió del pueblo chino, porque el ve claramente que aún hay millones de chinos con deseos de pelear. Pero como ya lo habéis visto, él es superior a todos los chinos, así que acaba de dar la orden de que salgan todos los clones para luchar contra vosotros. Así que desde este momento, todos los militares y civiles chinos armados que podáis luchar contra los clones tenéis que dirigiros inmediatamente con todas vuestras armas al campo de batalla, que en esta ocasión será sobre todas las playas y mesetas de la Antártida. Allí estarán todos los clones en menos de 3 horas. Rava Yavasura promete que si destruyen a todos los clones él se ira de esta tierra y os dejara en libertad. La población civil china será respetada si pierden, pero a cambio deben de seguir las órdenes de nuestro amo tal como lo han estado haciendo fielmente durante estos 30 últimos siglos.

Era un día muy triste para toda la humanidad china, hace 60 horas estaban cantando en nombre de su libertad, bailando con sus futuras multiplicaciones universales, pero ahora volvían a ser parte de la ganadería de Rava Yavasura.

Seguidamente el Almirante Supremo del ejército de los chinos clonados hablo:

- *En ese momento se encuentran en búsqueda y captura todos los chinos telépatas en la sociedad civil, ordenamos a la población civil a que los maten o los delaten y nosotros nos encargamos de ejecutarlos, está prohibido aprender telepatía bajo pena de muerte, así como también enseñar esto a nadie, es algo que no pertenece a la especie china, este sutil idioma es una amenaza para la paz social.*

Toda la población civil quedo completamente aterrorizada, ya no había en quien buscar refugio, sus armas las escondieron, los civiles estaban otra vez atrapados por Rava Yavasura regresaba la modernidad y desaparecía la esperanza védica, pero al menos los chinos tenían una oportunidad de derrotarlos en los campos de batalla de la Antártida. Afortunadamente ninguno de los telépatas fue atrapado ni delatado, la unidad del pueblo chino era como nunca antes lo había sido, un pueblo humano. Los reptilianos eran inútiles en detectar a los telépatas, ya que el niño celestial les instruyo especialmente a como ser indetectables con esa lengua ante los reptilianos.

Rava Yavasura tenía demasiado poder en sus manos, y para desgracia del pueblo chino, hoy estaba sentado en su flamante trono de las doce letras: Tivacanavoca. Sería el palacio de gobierno a ras del suelo, hecho especialmente para la tercera fundación, era todo un símbolo reptiliano. A media noche se presentaron dentro del flamante palacio los doce cyberapóstoles. Entraron al palacio de gobierno como si nada hubiese acontecido, actuaban perfectamente como los doce apóstoles chinos de carne y hueso. Como si la población no hubiese visto jamás a los apóstoles originales que Rava Yavasura los masacro durante el día. Mientras tanto se pasaba la noticia de que acababa de empezar la primera batalla entre chinos clonados y no clonados, era una batalla nocturna en la Antártida.

Cuando mostraron de cerca los ojos de cada uno de los doce apóstoles clonados, inmediatamente vieron que eran los mismos rostros con las mismas arrugas pero sin alma alguna, porque no captaban la telepatía que los originales emitían, ni tenían el brillo de la presencia del alma en la mirada. Eran copias perfectas pero sin firma telepática, y esa firma auténtica solo la podía emitir una presencia trascendental.

Rava Yavasura estaba muy disgustado por todos los acontecimientos que habían ocurrido durante esos días. Él personalmente desde hace más de 3.000 años atrás mataba a los chinos por miles, los pulverizaba si quería, los masticaba, los hacía desaparecer abriendo huecos bajo sus campamentos para enviarlos directamente *al sheol,* y nadie se quejo. Las ovejas humanas nunca sublevaron, porque eran como las vacas los cerdos y los corderos, aunque con este ganado inteligente podía hablar antes de comérselos

Los chinos fueron mansos para ir todos juntos al matadero, civilización tras civilización, y ahora este pueblo elegido se sublevaba ¿Será que esta vez se equivoco de pueblo? Además como habían cambiado los tiempos, estos animales de dos patas ya estaban capacitados no solo para matarlos, sino para saber diferenciar el bien del mal. Algo que él personalmente lo había prohibido desde hace 3.000 años atrás, y que fielmente las respetaron hasta llegar a la edad moderna, no podía ser que esto, ahora que llegaba la culminación de su obra con el Planeta Chino, se arruinara porque los chinos recapacitaran sus cualidades humanas y sepan diferenciar el bien y el mal, el alma del cuerpo, lo justo de lo injusto.

Cuando nuevamente se reunieron los 6 canales de televisión, mostraron para todo el Planeta Chino la sala del gobierno, todo el mundo pensó que la pareja de un mundo nuevo había muerto, pero estaban allí vivos Adánching y Evaying. Los lagartos excesivamente ritualistas los pusieron desnudos sobre la mesa más antigua del planeta, sobre la mesa de los sacrificios, cuando empezaron los tres lagartos a devorarlos crudos y en directo, nadie quiso verlo. En menos de 6 minutos no quedaron ni los huesos de lo que eran Adánching y Evaying. Las dentaduras de los 3 reptilianos eran más poderosas que las de titanio. La sala se lleno de sangre, en seguida llegaron los androides de la limpieza y lo dejaron todo limpio, incluido la ropa de los tres lagartos. En seguida Rava Yavasura eructando a lo grande empezó a hablar en chino mandarín con un tono metalizado que daba miedo:

- Mi querido y amado pueblo elegido ¡Que buena que estaba esta carne! Tiene sabor a esperanza, pero les informo que ha llegado el momento de la tercera fundación, aunque con un poco de retraso, pero ya es la hora, porque en el planeta no hay más que chinos, y de eso trata la tercera fundación, como habéis visto acabamos de devorar a la última pareja de negros, a partir de este momento este planeta queda oficialmente inaugurado en el palacio de Tivacanavoca, que ya está listo, los clones lo instalaron hace ya varios

días atrás, y vuestros nuevos apóstoles ya están allí, listos para realizar las respectivas ceremonias, hoy es un día de fiesta para el pueblo chino. *Al fin habéis cumplido con este último requisito y por eso doy por inaugurada la tercera y penúltima fundación.*

Al oír eso los doce apóstoles clonados aplaudieron, y seguidamente lo hicieron todos los androides de diferentes modelos que estaban allí presentes. Pero el mundo entero quedo en silencio, odiaban a muerte esas dos palabras, odiaban a esos falsos apóstoles, odiaban a ese maldito lagarto. Entonces volvió a hablar Rava Yavasura:

- Queridos chinos, ya no hay más que insectos en este mundo, lo cual es una bendición para los chinos, ya no quedan más plantas que libremente nazcan en este mundo, lo cual es una bendición para los chinos, ya no quedan más animales, ni aves ni peces ni seres humanos que no sean

chinos, lo cual es la bendición más grande pueblo ¡Sois únicos! ¡Sois el pueblo elegido! Hoy definitivamente habéis conquistado el mundo ¡Todo el planeta es vuestro! Hoy he cumplido con mi palabra ¡Viva el Planeta Chino! - Todo el palacio de gobierno grito: ¡Viva! - Pero ni uno tenía voz humana

- Quiero comunicarles también, que dentro de poco vendrá la cuarta fundación, y esa será la última fundación. Debemos de prepararnos para invadir a otros planetas, esa es nuestra meta, los chinos deben de colonizar muchos planetas, así está estipulado en las sagradas escrituras que ya han desaparecido. Nuestro plan, es el verdadero plan, porque nosotros conquistaremos, destruiremos y devoraremos el universo entero.

TERCERA PARTE

UN PLANETA SOLO DE CHINOS

Más del 70% de los soldados se dieron de baja del ejército chino por medio del chip del metacarpo, como lograron descifrar sus programas, pudieron manipularlo, y cambiar el historial, era como si nunca hubiesen sido militares, de esa manera regresaron tranquilamente con la población civil. Todo ese grupo también escondió sus armas, para otra ocasión. Los chinos que si fueron a la guerra de la Antártida, decidieron no hacer la guerra enfrentándose en un campo de batalla ante los clones que eran especialistas en demoler ejércitos, así que siguiendo los consejos de los aghartitas se dedicaron a la guerra de guerrillas, con emboscadas y trampas, y con esa técnica mataron más clones de lo que ellos podían imaginar. Los chinos se distribuyeron sobre toda la Antártida en pequeños grupos, y asaltaban a los clones cuando más les convenía. Esos chinos fueron los primeros en comer carne clonada, pues no había otra cosa que comer en la Antártida, además nadie les daba provisiones de comidas ni de armas, por eso todas sus armas y provisiones lo sacaban de lo que conquistaban a los clonados. Millones de clones murieron en la Antártida, la guerra duro 6 años, hasta que finalmente todos los chinos fueron eliminados, porque no eran insuficientes como para acabar con todos ellos. Sin embargo murieron todos como auténticos héroes, dando sus vidas por su pueblo.

Acabo esa larga guerra pero inmediatamente empezó otra, muy corta y secreta, en contra de los clonados por parte de Rava Yavasura. A pesar de las grandes bajas que tuvieron en la guerra de la Antártida, los clonados aún eran peligrosos para Rava Yavasura, pero como conocía los secretos de sus códigos genéticos, conocía las debilidades de sus estructuras biológicas, porque él los había diseñado antes de entregar todos sus genes al señor Krill para su producción industrial. Así que aprovechando de que aún le hacían caso mando a vacunarlos a través de unos mercenarios cibernéticos, el resultado llego que a las 6 horas después de la veloz campaña, la vacuna elimino a toda la población clonada que fue vacunada, de lo cual solo sobrevivieron 3 millones, en la única de las 90 ciudades subterráneas que no fue vacunada. Como estaban meticulosamente programados para no analizar el bien ni el mal, los sobrevivientes ni siquiera se enteraron de que fueron prácticamente exterminados por órdenes de Rava Yavasura.

***

Pronto se dictaron leyes injustas y represoras contra el pueblo chino, los fieles clonados hicieron redadas en todas las ciudades chinas requisando armamentos de la población civil, pero los militares que se hicieron civiles, previniendo esas situaciones que ya eran sabidas, guardaron grandes cantidades de excelentes armas en diferentes zonas de Asliu. Incluidas las máquinas para fabricarlas.

Los años de abundancia se acabaron, después del sexto año de la tercera fundación ya nadie sabía ni lo que era. Los océanos cada vez estaban más tempestuosos, y tremendos tsunamis de 600 metros de altura invadían todos los continentes, formando montañas de basura de un lado a otro. Estos movimientos de agua y basura terminaron de demoler a todos los pueblos chinos que en su pobreza vivían dentro de las casas mecánicas.

Pronto, a causa del desastre de la naturaleza en la que se encontraba todo el planeta, los doce cyberapóstoles decretaron que nadie podía salir de su respectiva ciudad hasta nueva orden. Entonces una vez más se vieron las grandes diferencias con los chinos clonados que ahora vivían dentro de todas esas ciudades como las nuevas autoridades. Estos seguían siendo suministrados por los alimentos producidos en *las cavernas de las comidas*, seguían siendo autosuficientes y no recibían el sueldo electrónico en el chip de sus manos, estaban excluidos de ese control y de esas dependencias artificiales a causa de su alta fidelidad a Rava Yavasura.

La sociedad china fue convirtiéndose una vez más en carnívora para poder sobrevivir, volvieron a comer carne de monstruo esta vez hecho en los laboratorios de los clonados. A los 10 años de la tercera fundación todo concepto de libertad y conocimiento de otras razas y pueblos que habían existido en el pasado dejaron de existir en sus memorias.

A los 20 años de la tercera fundación los doce cyberapóstoles presentaron a los chinos la gran ciudad - aérea, más grande que todas las que hayan construido jamás en este mundo. Fue hecha por los clones con la misma tecnología que 150 años atrás construyeron las naves nodrizas auto reproductivas. Esta construcción era capaz de aguantar todas las tormentas que se le echaran, nada lo movería. Por su inmenso tamaño, también tenía la capacidad de albergar sobradamente dentro de la a toda la humanidad china. Al poco tiempo estaban todos los chinos abandonando sus viejas ciudades para acomodarse en el colosal rascacielos - aéreo, el cual estaba dividido en tres grandes secciones fortificadas. Mientras iban desalojando sus viejas ciudades aéreas los clones las iban demoliendo, aumentando de esa manera la basura del mundo.

Ese gran edificio fue construido por los clones y la indispensable ayuda de robots muy sofisticados. La apariencia del gran rascacielos - aéreo era como la de un reptiliano dormido, y dentro de la no habría más clases sociales de chinos afortunados y de chinos desafortunados.

Dentro habían tres grandes ciudades separadas y fortificadas, por esta razón

Rava Yavasura la bautizo como Tripudemons, ya que estaba dividía en: china uno, china dos y china tres, en ellas vivirían todos los chinos que quedaban en este mundo, pero no tendían conexión entre las ciudades, excepto entre los gobernantes clonados que podían salir o entrar en cualquiera de las con total libertad. De esa manera se reimplantaron las viejas fronteras en la humanidad.

Finalmente a antigua ciudad aérea de Pekín Rururava desapareció en el océano de basura, pues un buen día por sorpresa apareció un tsunami gigantesco, y se lo llevo junto con el flamante palacio de la tercera inauguración: Tivacanavoca, dentro de ambos estaban todos los cyberapóstoles, ministros y trabajadores. Al ver esto Rava Yavasura inmediatamente los reemplazo por otros duplicados de similares características.

En la gran ciudad los chinos no usaban la telepatía porque los inhibidores telepáticos instalados en Tripudemons se los impedía. Los chinos se miraban con pena a sí mismos, sus antepasados fueron cómplices de todo esto, ellos al menos lucharon contra los lagartos. Pero no todos se olvidaron el arte de charlar con la mente.

El Planeta Chino de la tercera fundación empezó a rodar una vez más con una historia completamente nueva, en ella se decía que Rava Yavasura trajo el paraíso terrenal para todos los chinos construyendo el *Tripudemons*, de esa manera salvo al pueblo chino de seguir viviendo sobre la superficie donde solo se dedicaban a comer basura. Rava Yavasura enseño al pueblo chino a comer carne de monstruo, y de esa manera llevo a los chinos al paraíso prometido.

A partir del sexto año de vivir en Tripudemons, la gente empezó a tener hambre y enfermedades nunca vistas, pero los clonados no padecían de esos terribles sufrimientos. Todos los alimentos lo traían los clonados bajo pedido, y de sus envases salían humos y olores fétidos en cuanto los abrían. En cuanto comían cualquiera de esas podredumbres el cuerpo entero se estremecía, así que los chinos comían muy poca cantidad para no morir, el solo hecho de ver los alimentos envasadas dentro de esos hermosos envases de latas y de plásticos les hacía vomitar. El estómago de los chinos daba grandes patadas negándose a digerir semejantes porquerías.

En Tripudemons no había nada bueno, todos los alimentos seguían los pasos marcados por Rava Yavasura. Pronto aparecieron los primeros chinos muertos con todo tipo de enfermedades raras. El pánico invadió en las tres ciudades, para poder sobrevivir inhabilitaron todos los *inhibidores telepáticos*, tratando de defenderse de este gran ataque encubierto con los alimentos envenenados era vital comunicarse entre todos.

Rava Yavasura invento nuevos aditivos alimenticios y estos eran peor que todos los transgénicos de la edad moderna. Pese a las incontables quejas que tuvo la población china ante las autoridades sanitarias y administrativas de los clones, estos daban siempre la misma respuesta, de que todos los alimentos estaban correctamente autorizados por el ministerio de sanidad del Planeta Chino. Estaba pasando exactamente lo mismo que le había pasado a la última civilización demolida[129].

El agua que entraba a las viviendas era turbia y no servía para beber o limpiar, en todo Tripudemons no había más agua que esa, así que los chinos tenían que filtrarla artesanalmente para poder beberla. En esos años nada se podía cocinar, solo se podía comer de los enlatados, las cocinas familiares no existían en Tripudemons, todos los alimentos estaban hechos con engendros genéticos para comerlos inmediatamente eran abiertos.

La ciencia transgénica de Rava Yavasura trataba en mezclar genes de insectos animales y plantas, de forma completamente caótica e irresponsable, con esas mezclas sacaban todo tipo de monstruos, en eso consistía la variedad del menú de cada día. Las generaciones de chinos que nacieron en ese mundo

129

La edad moderna.

condenado no conocieron las especies originales, y por ello creían que todas las formas de vida que se comían no tenían ningún continuidad de formas , excepto la especie china.

***

Los chinos no aceptaban esta cruel realidad, y por ello, los que conocieron al niño de colores que les enseño el arte de hablar con la mente, soñaban con un mundo mejor, soñaban con Adánching y Evaying, esa pareja que hizo cantar y bailar *la samba china* al mundo entero. Los chinos soñaban en componer versos con el lenguaje y los conceptos de los Pueblos Originales.

A los 15 años de vivir en Tripudemons los supermercados virtuales empezaron a vender brazos y piernas de *repuestos humanos* que nadie los necesitaba, pero llegaron en grandes cantidades a los depósitos de Tripudemons. Dos años más tarde, el 60 por ciento de la población china ya tenía algún tipo de implante biotecnológico en el cuerpo. Los chinos eran cada vez menos humanos y cada vez más máquinas. En la encuesta automática de cada día se explicaba ese fenómeno donde los chinos se sentían cada vez más sofisticadas maquinas, que sofisticados chinos.

Fuera de Tripudemons los océanos estaban repletos de todas las civilizaciones demolidas, las tormentas de basura invadieron también toda la atmósfera, era basura seca micro molida revuelta y volando por todos los cielos. El Planeta Chino era un *basurero en constante movimiento en todos sus océanos*, en todos sus fondos, todas sus cumbres, todos sus campos ríos lagos mares ¡Todo era basura molida! Hasta los volcanes echaban lava con ardiente basura.

***

En esas terribles condiciones la sociedad china descubrió *las formulas* que hacían caer los miembros del cuerpo humano, cuando entendieron todos esos procesos, supieron cómo evitarlos.

En secreto se decían cosas como estas: - *"No mezcles este químico que esta en este tipo de envasados, con este otro y no los hagas 66 veces con este otro que es opuesto porque se te desprenderá esto, o si no las 2 orejas se te caerá al suelo..."* Gran cantidad de chinos tenían las orejas de plástico, las dos piernas biónicas o uno de los brazos completamente mecanizados.

***

En China 2, un día, un anciano empezó a recordar muchas cosas de *la Cultura Original*[130] de este mundo, eran las enseñanzas que recibió de otro chino llamado Akus Zhang que vivió en la época de la construcción de las 90 ciudades, quién era un gran amigo de "el biológico", y se dice que fue de quien recibió el conocimiento védico que estaba muy relacionado con la misma filosofía que el niño celestial trajo de los planetas superiores[131], entonces empezó a dar charlas de muchas maneras para levantar el ánimo de todo su pueblo:

- No somos chinos ni somos nada del mundo material somos algo más. Algo trascendental

---

[130]

Se refiere a la cultura védica, cuando existía el sistema Varna Asrama Dharma.

[131]

Bhumándala.

que no muere jamás, que no nace ni envejece como el cuerpo material, porque su naturaleza es superior. Lo que comieron nuestros antepasados eran tan solo vestimentas del alma, y eso es lo que nos obligan a comer ahora, mezclas genéticas de diferentes vestimentas materiales, pero nadie puede matar a la entidad viviente, nadie puede comer el alma de nadie.

Tarde se dieron cuenta de que el Planeta Chino era un pretexto para *terminar con todas las formas de vida*, y que ellos eran los últimos sobrevivientes. Los chinos habían sido engañados en más a durante siglos. Entonces este anciano empezó a rezar telepáticamente con las manos juntas para sus adentros. Este rezo vencía a todas las ignorancias impuestas, a todas las falsedades de la historia, era el milagro que los chinos estaban esperando. Era la oración que de forma natural nació dentro del corazón:

- ¡Ho hermanos! Perdón por haberlos devorado
perdón a todas las razas humanas,
perdón a todos los animales,
perdón queridas plantas, perdón madre tierra
perdón hermanos insectos, perdón hermanas aves,
perdón hermanos peces
perdón reptiles, perdón por haberlos comido
perdón hermanos, perdón familia, perdón cielo
mar y tierra.
perdón perdón.

Nuevamente había un gran alboroto de intercambio de ideas conocimientos experiencias y nuevas esperanzas para las tres ciudades chinas. La telepatía atravesaba paredes, abría puertas y ventanas, y sin necesidad de estar con los cuerpos presentes, dialogaban con todo aquello que había que dialogar. Una vez más el pueblo chino empezaba a tomar fuerzas por la sobrevivencia, empezaba a recuperar el sublime idioma después de décadas de ausencia, y esta retornaba fresca como la misma canción de sus propias almas. En lo primero que se pusieron de acuerdo, fue en anular todos los *inhibidores telépatas*, había que echar por las escotillas toda esa basura, había que luchar por la libertad del pueblo chino. La humanidad de una u otra manera tenía que de seguir viviendo en este mundo.

El entusiasmo del pueblo chino empezó a no querer tener límites, la telepatía volvía a rescatarlos, supieron recordar los consejos del celestial niño, seguidamente lograron infiltrase en toda la estructura de control de las tres ciudades fortificadas y suplantaron a todas las autoridades de los Tripudemons en todas sus funciones, arrojando a los clones por las escotillas de la Tripudemons, fue un golpe de estado tan silencioso que Rava Yavasura y sus secuaces no se enteraron. Dejaron las principales puertas abiertas para que todos los chinos circularan libremente por entre las 3 chinas.

Una vez reemplazadas las autoridades clonadas empezaron a tomar el control del destino de su propio pueblo. Lo primero que hicieron fue realizar canales secretos para volver a comunicarse directamente con los bila - svarga[132] de los aghartitas. Fue una gran alegría el reencuentro del pueblo chino con sus hermanos mayores que viven en las entrañas de la Pachamama[133], y con la ayuda de los, sin que estos salieran a ver el desastre que habían organizado hace

132

Cielos subterráneos de imitación (Como si fuesen de la superficie terrestre)

133

La madre tierra, en el idioma Runasimi - el idioma de los seres humanos- (hoy conocido como quechua)

más de un siglo, empezaron nuevamente a proveerlos de alimentos de forma abundante e ilimitada, así es como una vez más, los chinos volvieron a ser lacto - vegetarianos, frugívoros o veganos, según le convenga a cada uno.

Miles de conteiners repletos de alimentos frescos salían diariamente de las entrañas de la tierra rumbo a Tripudemons dentro de los zepelines anfibios que escondieron también en Asliu y que funcionaban excelentemente. A pesar de organizar este inmenso contrabando, los chinos seguían comprando los productos que producían los clones, que básicamente trataba de repuestos humanos y porquerías enlatadas, eso lo hacían para no levantar sospechas en los clones que llegaban una vez a la semana con sus tremendas cargas para abastecer a las tres grandes ciudades.

***

Era hermoso ver las naves de distribución alimentaria saliendo de los océanos y subiendo al cielo con un grito de esperanza. Los zepelines anfibios entraban por diferentes compuertas de la Tripudemons. Afortunadamente Rava Yavasura se encontraba siempre lejos de ese lugar, pero cuando este se movía de su lugar, todos los zepelines anfibios desaparecían hasta nuevo aviso. Todo esto fue posible gracias a que los aghartitas les entregaron, a pedido de los chinos, un detector de la invisible nave, sino fuera por ese mecanismo hace tiempo que los hubieran descubierto.

En medio de ese triunfo organizado de forma tan inteligente, y aprovechando los viajes de los zepelines anfibios, millones de chinos empezaron a descender al mundo de los aghartitas en visitas turísticas de 24 horas. Qué gran alegría sintieron al ver que sus nuevos líderes organizaron todos esos viajes desde la Tripudemons hasta bila - svarga[134].

Viajaban como osados turistas decididos a comprobar con sus propios ojos la existencia de una naturaleza que antes existía cobre la superficie.

Después de recorrer cientos de kilómetros de profundidad, los zepelines anfibios estacionaban en sus respectivas terminales, pero como los chinos no podían esperar más, empezaban a salir por las ventanas antes de que de los zepelines terminaran de estacionarse y abrir las puertas junto a los andenes. Allí esperaban a un costado los sofisticados robots, esperando a que todos salgan

---

Cielos artificiales subterráneos.

para empezar a meter las cargas de alimentos en las inmensas bodegas de los zepelines anfibios.

Los chinos iniciaban una auténtica carrera rumbo a los pasadizos que salen al bila - svarga. Al final del estos estaban los balcones de *la montaña Mandara*[135], repletos de jardines colgantes y escaleras por todos lados. Desde esas alturas se divisaban valles con frondosos bosques y campos de cultivo en variados terraplenes. También se veían pequeñas islas en medio de lagos en diferentes niveles, y ríos bordeando laderas de varias montañas con abundantes cultivos zigzagueantes. Sobre ellas, robots cosechando o sembrando, bajo las habilidosas direcciones de algunos aghartitas montados en sus naves

[135]

Una de las montañas laterales más grandes del mundo subterráneo.

hechas de flores. Todos los bosques tenían abundantes frutas y flores. Esa es la razón por la cual había colmenas de abejas en forma de estalagmitas gigantes que surgían en medio de los bosques, haciéndoles competencia en altura a los árboles más grandes. Todas estas colmenas por dentro tenían piscinas repletas de miel, y por encima estaban las inmensas bóvedas hechas de cera, que formaban catedrales al estilo Gaudí. Había miel de varios colores en diferentes tipos de recipiente, y la luz atravesaba todos los muros de cera. Todas esas piscinas de miel tenían varias cañerías por las cuales salían la miel a diferentes bebederos externos, que había alrededor de la colmena. Esa era miel que ofrecían estas abejas a todas las formas de vida que quieran beberla. Había diferentes tipos de mieles en cada colmena. Los aghartitas no solían entrar a esas catedrales, eso sí, solían beber mucho de esas mieles y llenar también sus cántaros, para llevar a sus hogares. A veces esos trabajos lo hacían los robots, cuando ellos no podían recogerlo personalmente, pero la miel nunca faltaba en la casa de un aghartita.

En el horizonte se veían infinidad de campos paisajes, rocas inmensas, a los cuales le atraviesan caminos celestiales, y por su cielo vuelan en la distancia diferentes tipos de naves hechas con flores y materiales luminosos y transparentes. Hay naves individuales, y otras que llevan grupos familiares.

Los chinitos desesperados que no tenían paciencia para bajar por las escaleras, bajaban rodando por una ladera de la montaña que formaba un río de pasto firme, como si fuese un amplio resbalin de gran altura, y por ella se lanzaban los chinos locos para llegar más rápido al suelo. Los ancianos y gente más tranquila optaban por bajar por las escaleras apoyándose en las blancas y gruesas barandas. Pero la verdad es que todos estaban realmente desesperados por tocar las plantas, o cualquier otra forma de vida que no sea la china. Magullados y con las ropas reventadas llegaban al final, donde trataban de recuperar el agitado aliento con tan abundante aire hecho nada menos que de puras plantas, allí no habían las malditas máquinas del aire, y por ello estaban felices de meterse ese aire tan puro dentro del hecho. Sentándose sobre el suelo mientras recuperaban el aliento se miraban unos a otros respirando felices y algunos tragando grandes bocanadas de aire.

De repente en ese momento... Formas de árboles aéreos sin troncos aparecieron frente a ellos, sus hojas cambiaban de modelo y estaban unidas cada una a una finísima y larga fibra de vidrio que le cambiaba los colores con la intensidad de su brillo. Estas rodeaban a una niebla espesa que por el centro cubría a un aghartita, quién estaba plácidamente sentado sobre una flor de loto hecha con suaves nubes. A ratos era cubierto completamente con ese camuflaje porque se multiplicaban sus hojas. Era una cómoda nave personal controlada por la mente, esa nave obviamente que parecía ser una planta voladora.

Parecían vestimentas de Hawái sin cuerpo ni piernas, eran solo verdes copas de árboles danzando, era la bien venida que les daban los aghartitas a los desesperados chinos. Luego descendieron de estas máquinas tan especiales. Los aghartitas median casi 4 metros de estatura, y se pusieron frente a los chinos, sentados sobre sus rodillas, y con una profunda comunicación telepática empezaron a danzar, ellos con medio cuerpo y los chinos con el cuerpo entero, no había necesidad de hablar, los chinos seguían el ritmo interno que sonaba en sus cabezas, era un baile que nunca practicaron antes, pero que ya sabían cómo hacerlo. Entonces una profunda voz con tono muy grave salió de los árboles, soltando hermosos mantras del Omkara[136] una y otra vez.

Los chinos empezaron a dar pequeños pasos de una manera realmente excelente con sus ropas destrozados los cuales no combinaban en nada con ese arte, pero es así como empezaron la danza Bharatanatyam[137] Aghartitam. Eran

---

136

Es la sílaba sagrada del primer sonido Todopoderoso del que emergen todos los demás sonidos, ya sean con la música y el lenguaje que crea el universo. Unidad con el origen supremo que es personal y trascendental.

gracioso los gestos de los chinos en contraste con los bondadosos aghartitas, la combinación de unos dedos largos con los diminutos es original, y todos tratando de hacer correctamente los mudras[138] con todas sus invisibles enseñanzas en el movimiento.

Levantando las rodillas y bajando los pies con pasos firmes y repitiendo incansables poses corporales, girando la cabeza los codos los hombros y los pies, estirando y encogiendo los brazos y las caderas de forma muy teatral, los chinos van dando pasos lentos y en equilibrándose

---

137

El Bharatanatyam es una danza clásica de la India, originaria de Tamil Nadu, un estado del sur de India.

138

Mudra en sánscrito quiere decir "sello" o "anillo para sellar", descripción del movimiento invisible que resulta del gesto que permite concentrar la energía o hacer contacto con una energía en particular.

alrededor de los aghartitas, hombres mujeres niños y ancianos se van divirtiendo a lo grande, en este esfuerzo por danzar correctamente.

Luego los pasos son más rápidos siguiendo las señas de los brazos de los aghartitas, hasta que llega el momento en que todos empiezan a saltar con los brazos al cielo, y llenos de emociones artísticas y espontáneas parecen volar sobre la música que sale de esos falsos árboles aéreos. Las voces del Omkara que los acompañan salen otra vez de los árboles que son de verdad. Y cuando todo queda en silencio finalmente, las dos formas de vida inteligente empiezan a abrazarse, como si se tratara de padres y de hijos. Vaya forma tan sofisticada de saludarse entre ambas especies. Los chinos no solo quedaron maravillados con todo esto, sino realmente iluminados desde lo más profundo de sus almas. Los aghartitas era felices dándoles alimentos, turismo, arte amistad y sobre todo protección en esta era de kaly Yuga.

En los Bila - svarga como no hay luminarias[139], los cielos subterráneos están constantemente iluminados por cristales, esa ciencia aprendió el señor Krill con su maravillosa mente, los manuales de cómo construirlos se lo mostraron los aghartitas y este los aprendió en un instante, y cuyo aprendizaje aún está funcionando hoy en día en las 90 ciudades subterráneas. Donde están instalados estos cristales el concepto del tiempo es completamente diferente al de la superficie, al no existir las noches los insectos nocturnos que habitan en el eterno día, se las arreglan para hacer sus particulares noches.

139

Como el sol y la luna de la superficie terrestre.

Los aghartitas los recibían cordialmente, y los chinos emocionados estaban llenos de lágrimas , no sabían cómo darles las gracias por todo lo que estaban haciendo por ellos. Despúes del saludo y los abrazos fraternales todos los chinos salieron corriendo directo a los bosques, ya que se pusieron nuevamente desesperados, les quedaba solo 18 horas para poder disfrutar de todo un mundo completamente desconocido.

Entonces los chinos entraron corriendo a los diferentes bosques, los chinos eran miles, en la carrera se iban sacando la ropa hasta quedarse completamente desnudos, querían abrazar a los árboles con toda su piel, cada chino abrazaba a un árbol, y muchos decían cosas como estas:

- Árbol…, árbol… mi querido árbol "¿Porque me has abandonado?"

Era realmente emocionante ver estos actos en miles de chinos, seguidamente se arrojaban a los arbustos, otros besaban las flores, otros se revolcaban en el barro, en la tierra, en los exuberantes pastos, seguidamente besaban las pezuñas de las vacas, toros, loros, ardillas, lagartijas. Y ver como todos esos animales sentían los sentimientos de estos turistas chinos, y no protestaban por tantos besos que les daban. Los animales eran muy sensibles en ese ambiente.

Miles de chinos ya no querían regresar al miserable Tripudemons, pero tenían que hacerlo para que otros vengan a visitar este maravilloso mundo ¿Cómo es posible que sus antepasados pudieran reemplazar todo esto con la repugnante y cutre nano tecnología?

Al estar en contacto con los árboles los genes de los chinos se soltaron, y la memoria de sus ancestros empezó a recorrer por sus venas y sus conciencias, entonces recordaron miles de culturas que existieron en el pasado. Lo veían con sus ojos internos y se quedaron pasmados, era un mundo repleto de fantasías, donde todos y cada uno de los seres humanos danzaban felices en sus Pueblos Originales, entonces cada chino dejo a un lado su asombro para sentirse parte de cada una de esas hermosas formas de vida, ellos amaban cada una de esas maravillosas culturas ¿Como es posible que hayan destruido todo esto sus propios antepasados?

También era hermoso ver a los debilitados chinos en su primer encuentro con estos alimentos, aunque eran jóvenes parecían ancianos, las caras de estos chavales chinos parecían rejuvenecer en un instante solo por el hecho de saborear por primera vez los frutos directamente de la naturaleza. Todos besaban cada una de esas piezas de fruta verdura tubérculo yerba hojas semillas antes de comerlas, besaban al queso y al tofu que les invitaban los aghartitas en las mesas que había en el campo de bienvenida. Allí había preparaciones exquisitas de papa, quínoas, macas, ensaladas con tomates frescos y yucas hervidas. Había batidos de frutas y diferentes yerbas endulzadas con miel y refrescantes limones.

Las frutas las sacaban directamente de los árboles, bananas piñas uvas mangos, no había tanto estomago como para probarlos todo, por eso cuando sacaban una fruta, lo guardaban en los bolsos que los aghartitas les proveyeron. Les daba gracia ver todas esas inverosímiles formas de vida tan exquisitas y placenteras, las frutas son la joya de toda civilización inteligente. También les llamaba la atención las más de mil variedades de tipos de arroz que existían, estaban expuestos en las casetas de exposición de todos los productos de los Bila - Svarga, en pequeñas muestras. Muchos cereales con sus cientos de variedades. Las venas de los chinos sentían tener parte del ADN de todos estos cereales, y no faltaron chinos que al verlas por primera las iban besando a todas y cada una de sus variedades, cogían unos pocos cereales de cada una de estas para llevárselo a Tripudemons. Así de opulento era el mundo de los Bila - Svarga.

Agradeciendo a Dios por esos productos, levantando las manos al cielo como los antiguos Pueblos Originales, implorando al que habita dentro de sus corazones en forma de Paramatma[140], rogando de que toda esa naturaleza retornara pronto a la superficie de la tierra, gritaban al cielo pidiendo a la naturaleza que les den una oportunidad más en la superficie del planeta, que todas sus futuras generaciones los conozcan, que ellos no podían vivir más sin todas estas formas de vida, que estaban muy arrepentidos por todo lo que habían hecho sus antepasados.

Fue un gran alivio para la población china volver a comer alimentos sanos y puros que crecían dentro de las entrañas de la *Pachamama*[141]. Fue el maldito Rava

---

140

Dios en su característica omnisciente y omnipresente que mora dentro del corazón de todas las entidades vivientes encarnadas en el mundo material.

141

Yavasura que volvió locos a todos sus antepasados con los *falsos valores inventados*[142] que reemplazaron a todas las formas de vida especialmente en la edad moderna. Él fue el culpable de todo ese caos planetario, porque él lo programo con miles de años de anticipación ¿Qué podían hacer los ingenuos e ignorantes seres humanos en esta triste era de Kaly Yuga?

Rava Yavasura les enseñado a quemar los bosques, destruir sus magnánimas culturas, robar continentes, envenenar ríos, prender fuego a las bibliotecas, llenar de basura todos los océanos, fue así como todos empezaron a olvidarse siglo tras siglo del maravilloso mundo que

La madre tierra.

142

El dinero, los cheques, las bolsas de valores, las monedas acuñadas en metales que no valen nada, etc.

existía en la superficie. Afortunadamente los Bila - Svarga era *zona antireptiliana*, pero eso mismo debería de haberse declarado hace miles de años en toda la superficie terrestre. Lamentablemente en las eras de kaly Yuga estos demonios tienen derecho de poder invadirlas, porque ya no hay Kshatriyas[143] que las defiendan.

Dentro de esos inmensos cielos artificiales de los aghartitas existían diferentes nubes que recreaban lluvias y tormentas de la superficie, pero eran de imitación, y aún así eran hermosas, porque en este pequeño mundo en miniatura había mucha felicidad. Esa era la razón por la cual los aghartitas eran tan

143

Antiguos guerreros, que defendían a todos los Pueblos originales de este mundo, eran militares de honor que jamás atacaban a la población civil, y solo realizaban sus batallas bélicas en campos de batalla, con horarios y entre iguales.

poderosos, porque nunca dejaron que ningún tipo de tecnología por muy poderosa que esta sea remplazara a ninguna de sus existencias.

El placer de los chinos era ilimitado cuando entraban en los bosques, cada vez que lo hacían no paraban de llorar al ver a los gorriones los canarios los jilgueros los guacamayos los hermosos loros, los insectos, los orangutanes, las culebras, y de forma increíble con todos ellos compartían imágenes de sus experiencias, los chinos se quedaban asombrados, todas las formas de vida tenían un tipo de película en sus mentes, y el poder dialogar con ellos estaba en base a compartir las imágenes que estaban en sus conciencias.

Cuando un chino veía a las hormigas por primera vez, saltaban atrás con las manos en la cara, tenían mucho cuidado de no pisarlas, asombrados gritaban de ver semejantes criaturas tan pequeñas que se mueven rápidamente sobre 6 pequeñas y delgadas patitas, y alcanzaban a decir esto:

-¡Dios mío! ¡Dios mío! ¿Qué es esto? ¿Qué es esto?

Muchos chinos al no poder contenerse se montaban en los cuellos de las jirafas, a los aghartitas estas escenas y muchas más les hacían reír hasta sacarles también lágrimas. La emoción de los chinos era tan contagiosa que los animales lo compartían abiertamente de todo ese entusiasmo. Otros abrazaban a jabalís, otros abrazaban a inmensos pulpos sin temor alguno, a los chinos les encantaba ser abrazados con tantos brazos y ser besados por estos seres tan inteligentes que no dejaban para nada que se les ahogaran. Otros acariciaban las barrigas de los gordos hipopótamos o las cabezas de los delfines. Los leones eran mansos gatitos que se dejaban tirar de las melenas, y jugaban con ellos saltando como malabaristas entre los arbustos. Todos los animales se quedaban asombrados de ver tantos chinos locos. Los animales y las plantas comprendían el desierto con el que llegaban estos seres de la superficie ¿Que es lo que estaba pasando en la superficie que llegaron todos estos seres con tanta sed de todos ellos? Pero la verdad es que los chinos estaban actuaban como los aghartitas actúan cuando son niños.

Muchos chinos jugaban con los peces en los arroyos estanques ríos lagos y cascadas, se enroscaban con las boas, competían con las cabras locas subiendo por las montañas empinadas, y se ponían histéricos al observar las delicadezas de las mariposas: "¡Ho dios mío que belleza!

¡Dios mío que belleza!". Alucinados por el aleteo. Todo lo que era pequeño les hacía gritar, saltar y correr. No paraban de comer frutas, oler flores chupar mieles. Era gracioso verlos trepando por los árboles, cogiendo la cola de los monos, silbar como los pájaros, arrojarse a los ríos. Todos estaban haciendo cosas extravagantes y espontaneas, llenos del sabor de la selva, de la tierra, del aire, del agua, de los animales plantas e insectos y plantas, todo tenía vida propia, todos estaban llenos de aire puro, los mismos chinos estaban totalmente llenos de vida.

Nadaban junto con las inmensas ballenas que también allí los habían en pocos ejemplares, los chinos desnudos nadaban junto a estos inmensos seres parecían un cardumen de peces enloquecidos. Los chinos se creían los habitantes originales de Afzhang y Sudseng. Enamorados del mundo subterráneo hacían carreras por los senderos de la selva y las praderas, charlaban con las moscas, y hacían competencias de correr con los pumás jaguares y ñandús. Observaban asombrados la existencia de las enredaderas, de las plantas tubulares imitaban sus crecimientos con expresiones de ir creciendo hacía el cielo, y no les cabía en la cabeza que todos estas maravillas un día existían encima de la tierra. Finalmente cuando pasaban las 18 horas, desde las entradas a los terminales de los zepelines anfibios, un par de aghartitas tocaban gigantes caracolas que se escuchaban en todo ese inmenso valle, era la hora en que todos deberían de subir a los zepelines anfibios, ya estaba la carga hecha y tenían 30 minutos para trasladarse, muchos de los, no podían ya ni caminar, entonces por lo cansados que estaban, entonces los robots, les llevaban sus ropas, y después de vestirse, esas misma máquinas en las cuales podían sentarse hasta 4 personas, los subían rápidamente hasta. los balcones. Nadie perdía el viaje de regreso, y muchos pensaban:

- Pero exactamente ¿Qué pasó con nuestro mundo como para que todo esto desaparezca?

Fueron manipulados, mal informados mal aconsejados mal dirigidos, cayeron como la gente ciega cae en más a a un barranco. Finalmente, los alimentos sanos y las vacaciones de un día que se daban por los Bila - Svarga levanto el ánimo de todos los chinos. Ahora más que nunca querían recuperar la Tierra Plana, querían volver a hacer la guerra, pero esta vez con trampas y con emboscadas, había que cambiar de tácticas bélicas con tal de vencer al poderoso Rava Yavasura. Los aghartitas podían derrotar a los tres lagartos con mucha facilidad, pero estaban completamente prohibidos por los semidioses a intervenir en nada de lo que ocurriera en la superficie durante toda la era de kaly Yuga, y esa era la razón por la que no podían salir a la superficie, ya que cumplían con su palabra de no intervenir. Sin embargo si se comunicaban telepáticamente, a pesar de lo, los estaban ayudando en todo lo que podían mientras ellos no salgan a la superficie.

***

Este turismo a los Bila - Svarga duro más de año y medio, entonces un día llegaron de sorpresa los *cyberapóstoles a Tripudemons.* Esos que reemplazaron a los que se los llevo por sorpresa un día un tsunami, por eso estos reemplazantes vivían dentro de la única ciudad subterránea que quedo funcionando en el mundo de los clones, desde allí transmitían sus órdenes y sus mensajes a Tripudemons, y desde allí mandaban las provisiones semanales para alimentar a la gran ciudad.

Los Cyberapóstoles en esta ocasión tenían la orden expresa de Rava Yavasura de vacunar a toda la población china, y al igual que habían hecho con los clones, usaron el mismo pretexto de que una rara enfermedad había aparecido, dijeron que había que proteger a todos los habitantes chinos de los efectos desbastadores de un supuesto virus del océano de basura, usando la misma técnica engañosa de la edad moderna, y el mismo símbolo de *la copa con una culebra venenosa enroscada*, el sello de Rava Yavasura. Los chinos no querían vacunarse, pero llegaron los militares clonados y en un solo día vacunaron al 30 por ciento de la Tripudemons.

En esos días el suministro de alimentos de los aghartitas fue cortado en seco, los chinos que hacían de autoridades clonadas no paraban de esforzarse en actuar de la manera más perfecta, pues eran muy conscientes que de eso dependía la supervivencia de su especie. Todos llevaban una gorra que se inventaron como algo oficial para las autoridades del Tripudemons, de esa manera disimulaba el tamaño de la cabeza ante los clones.

El día de la sorpresa, miles de chinos quedaron atrapados en los Bila - Svarga sin poder regresar a causa de la presencia de los clonados, fue una hermosa sorpresa para todos ellos, pues recibieron la orden de no subir a

Tripudemons. Ese sentimiento de quedarse era el sueño que querían todos los que allí llegaban y a este último grupo se les cumplió el milagro, podían quedarse en el paraíso, posiblemente, para siempre. En esos días los últimos cargamentos de los conteiners aéreos repletos de alimentos que estaban en Tripudemons, ante la inesperada visita, tuvieron que ser inmediatamente arrojados a la profundidad de los océanos de basura, ya que no les daba tiempo de esconderlos.

Ordenaron que las puertas de los aghartitas se cerraran hasta nuevo aviso, pero antes trasladaron a todas las mujeres chinas de todas las edades, incluida las que escondieron de la vacuna de los clones, también se fueron junto con este selecto grupo, todos los enfermos escondidos y los ancianos, y muy especialmente todas las novias oficiales del difunto celestial niño, era la nueva tradición para las jóvenes mujeres que impusieron en honor a ese celestial niño, y posiblemente a alguna generación le tocara esa buena lotería, así que cada chinita pasaba por esa edad de forma completamente simbólica, ya que en esa edad, antes de casarse, se decía que eran las novias oficiales de un celestial niño que un día les llevaría a planetas celestiales .

Posiblemente el celestial niño regresaría pronto con otro cuerpo similar desde Bhumándala, esa profecía lo saco el más poderoso de todos los telépatas chinos conocido como Akus Zhang hace ya más de un siglo, y lo cual lo recordaba el mismo anciano que compuso la oración del perdón. Y el pueblo chino tenía mucha fe en este anciano que aún seguía vivo y estaba dentro de los elegidos para ingresar en el mundo de los aghartitas, era todo un héroe, ya que su oración causo este último levantamiento del pueblo chino.

Las novias de Nabhi Santanulyn, de esta generación, apenas llegaban a los tres millones, era obvio que había una planificada matanza en contra de las por parte de Rava Yavasura, que no soportaba que un chinito colonizara el universo. Pese a que habían pasado tantos años, los chinos seguían recordándolo, y nada menos que con novias oficiales en cada generación.
Así pues todas las afortunadas y afortunados fueron inmediatamente trasladadas en secreto al mundo subterráneo de los aghartitas, a juntarse con los chinos que quedaron felizmente atrapados en el mundo subterráneo. Ordenaron que se cerrara la puerta de contacto desde dentro hasta nuevo aviso. Ya existían poderosos telépatas chinos

que se comunicaban muy bien con los aghartitas indicados. De esa manera se cerraron todas esas puertas para nunca más volverse a encontrar estas dos facciones del pueblo chino. Dentro también quedaron todos los zepelines anfibios.

En los siguientes 6 días de estar vacunados murió el 60 por ciento de la población que quedo en Tripudemons, tarde se dieron cuenta de eso los dirigentes chinos, pues mientras se dejaban vacunar se estaba evacuando a millones de personas, pero ellos iban vacunándose muy lentamente, no dejaban que las máquinas lo hagan volando, sino uno por uno y con mucha paciencia.

Esa famosa vacuna, una vez más, fue la causa de un tremendo genocidio, lo que nadie hizo en siglos, lo hizo la aguja lumínica en pocos días, tanto en chinos como en clonados. Afortunadamente uno de los telépatas se dio cuenta de lo que era la vacuna y alerto a todos los chinos a que se sacaran como pudieran ese veneno del cuerpo, y algunos lo consiguieron en medio de la desesperación. En ese momento nadie más se dejo vacunar, afortunadamente los últimos zepelines anfibios estaban saliendo rumbo a los Bila - Svarga. Es en ese momento cuando llego la primera guerra planetaria dentro la tercera fundación. Los más grandes telépatas del mundo chino que estaban todos en Tripudemons dirigieron la gran sublevación. Atraparon a los miles de clonados que llegaron junto con los 9 Cyberapóstoles, y los echaron vivos por las escotillas de Tripudemons. Ninguno podía volar sin artilugios mecánicos.

Mientras incineraban los cadáveres de los chinos muertos por la vacuna, otros eran echados también por la escotilla, ya que no tenían capacidad para incinerarlos a todos. Era triste ver los cadáveres de esos chinos que días atrás estaban cantando y bailando en los Bila - Svarga, ahora estaban cayendo en el inmenso espacio lleno de nubes grises repletas de poderosos vientos, los cuales eran insaciables tragando todo lo que se les echara desde la Tripudemons.

Los chinos que quedaron en Tripudemons se alegraron por haber salvado a millones de chinos, sobre todo a las mujeres a los niños y a los ancianos, todos se fueron y estaban felices por no entrar en el paraíso, estaban felices por prepararse para la guerra en defensa de su propia especie. Sabían que iban a morir, pero habían recuperado todas las armas escondidas en los zulos de Asliu, y para la cantidad de chinos que había sobraban armas.

Mientras llegaba la inevitable guerra extrañaban el agua pura de los ríos de los aghartitas, todos estuvieron en esos cielos escondidos y posiblemente no regresen, pero eso ya no importaba. Todos recordaban que estuvieron con todas esas formas de vida, fue un hermoso sueño, eran tantas las formas de vida que se quedaron impregnados en la memoria del tacto, esta recordaba infinidad de texturas, la lengua infinidad de sabores, los ojos infinidad de hermosas formas y colores, los oídos infinidad de cantos musicales, la nariz infinidad de aromas. Ellos habían abrasado besado, llorado y cantado junto con tantos seres ¡Ellos existían! ¡No eran un sueño y ahora estaban dentro del maldito Tripudemons! Dentro de los barrotes de la alta tecnología y la gran vomitiva modernidad china.

Los chinos soñaban correr por los bosques amazónicos que antes existían, soñaban correr desnudos respirando el aire puro con los brazos abiertos, y con hermosas plumas que adornen los coloridos trenzados de sus cabezas. Soñaban con tener los pies descalzos chupando el néctar de tan sagradas tierras, soñaban con tener largas melenas sueltas. Los chinos soñaban con tener hermosas alas y extenderlas por un inmenso cielo azul repleto de hermosas aves celestiales venidas de todas partes del universo. Los chinos soñaban con respirar el aire con diferentes pulmones abrazando al infinito de las estrellas y con sus corazones sumergiéndose en todos los paisajes, soñaban estar libres como los animales que vuelan y caminan por ese mundo sin pasaportes mentales ni fronteras artificiales.

Los chinos soñaban con danzar frente al pequeño *sol eléctrico*[144], vestidos con todos los trajes humanos que se hayan fabricado en este mundo, soñaban con recorrer con encontrarse con los 14 ochomiles de los himalayas, que estén intactos, y esquiar en sus cumbres repletas de blancas nieves. Soñaban con correr montados en caballos camellos y elefantes en grandes festivales, soñaban con lanzarse por cascadas de 100 kilómetros de altura junto con los peces timingalas.

Soñaban con transformarse en frágiles mariposas aleteando por entre los rayos de luz que radiantes se filtran por en

144

Nuestra luminaria que nos trae los días y las noches en su recorrido por esta Tierra Plana.

medio de los exuberantes bosques. Soñaba en lanzarse como las palomas en forma de tirabuzón desde las grandes alturas. Soñaban con tener las seis delicadas patitas de una hormiga, llevando pesadas hojas sobre la cabeza. Soñaban con ser felices gusanos comiendo bajo la tierra. Sentían que eran una yerba fresca, una hermosa brizna, un caracol, una abeja currante. Los chinos vestían sus almas con millones de formas de vida, millones de sentidos diferentes, millones de conceptos de vida.

- ¿Dónde está ese mundo?

Había llegado la hora de luchar sin tregua hasta conseguir definitivamente su entera libertad, o posiblemente su extinción sobre la superficie.

CHINOS CONTRAS CHINOS CLONADOS

Después de la gran más acre por la vacuna, y teniendo a todas las mujeres niños y ancianos protegidas en el mundo de los aghartitas, decidieron sublevarse al gobierno reptiliano desafiándolo abiertamente.

Entonces los tres cyberapóstoles que quedaban aceptaron el reto y encabezaron la invasión a Tripudemons, junto con todos los clonados que quedaban en la única ciudad subterránea habitada. La misión era restablecer el orden constitucional del Planeta Chino. El ejército de los clones era aún muy poderoso. Entraron por la fuerza despedazando las 6 entradas principales de Tripudemons, tenían como objetivo eliminar físicamente a todas las falsas autoridades, a los chinos mentirosos que estaba usando la telepatía, y a todos los que llevaran armas , pero no se veía a nadie, los chinos querían jugar al escondite, entonces se metieron a las 3 inmensas ciudades en infinidad de pequeños grupos de clonados muy bien armados, algunos iban solos y flotando, y otros en cuadrillas de asalto.

Sin embargo los grupos de soldados clonados no paraban de caer en una que otra mortal emboscada, los chinos eran especialistas en la guerra de guerrillas dentro de Tripudemons, y la telepatía era su mejor arma. Los clonados no contaban con todo eso, así que no paraban de caer grupo tras grupo. Los clonados eran especialistas en enfrentarse en campo abierto, pero no eran astutos en contra de las guerrillas.

Finalmente las ciudades 1 y 3 cayeron en manos de los clonados, pero el número de clonados fue reducido al máximo, así que no tuvieron más remedio que rodear la ciudad china 2 y posicionarse frente a sus entradas, esperando a que salgan por necesidad. Era un ambiente espantoso.

Al ver este escenario Rava Yavasura comprendió que había llegado el momento más esperado de toda su vida, no había otro momento más oportuno que este, estaban todos en Tripudemons, a su merced chinos y clonados.

Entonces Rava Yavasura tomo el control de mando de la gran ciudad, uso el mismo mecanismo MBT que el difunto Atasura y bloqueo de una manera instantánea todas las entradas y salidas existentes con sus segundas puertas de seguridad escondidas. Centralizo todos los chips de los metacarpos dentro de

Tripudemons, ya no había más comunicación entre ellos.

En un momento dado puso todo de nuevo a funcionar, entonces Rava Yavasura apareció dentro del holograma de cada chip, con un mensaje, ese era el último mensaje de sus vidas. El rostro temible del gran lagarto parecía escudriñarlos con su mirada en medio de una oscuridad total, los chinos se sentían como hormigas observando un devastador incendio. Entonces Rava Yavasura dijo a todos lo siguiente:

- ¡Chinos! Habéis sido siempre tan estúpidos como todas las demás bestias humanas, incluido los clonados.

Y se hecho una repugnante carcajada. Sobreponiéndose a su emoción reptiliana, Rava Yavasura mostró el mando de las ciudades y en ella los tres botones, apretó uno delante de las 6 televisiones que parecían ser eternas, y la parte inferior de la primera gran ciudad aérea empezó a separarse y seguidamente a desplomarse junto con todas sus paredes laterales explotando por secciones, parecía una demolición controlada lo que lo dividió. De esta esa manera una tercera parte de Tripudemons se separo, era china 1 y cayó al mar junto con su respectiva ciudad fortificada, los podía echar a todos juntos, pero quería que los demás lo vayan viendo poco a poco, para que sufran mucho antes de morir.

El alboroto cundió en todos los chinos, fue en ese momento cuando los clonados empezaron a maldecir a Rava Yavasura, los chinos se quedaron asombrados al verlos hablar, pero ya era tarde para poder haber hecho planes para juntos derrotar al lagarto. Que tontos habían sido chinos y clonados. Pero a esas alturas cualquier chino clonado ya no valía nada, daba lo mismo ser clonado o ser chino de la superficie, el destino era el mismo, todos iban a ser matados por el mismo lagarto.

Rava Yavasura disfruto del último capítulo de la lucha final de todos contra todos y sus guerras de guerrillas, estaba asombrado de la capacidad de sobrevivencia que tenía el pueblo chino, de lo inteligentes que eran finalmente para poder sobrevivir, y de todo lo que hicieron en contra de su propia vida. Pero al finalmente todos perdedores, y uno solo el ganador.

Entonces apretó el botón partiendo las dos terceras partes, cayo seguidamente china 2 y después china 3, el océano de basura repleto de tempestades, parecía abrir sus inmensas bocas para tragárselos a cada uno de los.

En estas dos últimas ciudades estaba todo lo que quedaba de la última civilización humana sobre la faz del Planeta Chino. Al caer las inmensas ciudades de forma separada al océano de basura crearon tsunamis de 600 metros de altura en todas las direcciones, ese día toda la Tierra Plana retumbaba en todos sus rincones. Era realmente terrorífico e impresionante ver esos tsunamis, ya que sus aguas llegaban a ingresar en las aguas laterales de Garbhodakasai Visnú. Cuando estas pasaban por encima de los muros de la Antártida.

En el Planeta Chino no quedaban más que tres lagartos y una nave invisible. Todo había sido convertido en basura. La basura formaba olas, continentes, cordilleras cortadas y tormentas. Algo de las tres ciudades aún estaba a flote pero terminaba de hundirse mientras Rava Yavasura la observaba. En ese momento ya estaba solo en el Planeta Chino junto con sus dos secuaces, y le pareció un sueño hecho realidad, durante milenios estuvo luchando por llegar a este glorioso momento, al fin había llegado *la extinción de todas las formas de vida*, al fin se había deshecho de todos los que tan solo eran una molestia para sus planes, entonces dijo a sus secuaces:

- Bien hermanos, Puchinasa y Puchinotsuak - hozo ha llegado el momento de crear la cuarta fundación, todas las civilizaciones de los humanos y su ridícula naturaleza planetaria al fin han sido exterminados por completo.

- Si Rava, ya hemos ido por todo el planeta y no existe nada con vida excepto nosotros. Aunque las máquinas autónomas casi indestructibles de la televisión voladora, siguen funcionando y juntas filmando tormentas, volcanes y tsunamis, pero nadie ya ve sus transmisiones.

- Déjalas, un día alguna tempestad las destruirá ¡Que hermoso es esto! Es el momento más feliz de mi vida, es algo que he estado esperando durante más de tres milenios, al fin todos mis pueblos elegidos han alcanzado el paraíso prometido - Lo dijo señalando a los océanos de basura: - ¡Al fin todos han desaparecido!

Fue en ese momento en que a Rava Yavasura se le escucho otra terrible carcajada. Entonces desde las alturas tomo el mando de control en forma de sintetizador, y tiro de su muñeca el control de Tripudemons por la escotilla de la invisible nave y sobre un mapa electrónico de la Tierra Plana empezó a crear inmensos tsunamis por todas partes de la Tierra Plana. Estaba eufórico frente al teclado donde cada nota levantaba remolinos de varios kilómetros de altura, cada composición creaba huracanes en fila, eran cientos, sobre todos los océanos de basura y todos los continentes de basura. Componían diferentes ritmos musicales reptilianos. Parecían doncellas horripilantes bailando al compás de las notas que iba marcando Rava Yavasura. No había más grande felicidad para este lagarto, con todas sus espantosas bailarinas que giraban sobre si mismas con sus polleras de terroríficas tempestades.

LA CUARTA FUNDACIÓN

Rava Yavasura mirando desde el gran ventanal de su ciudad aérea, estaba respirando el hidrógeno que esa maquinaria aérea emitía por dentro. Miro al mundo con satisfacción, al fin la Tierra

Plana era solo suya ¡Nadie se la podía quitar! ¡Él era dios! ¡Nadie podía disputarle ese puesto!

Aunque su mente no paraba de pensar en querer salir de esta Tierra Plana y vencer a los enemigos de su propia especie, sabía que nadie más querría entrar en ella a causa de que era un *planeta hecho solo con basura humana*, clones incluidos. Ni siquiera sus enemigos que al principio de la creación del Planeta Chino devoraron a cien millones de chinos les interesarían esta tierra ahora que estaba completamente desolada.

Mientras tanto, en su paseo artístico Rava Yavasura se superaba a si mismo creando grandes avenidas hechas de inmensas olas de basura y él desfilando por entre el medio de las como el gran vencedor. Era todo el planeta una escena realmente patética.

Rava Yavasura estaba pensando en que aun le faltaba decorar más la superficie, con algunos hongos de fuego, algunos ríos de lava. Entonces apretó el acelerador de su nave y de forma casi instantánea atravesó todas esas inmensas moles descargando decenas de poderosas bombas, en cuanto estallaron como coristas entre el medio de tan monumentales huracanes. Rava Yavasura se puso arriba, en lo más alto del resbalin, y allí dejo estacionada su portentosa nave. Salto fuera de su nave, solo en el aire con su sofisticado sintetizador de tormentas, por detrás sus dos fieles seguidores estaban como acompañantes de la horripilante danza llevando dos tremendos bombos, al cual le daban mazazos que hacían temblar a los mismos huracanes.

Una pantalla virtual salía de su mente, en ella se reproducía imágenes de la antigüedad cuando él cazaba libremente a todo tipo de seres humanos en todas partes. La película independiente estaba reflejando lo que era antes toda esa hermosa basura. No paraba de sacar con su sintetizador todos esos efectos deseados para acompañar esa gran delicadeza reptiliana. Los tres lagartos iban de un rincón a otro sobre la gran meseta de los Himalayas cortados. Entre el medio de tremendas explosiones hechos por el bombardeo que seguía realizando su nave a ritmo de una de sus teclas. A ratos formaba cortinas de fuego, a ratos cortinas de basura, y en otras cortinas de humo. Las nubes como tales hace tiempo que ya no existían en el Planeta Chino. Rava Yavasura y sus dos percusionistas no paraban de abrir las diferentes cortinas en el aire, iban de escenario en escenario, todos realmente inmensos e impresionantes, mientras tanto la Tierra Plana se estremecían de dolor con todas esas violentas sacudidas.

Los Himalayas en ese momento era un inmenso tablero de billar, y sobre este hacía rodar diferentes bolas de fuego creados en diferentes horizontes, era como una especie de juego de damas, donde unas bolas blancas competían contra las bolas negras, en el lado opuesto del tan inmenso tablero, estaban sus dos compañeros jugando contra Rava Yavasura, a veces ganaba un bando, a veces el otro, al planeta simplemente lo convirtieron en un gran juego electrónico de su PlayStation reptiliano.

Rava Yavasura con su fantasmal mente se iba divirtiendo como un niño cuando jugaba en la edad moderna, mientras en las laderas de la inmensa meseta no paraban de estrellarse los impresionantes Tsunamis. Estas inmensas olas parecían aplaudir con las inmensas piedras de todos los desiertos y de todas las orillas. Después de cada opereta estas le aplaudían, él era en ese momento *el dios de todas las tempestades, el dios que hace crujir todas las piedras.*

Los tubos de los volcanes cantaban con voraces erupciones, formaban estruendosas orquestas a lo ancho y largo de todo el planeta, miles de instrumentos escalofriantes formaban ríos de ardiente lava, y estos circulaban brillantes en medio de la basura molida.

En sus planes estaba crear pronto 3 grandes océanos de ácido sulfúrico, para que de esa manera, cualquier tipo de enemigo exterior que quisiera entrar a este planeta él se diera el gusto de arrojarlos personalmente a esos océanos de cabeza. Nadie le quitará el planeta, ahora que es de su exclusiva titularidad. Nadie viviría en él, solo él y sus fieles compañeros, al menos durante el primer año.

En ese momento Rava Yavasura dijo a sus dos únicos congéneres sin cola:

- Bien estimados Puchinasa y Puchinotsuak-hozo, chavales sin cola, hoy es el año cero del Planeta Reptiliano. Eso quiere decir que no hay nada antes de Rava. Tenemos mucho trabajo, empecemos a crear nuestros 6.000 primeros clones reptilianos en las 90 ciudades subterráneas que están intactas y bien conservadas. Nuestros robots tienen mucho trabajo que hacer. También debemos con la fuerza de todos ellos algún día liberarnos de los enemigos que no nos dejan salir de este paraíso ¿Entendido?

- Si mi amo - dijeron al unisonó agachando ambos la cabeza.

- También debemos de poner a funcionar un ejército de robots para que se dediquen a trabajar en las nuevas granjas de carne humana sin ojos pelos manos ni huesos, así que empezaremos a tener, carne fresca ilimitada.

- Si mi amo.

En ese momento uno de los dos amigos de Rava Yavasura dijo:

- Estimado Rava ¿Este planeta entonces lo organizaremos totalmente a nuestra manera?

- Así es amigo, a partir de estos momentos este planeta es solo mío, y os autorizo a que hagáis en ella lo que queráis, y porque soy el conquistador doy por inaugurada la cuarta fundación, "la definitiva", en este momento, es decir la del Planeta Reptiliano. Acabamos de pasar por la media noche, y en este momento es el año cero del nuevo calendario reptiliano.

***

Sin embargo, no lejos de allí, sobre los restos de una cordillera de basura, de sus cumbres de basura prensada se abrió una puerta escondida, era un túnel de kilómetros, y de la salió un grupo de niños a colores. Ellos vivían escondidos dentro de la tierra de los bondadosos y poderosos aghartitas, los protectores de millones de chinos. Al parecer la guerra de los humanos contra los reptilianos no había terminado, la guerra por recuperar la Tierra Plana que antes se llamaba Ajanābha Varṣa había comenzado.

Salieron de las entrañas de la Tierra Plana dentro de una burbuja más dura que el rayo y más suave que una pluma, y además de ser una nave completamente transparente, era completamente invisible para los reptilianos.

Cada uno de esos 6 niños tenía 22 pieles diferentes, y sus ojos eran como los pétalos abiertos de las flores de loto. No paraban de observar detrás de sus cristales el horripilante Planeta Reptiliano que acababa de ser inaugurado, el cual estaba oscuro espantoso y repleto de constantes tempestades. Ellos sabían que pronto los reptilianos poblarían este mundo en medio de las nieblas, las pestilencias y el hidrógeno, ya que ese es su hábitat. Tenían que darse prisa en recuperar aquel mundo que era de sus antepasados. A pesar de lo terrible de la situación que se avecinaba, los niños de 22 pieles naturales miraban el espantoso paisaje estando tranquilos, y valorando con realismo todas las posibilidades que tenían de ganarles la partida a los reptilianos con sus gloriosos cerebros.

La luz de la burbuja que les cubría filtraba 60 metros la basura del agua y del cielo, esa era una máquina muy poderosa que filtraba ampliamente el ambiente que les rodeaba.

Todos estaban de pie dentro de la, por dentro no había inercia sea la velocidad que sea en la que decidieran viajar, estaban usando una tecnología no conocida por los reptilianos, era una maravillosa tecnología que los aghartitas desarrollaron con sus ingeniosas inteligencias.

La sorprendente belleza de los niños surgía desde dentro, eran altos y esbeltos, eran los nuevos héroes de la humanidad, y pese a su apariencia ya eran mayores de edad, sus siluetas dentro de esa maravillosa burbuja atravesaba los mares y los tsunamis hechos de basura como si fuesen hechos de mantequilla, y así se perdieron en el paisaje atroz de lo que quedaba del Planeta Chino.

AMOR Y FIN

www.ingramcontent.com/pod-product-compliance
Lightning Source LLC
Chambersburg PA
CBHW061028100726
47911CB00001B/1